约山亭诗稿评注

〔清〕李永绍 著
兰翠 评注

齊魯書社

图书在版编目(CIP)数据

约山亭诗稿评注/〔清〕李永绍著;兰翠评注. —济南:齐鲁书社,2015.8

ISBN 978-7-5333-3387-4

Ⅰ.①约… Ⅱ.①李… ②兰… Ⅲ.①古典诗歌-注释-中国-清代 Ⅳ.①I222.749

中国版本图书馆 CIP 数据核字(2015)第 191666 号

约山亭诗稿评注

〔清〕李永绍 著

兰翠 评注

主管单位	山东出版传媒股份有限公司
出版发行	齐鲁书社
社　　址	济南市英雄山路 189 号
邮　　编	250002
网　　址	www.qlss.com.cn
电子邮箱	qilupress@126.com
营销中心	(0531)82098521　82098519
印　　刷	山东德州新华印务有限责任公司
开　　本	880mm×1230mm　1/32
印　　张	13.875
插　　页	3
字　　数	340 千
版　　次	2015 年 8 月第 1 版
印　　次	2015 年 8 月第 1 次印刷
标准书号	ISBN 978-7-5333-3387-4
定　　价	**49.00 元**

前 言

李永绍(1650—1739),字衣言,一字绳其,号省庵,晚号痴愚老人,宁海(今山东烟台莱山区西解甲庄村)人。他出身于耕读之家,进士及第后,始为浙江乌程知县,官终工部尚书。一生经历顺治、康熙、雍正、乾隆四朝,入京奏对,雍正帝曾"温语慰劳,宠赐优异"(《牟平县志·乡宦传》卷七)。致仕后,李永绍在家乡闲居约山亭,种花竹、畜禽鱼,以饮酒赋诗为乐。

李永绍一生笔耕不辍,直到90岁还在创作诗歌,今传《约山亭诗稿》,依其家族所传手抄五卷本,分为《礼》《乐》《射》《御》《书》五卷,共888题(组诗为一题)。此本仍属残本,因其中有缺页现象。又据《续修四库全书总目提要》记载,李永绍有《约山堂诗集二卷》(牟平孙氏抄本),集古今体诗二百余首,分体编次。

一

李永绍现存诗歌多为其致仕后闲居所作,在内容上最多的是关注天象和时令节气。大自然的阴晴风雨、旱涝冰雪,频繁地出现在他的诗篇中,如《望雨》《问雨期》《连阴叹》《喜雨》《盼晴》《大雷一鸣即止》《小暑已过未雨》《南风雨,北风晴,此旧规也,今岁不然》《秋旱》《忧旱》《云问》《风嘲》《元日午后大雪》《苦寒》《大风雪》《花朝大雪》《初晴》《正朔二日雪》《腊廿三日大雾濛雨》《风雨》《元宵风无月》等；时令方面如立春、春分、立冬、小暑、冬至等；节日方面如除夕、元旦、元宵节、清明节、端午节、七夕、中秋节、重阳节、寒衣节、腊八节等。

李永绍这些关注天象时令的诗作，表达了他对民生民情的深切关怀。他经常是雨亦忧，旱亦忧，此类诗歌在其诗集中可谓比比皆是。

秋种季节，天气只阴不雨，土地干燥无法兴犁播种，他作《浓阴不雨》盼雨："习习以阴雨不垂，遍询远近未兴犁。想因云布遮天眼，下土焦枯天不知。"大雨成灾时，他忧虑雨量过多："编氓谁愿雨过犁，雨涨南河没地皮。集雨半年倾一日，从今畏道雨垂垂。"（《苦雨用盼雨韵》）

春天，他赞美"断烟能茁草，破块不过犁"的春雨（《喜雨》）和"阳和布泽好，共乐杏花天"的细雨（《细雨》）；夏天，他"寄语南河东去水，莫教再涨雨崖平"（《盼晴》）；秋天，他为久雨得晴，农民能够收获而狂喜："西风端送晴光出，遍野腰镰听刈声。"（《久雨得晴狂喜二首》其二）冬天，他歌咏"雪飞七日恋朝昏，平压山川失远村。螭种已藏十丈去，知为天子养乾坤"的大雪（《咏雪》）。

在农耕时代，百姓靠天吃饭，天气的阴晴风雨关乎着民生的温饱生计。李永绍曾为工部尚书，负责管理屯田、水利等事务，这一职业习惯固然会使他对晴雨旱涝的情况格外关注，然而笔者认为，李永绍这些关注时序的大量诗作，是源自他心系天地万物的仁者胸怀。他同情弱者，有着一副慈悲心肠。初寒时节，他为缺少棉衣的族人购买衣服："初冬时见雪花微，落叶半凋未尽飞。莫道皇天连岁暖，人间尚有苦无衣。"（《族人无衣，买衣与之，走笔口号》）并由族人缺衣想到天下尚有很多穷苦无衣之人，可见其一片仁者之心。他偶尔外出，看到街头的盲人乞丐，衣衫褴褛，皮肤都被冻裂，就发动弟弟与子孙们募捐，买衣相赠。"余偶至街上，见两瞽目乞者,身披破蓑衣,蓑草棂棂可数。上下周身,并无尺布,其下体用稻草遮护之。余敛资弟辈及子孙等,买衣衣之,亦善与人同之意也。”因为他不忍心看到乞丐“同生天地为人类,忍使周身无寸丝”(《买衣与两瞽目乞人》)。康熙四十三年(1704)春天,登州、宁海等地大旱,饿殍遍野。李永绍回乡见此情景,遂作《甲申叹(康熙甲申岁荐饥)》:“甲申之春人食木,哀哀那数只茕独。叹余适自江南来,千里榆皮总如沐。归里惨目尤伤心,挈男抱女街头鬻。鬻儿不出长跪求,一子不值一升谷。可怜壮夫怯风吹,瘦骨僵死累累伏。”面对“千村万落寂无烟”的惨状,李永绍仰天长呼:“安得高廪千万斛,大庇一郡穷民果其腹!”颇有“诗圣”杜甫的情怀。可以说,李永绍的这颗仁爱之心,是他忧虑自然灾害、关心农作物生长以及农民生活的心源所在。

李永绍这些关注时序的诗作大多与农事活动相联系,通过年复一年的吟咏,也保留了许多关于胶东民谚和农事规律方面的资料。如《两日云盛不雨》:“旱魃肆灾气正豪,万民盼盼望天高。雨师想避天无术,六月连阴空自劳。”此诗借助神话传说中旱神旱魃和雨神的形象,表达了诗人对异常天气的深切忧虑之情,尾句就记载了当地“六月连阴吃饱饭”的谚语。又如《重阳》:“乡人冬暖卜重阳,无雨有风亦不妨。落帽龙山千载事,何曾露顶厌风狂。”第一、二句写重阳节有风无雨,乡人在重阳日占卜天气的风俗。民谚有“重阳无雨一冬晴”的说法,因此,这年重阳日占卜冬天气候的结果将是一个暖冬,记载了胶东重阳的民俗。再如《送春牛》:“一握粗泥莫笑牺,春王正月古传留。爱羊自昔有端木,谁不今朝喜土牛。”记载了古代农民春天送春牛的仪式。春牛是用土制成的象征农事的土牛,后改作苇或纸扎成。旧时风俗,立春前一日有迎春仪式:地方官行香主礼,由人扮“句芒”鞭土牛,表示催耕迎春。此诗用孔子学生端木赐建议取消用活羊祭祀的典故,说明用土牛的由来。这些诗歌记载的农事民俗资料不仅反映了古代胶东百姓的生产生活智慧，而且对古代农业文明起到了很好的传承作用。

二

抒写闲适旷达的心态，是李永绍诗歌的另一重要内容。他活到90岁，是当时典型的长寿老人，或许，他长寿的秘诀就是保持豁达的情绪。在他大量的日常生活的写作中，我们看到李永绍始终是平和淡泊、顺时委运、随和自适的。如《树影山》记自己因年岁老迈，视力模糊，将远处参差茂盛的树木误看成高低起伏的山峦，因此觉得有趣可笑："独坐亭前掩竹关，披襟挥扇自闲闲。昏花老眼真堪喜，远树墙头作远山。"其诗《序》中写道："闲坐亭前，老年人倦于远视，忽见墙头远山楚楚，此处旧无山，心颇疑之。熟视久之，乃远树参差，竟成远山嵯峨也。此段事亦自可笑，亦自有趣，无而为有，不胜观蜃楼耶？作此志之。"反映出诗人闲适、开朗、幽默的心态。《观剧不闻，笑吟》其二记其听戏趣事："昆曲学调宫与商，喉咙竭力认潜藏。今朝方识无声戏，不觉掀髯笑一场。"诗人和儿孙们一起去看戏，因听力衰退，再加上昆曲演奏声音太低，异彩纷呈的戏剧在他这里变成了无声戏，"听戏"变成了"观戏"。即便如此，他还是兴致高昂，"掀髯一笑"正是他乐观心性的表现。

李永绍看待世间事物十分淡定洒脱。"得失偶然非厚薄，去留未必别安危。无私大造行无事，多恐苦迟亦不迟。"（《连阴不得雨自慰》）得与失，安与危，是与非，生与死，一切任其自然。他胸怀浩荡："课雨常思邀卜士，量晴时或就农夫。太平幸际休明世，浩荡胸怀片事无。"（《闲遣》）他闲适自足："乾坤容许着闲身，随运静看万物新。"（《春词》）"老去胸怀无是非，闲愁抛却浑忘机。策筇散步鱼缸侧，水底瞻天任鸟飞。"（《偶成》）他幽默诙谐："九十老翁聋聩全，客来行步苦周旋。若逢六十香山叟，定向我前夸少年。"（《九十笑》)他宁静虑清:“景静尘嚣屏,心闲杂虑清。障眸今世态,展册古人情。”(《秋末偶成》)“性情荒竹石,岁月老禽鱼。缅想旧时句,何曾渐改诸。”(《吟旧句》)在闲居的生活里,李永绍远离世事烦扰,或者读古籍,交朋友,或者拄杖漫步庭院,观鱼玩鸟,欣赏竹石,一直从容安详,悠然恬淡。

吟咏花草禽鱼,是李永绍闲适生活的重要组成部分。他一生酷爱松树,松树有四时常绿的秉性,其内在品质和外在形象都与君子的品德相关联,在我国传统文化中深受士人重视,因此,松树也成为李永绍寄托人格精神的最好自然物象之一。如《小松树》表现松树与自己性情相契合:“自甘拙朴不随今,纤巧屏除爱素襟。闲问移来小直干,因何深识老人心。”小松树的直干和拙朴,深得诗人的喜爱。《栽松》记载他担心儿童们顽皮破坏其新栽的松树,每天看望多次,足见他对松树关切之殷勤:“山中取土筑盆栽,别就墙阴汲水来。三月山童无歇日,看松计日几千回。”成山的老朋友知道李永绍爱松,大老远用车子送来了几棵松树。“或云此树尚未老,虬干还须几许年。正似人间酷饮者,道逢车曲口流涎。”(《成山田姓送秦松》其二)诗人见到松树高兴的样子,就像嗜酒者见到了载着酒的车子一般。这一比喻形象地表现出了诗人对松树的喜爱之情。

除了松树,李永绍还钟爱梅花、兰花、竹子、菊花等,他把这些传统的具有君子人格象征的花品视为知己。不仅如此,寻常的花品如迎春、牡丹、百合、茉莉、洋绣球、凌霄、茶花、桃花、杏花、槐花、夜来香、贴梗海棠等,也都是他笔下的好诗材。甚至那些不起眼的野花,如茴香菊、掘摅棚、贝草、蒿草等,也充满了意趣。在他眼里,可谓无物不成奇。如长在墙角的野蒿,可以留待中元节挂香灯。“对花检点即称朋,略放丛茅昔未曾。墙角偏留蒿一杆,中元欲待炷香灯。”(《戏咏蒿》)被一般人漠视的野蒿也大有用处。遍布山岗的野花“掘摅棚”，因为多刺，连樵夫都视为贱品，诗人却能品出其似梅花的香气：“掘摅棚千遍山岗，丁丁樵子恨多芒。那知四月余春在，暗送梅花入鼻香。”(《掘摅棚》)在李永绍看来，物不仅可以各尽其用，物更可以各有其美。他对待无情的花草树木是如此，对待那些有情的禽鸟就更是如此。

在李永绍的诗中，鸟禽一类如鹤、鹞鹰、斑鸠、燕子、画眉、鸽子等也无不富有性情。他“鄙性耽禽鱼，爱鹤又独至”(《鹤又生卵》)，因为喜爱鹤的轩昂姿态和高蹈风度而养鹤。如《观鹤戏咏》：“园中畜白鹤，瘦骨人称仙。阔步审佳地，长鸣达远天。小桥时伫立，草际任周旋。笑问千龄算，肯分到暮年。”《再观鹤雏喜叠前韵》：“离壳鹤雏未入云，仙禽仙骨人俱闻。羡他昂立轩轩态，凡鸟万千乌得群。”鹤雏羽翼渐丰，已显现出昂然异骨。作者养鹤十多年，与鹤朝夕相伴，感情自然很深。他对鹤雏倍加赞赏，爱其骨格，赏其姿态，遂其所好，盼其奋飞。对鹤雏超凡品格的赞美，实是诗人自己特立独行人格的写照。此外，“刺刺巧音啼不已，如逢旧识话离情”(《喜得画眉》)的画眉、“阶除缓步常相识，记取荒园岁岁留”(《语鸠》)的斑鸠、“构巢鷇子实恩勤，血性天真岂具文”(《燕哺雏小引》)的燕子，也经常老友一般地陪伴着李永绍。“物解依人恋旧德”(《又见鸠巢》)，李永绍用充满怜爱的眼光表现禽鸟的灵性，这为他的老年生活平添了很多乐趣，令他感到十分欣慰。

如果说“日莳花竹、畜禽鱼、焚香观书、饮酒赋诗”(《牟平县志·乡宦传》卷七)是李永绍主要的闲居生活的话，那么，狩猎活动就是他晚年生活的一个调剂。他可谓文武双全，诗作中那些跃马打猎的描写，又让我们看到了柔情诗人英武豪迈的一面。如《得三獐》：“白发飘萧兴自狂，擎鹰逐犬布山冈。题诗报与村夫子，错写真成三弄獐。”这是李永绍任职盛京(今沈阳)时打猎生活的写照。他当时已经七十多岁，虽然白发飘萧，但是老当益壮，牵黄擎苍布猎平冈,收获了三只獐子。诗的后两句告诫那些村夫子,别像唐代奸相李林甫那样,“璋”与“獐”不分,闹出笑话,给全诗平添了一些幽默色彩。致仕闲居后,他仍然壮志不减,甚至做梦都出猎:“壮心不揣睡酣时,信马逐禽越岭驰。迤逦行来忘却远,梦中轻便梦中知。”(《梦出猎》)而诗人83岁高龄还披裘驱马,擎苍带犬,猎得山禽而还的经历,就不能不令人赞佩:“八十三翁羡少年,披裘驱马过山前。苍鹰耸臂真轻疾,猎得山禽带笑还。”(《出猎荆山寺》其二)这种豪兴和健硕的确非同寻常。

三

李永绍在为官阶段的诗作虽然留存不多,但是他任职盛京(今沈阳)工部尚书的两年,对东北风土人情的描写最具地域特色。他以一个胶东人的眼光记载了东北独特的气候和民情,如他体验的酷寒严冬:“寂寂晴光户自扃,曾无一客到门庭。厨娘近灶头常白,黔突凝烟雪忽停。冻舌晨鸡声尽断,当天午日色犹青,无风刺骨肌生粟,似此寒威老未经。”(《苦寒》)此诗第二、三联通过几个生活细节,形象地刻画了沈阳的极寒天气。原注说:“灶上女使,热气着发尽成霜,头常白。”“突口街烟,烟去而热气留,即成霜,皆成白雪口。”厨娘头常白,烟囱口常白,晨鸡报晓声断,当午日色犹青。这些严寒景象令人印象深刻。

诗人也好奇地表现了当地清凉无蝉的短夏:“此地全无暑,凉飔日日生。花开矜色艳,瓜熟嚼香清。散榻惟书史,关门废送迎。莫愁秋信早,尚未有蝉声。”(《夏》)“六月蝉鸣韵远清,欲高欲歇入风轻。缘何不识辽阳树,绿叶阴阴无一声。”(《无蝉》)辽阳的夏天无蝉,虽有花艳可饱眼福,也有香瓜可饱口福,然而夏听蝉鸣久成习惯,无蝉竟感觉不知有夏,未免令人遗憾。

东北的气候特点决定了这里的独特风俗,李永绍饶有兴致地记录了当地的民风民俗,尤其是他创作的组诗《境闲皆道是东都》12首,详细描绘了他在盛京一年四季的见闻,将当地的气候、日常生活、农业生产、风俗以及饮食等方方面面的特点一一道出。如其五:“境闲皆道是东都,触目人情俭朴殊。夏葛冬裘惟适体,不崇华饰是黄虞。”表现的是质朴民风和尚俭释华的着装风格。其六:“境闲皆道是东都,大事模糊细不拘。处处田苗连锦陌,家家牛马散青芜。”记载的是百姓大小事不拘细节的做派。其十:“境闲皆道是东都,雪霁云空山影孤。稳驾耙犁寻胜去,高低冻玉如平铺。”再现的是冬季的交通工具耙犁和平底无轮冰车。其十一:“境闲皆道是东都,物物冬深分外腴。猎后八义车载满,全家食禄饱天厨。”记录了冬季打猎的收获以及当地称大鹿为“八义”的独特称呼。李永绍以新奇的眼光,以写实之笔,为我们记述了这些具有地方特色的事物,呈现了当时东北的社会风貌。这12首诗就是一幅多彩纷呈的东北社会风俗画卷,既有丰富的民俗认识价值,也有重要的社会美学价值。

李永绍在京城生活前后达二十余年,尤其是在康熙末以及雍正朝,他作为朝廷老臣,受到皇帝的特别恩待,因此也留下了一些咏宫中恩荣的诗作。这些作品固然避免不了歌颂圣恩,表达他对朝廷忠心的成分,但是,其中对朝廷事物细致的记载,可具补史之功,不仅显示了当时融洽的君臣关系,对康雍时期北京都市风情的描绘也弥足珍贵。如《郊祀恭依皇上诣园邱不能全礼韵》:“敬勤天子重园邱,民乐萦怀先独忧。礼乐详明非故事,情文昭格有根由。燔柴典巨许谁代,享帝心安惟自求。省豆省笾还九拜,上稽往古空千秋。”此诗记载康熙皇帝带领诸王及大臣郊祀的事情。康熙在位60年,郊祀之礼从不轻易派遣他人替代。当时他偶患足疾,身体不适,诸王大臣请上遣代,康熙回云“朕心不安”(作者原注),仍然坚持亲自参加郊祀,并行三跪九叩头礼。诗的第三、四联就记载了这一细节，一方面体现了康熙对祭祀仪式的虔诚和责任感，另一方面也体现了他亲力亲为的个性。又如《汤山接圣驾恭赋》表现康熙畋猎的威武场景："城门朝出日初生，半载臣心遑问程。草际凝霜野路湿，林梢透雪远山明。六军戢戢森弓矢，万马萧萧列旆旌。群下跪迎瞻圣武，周诗鞈韐只虚名。"诗中原注曰："上御极六十年，圣躬天健，是日亲带弓矢，臣工仰瞻，不胜欢跃。"康熙喜欢骑马打猎，此诗记载群臣迎接畋猎而归的皇帝，颔联的"六军戢戢""万马萧萧"就渲染了畋猎随从的壮观场面。

在雍正时期，李永绍官至工部尚书，加上已达75岁，因此经常得到雍正帝的特别体恤，如《赐医纪恩》记叙自己因患嗽症消瘦，朝奏时雍正帝便问寒问暖，赐医赠药："残喘摧颓嗽亦多，敢劳天子问如何。赐医赐药怜癯瘦，顾复有恩那得过。"皇帝对老臣的体恤由此可见一斑。《上命七卿从游圆明园看杏花》和《从上圆明园赏牡丹纪恩》都记载了跟随雍正春游赏花时皇帝的幽默与君臣的融乐关系。"天厨捧出泛君恩，香气直同花气分。臣子齐欢歌饱德，皇王降旨说乡村。"(《上命七卿从游圆明园看杏花》)虽然皇宫御厨烹饪的饭菜香气袭人，但皇帝谦虚地告知大臣们："乡村饭，大人们食些罢。""家常饭，尔等食些罢。"(作者原注)因此，《续修四库全书总目提要》认为："集中丙午三月十七日从游圆明园看杏花诗自注云，上命内使传云，乡村饭大人们食些罢；四月五日赏牡丹纪恩注，上亲谕云，家常饭尔等吃些云云。两事皆可备故实，亦熙朝之嘉话也。"《从耕田纪恩》也可证史："皇天扶耒着龙袍，济济从耕首六曹。纵降伦音分主伯，老臣终亩敢言劳。"春耕时节，雍正帝亲自扶犁，为百官做表率；并关心作者年老，命侍郎史帮助耕犁，而不服老的作者能够熟练地完成工作。此事在《清实录·世宗实录》记载曰："雍正四年，二月，丁亥：上亲耕耤田，诣先农坛。致祭毕，更服至耕所，仍行四推礼毕。上御观耕台，命庄亲王允禄、怡亲王允祥、裕亲王广宁行五推礼，吏部尚书孙柱、户部左侍郎蒋廷锡、礼部左侍郎阿克敦、兵部尚书法海、刑部尚书励廷仪、工部尚书李永绍、都察院左副都御史杭奕禄、通政使司通政使升授内阁学士图兰、大理寺少卿于广行九推礼。各以次耕如仪。”

君臣关系自古以来就是十分微妙的分寸关系，李永绍多年伴随在皇帝身边，先后服侍了康熙和雍正两位皇帝，仕途没有太大的起伏，职位平稳升迁，并时常能得到皇帝的特殊恩典，在封建君主时代，实为难能。这些作品记载的朝中君臣珍贵的生活细节，对于我们了解历史大有裨益。

李永绍在京城的创作，还为我们留下了不少都市风情的资料。如《元日朝回途中作》："香烟满袖路无尘，元日朝回景物新。簇簇衣冠蹀躞马，雍雍来往太平人。腊寒十日真成腊，春雪五天不算春。史氏应占称大有，行看红朽太仓陈。"此诗为新年第一天李永绍上朝后回家，路上有感而作。一元复始，万象更新，尽管此年大寒异常，但是京城人来人往，熙熙攘攘，一派太平祥和。尾联巧用典故，"大有"是《易经》六十四卦之第十四卦，大有卦，离火在乾天之上。在天候上就是晴天丽日，在人事上就是蒸蒸日上之象。"太仓陈"出自司马迁《史记·平准书》："太仓之粟，陈陈相因，充溢露积于外，至腐败不可食。"指皇仓之粮逐年增加，陈粮上压陈粮，表现盛世景象。《元宵》其二描绘清代京城元宵佳节的热闹："蚁聚纷纷举步迟，九衢灯火也无奇。长安士女浑多事，彻夜驱车何所之。"京城仕女彻夜驱车狂欢，街衢人满为患，一派歌舞升平的景象。《畅春苑回道中作》则表现京城的整体面貌与繁华："海淀午归早，肩舆过市廛。淡云收野日，残雪界田阡。树密烟藏屋，城高楼倚天。胜情人自得，不读帝京篇。"畅春苑位于今北京海淀区，圆明园南，今北京大学西，原址是明朝神宗外祖父李伟修建的"清华园"。此诗写作者从畅春苑回途中所见所感，中间两联由远及近，从郊外的阡陌写到市内的高楼,次第有致,将北京城的面貌尽收眼底。

四

李永绍多才多艺,对书法和绘画都有较浓的兴趣。"徐徐睡起元无事,老手还书字数行"(《消闷自遣》)是他闲居生活的常态。他有多篇书法作品存世,诗作中也保留了不少关于对书画艺术的评价和见解。如《缺笔》议论书法家所用的名笔:"俗言书善笔非择,诸葛制工苏子推。我觍涂鸦不自量,亦嫌昌乐居毛锥。"宋代宣州诸葛氏擅长制作毛笔,诸葛笔是当时受人推重的名笔。擅长书法的人都希望能有一支诸葛笔。然而宋代大书法家苏轼认为,名笔如果用得不好,"皆得其形似而无其法,反不如常笔,如人学杜甫诗,得其粗俗而已"。李永绍此诗即表达缺少名笔的遗憾,后两句自嘲可能是功力太浅,才会嫌笔不好。和朋友一起品书论字,是诗人生活中一件十分快意的事情。为官时,在退朝之后,李永绍会带着家藏的古代书法拓本,与老友一起分享鉴赏:"官忙谁解作闲吟,此日退归趁早阴。古榻挈将访友去,云浓未必即成霖。"(《访任坦公校大观帖》)"大观帖"是北宋官刻丛帖,由龙大渊主持,蔡京奉旨书写帖内的款识标题。石刻成后拓本用以赐给,因此流传较少,十分珍贵。闲居后,李永绍又常与乡贤高又树一起欣赏书法。《又树集古柏行字,事颇类李世贤给吴鲍翁,即借用其事,并用其韵》就抒发对古人书法真迹湮没不传的遗憾:"悬知刻本来市上,技痒顿消不用爬。感慨古迹俱没尽,茫茫今古徒咨嗟。"对高又树集《古柏行》字一事大加赞赏。

宋代以后,书法与绘画的联系越来越密切。李永绍虽无画迹存世,但是他"消闲且品画,因老倦题诗"(《大雪》),诗集中的题画诗有近百首。他为前朝的画家画作题诗。如《题元人姜东野画竹》:"与可竹藏苏别馆,元人东野着高名。小斋悬壁偶然面,竟闻萧萧风叶声。”将元人姜东野的画竹与文与可相提并论，可见对姜画评价之高。又如《集圣教序字题董文敏画册》8首是为明代著名书画家董其昌画品所作的题画诗。董其昌对清代画家如“四王”（王时敏与王鉴、王原祁、王翚被称为清代“四王”）等影响很大，他的书法也深得康熙、乾隆的推崇偏爱。李永绍这组题画诗着重评价董画的意境，体现了董画“诗中有画，画中有诗”的交融境界。但是第七首则纯用议论语：“情与山水契，心同造化游。笔机参妙会，清远罕其俦。”（《集圣教序字题董文敏画册》其七）评价董其昌绘画的创作规律及其风格，具有总结绘画理论的意义。《题戴文进秋江图》是题写明代画家戴文进的《秋江图》。《题徐文长画卷》4首则选取徐文长的四幅写物画来品题。李永绍分别以圆熟的葡萄反衬徐文长的特立独行，以行舟来突出徐文长的横世绝代，以螃蟹来显示徐文长的怀才不遇却坚毅不屈，以画王羲之换鹅来表现徐文长的才华横溢而又洒脱飘逸。通过画品写出人品，诗人赞美了徐文长的才气人格。

李永绍也为当朝画家的画作题诗。王时敏是明末清初画家，号烟客，擅山水，专师元代黄公望，笔墨含蓄，苍润松秀，浑厚清逸，其绘画在清代影响极大。李永绍先后有20首为王时敏绘画题写的诗歌，《题画》38首中的前8首、《集圣教序字题王烟翁画册》12首，主要描写了苍山、茂林、烟霞、幽人、古寺、流水、松石等画面内容，如“云收雨意岩中净，天出晴容岭外披。卉木随风先洗叶，山空境旷露清奇”（《集圣教序字题王烟翁画册》其八），“雪后静晴天影微，万山寂历少云飞。凝华一叶崖前住，戴笠披寒何处归”（《集圣教序字题王烟翁画册》其十二）。突出王时敏山水画旷远的意境、尺幅千里的特点。李永绍的好友沈宗敬工诗、善书、通音律，并擅山水，《清朝画征录》有记载。李永绍的《题画》8首是为这位好友的山水画而作的题画诗。这组诗开篇谦虚地说自己对绘画不求深解，其他7首或咏画中之景，或赞友人画境高逸，如其三：“健笔凌空透石痕，郁蒸云气隔林屯。飞流直下分山界，纸上如闻涧底喧。”可见沈氏绘画的意境。

李永绍还为不知名的画家作品题诗。如《题画册美人》6首分别描绘了古代美女闲来观鱼、对枫孤坐、怀抱月琴、画补残妆、对梅吟诗、蹙眉读书等生活场景，再现了古代仕女画的内容特征。又如《题画》38首中为不知名的劳山人画作题诗。总之，李永绍深悟“意在有无中，得之笔墨外”（《题画》其三十三）的绘画韵味。题画诗或是表现清雅山水，淡泊幽居，或是摹写蛱蝶蜻蜓，水鸟白鹭，或是再现仕女生活细节，幽怨闲愁，既生动地反映出古代文人山水画、写物画、人物画的创作特点，也为我们留下了珍贵的画史资料，同时也显示了诗人对绘画艺术的审美功力。

五

《续修四库全书总目提要》评价李永绍“其诗未能雄深，而有澹雅之致”，概括李永绍的诗风可谓中肯准的。李永绍诗歌这一特点的形成与特定的时代环境有关。从社会身份上看，李永绍是中国古代传统知识分子的精英，又是在清代官场有年的高级别官员。从时代背景上看，李永绍生活在清初，又逢康、雍之世。这一时期是社会发展的“太平盛世”，但也是清代大兴文字狱的“酷世”。特别是在“惟以一人治天下，岂为天下奉一人”（故宫养心殿雍正帝手书楹联）的雍正时期，其文网之密、文祸之重远超前代。作为一个侍奉清王朝的汉族官员，其诗作又怎能“雄深”？

不能雄深的“澹雅之致”，既指李永绍诗作的内容，也指他诗作的风格。这更与李永绍的个性有关。如上所述，他兼具杜甫式民胞物与的仁慈胸怀和白居易式顺时委运的心态。悲天悯人的仁慈使他“故于民瘼，极为关心”（《续修四库全书总目提要》）。他忧民忧天下，以乡村父老之忧乐为己之忧乐。《喜雨》："甘霖两月恨来迟，一夜东郊雨过犁。父老莫愁麦力短，秋成加倍自称奇。"《庄农获稼》："禾稼全收宽眼界，林黄叶染占秋荣。村村场圃谁家阔，一饱欣然妇子情。"诗人对于父老之愁和妇子之情都能感同身受。李永绍忠诚于朝廷，惟期国泰民安："扪怀矢瘁志，报国鲜良谋。""惟期人物泰，万载颂金瓯。"(《汤山谢恩》)顺时委运的心态让诗人为人宽厚、坦白、信真，处事任天然、随屈伸。其《自笑》总结自己的性情说："平生无可道，检点痴顽身。宇宙原宽大，行藏随屈伸。老羞自笑我，壮忖不如人。坦白兢兢守，任天颇信真。"

因此，李永绍特别喜欢唐代诗人白居易的诗歌，他在闲暇之时创作了大量的集句诗，有集苏轼诗句、集陆游诗句以及集明人诗句等，其中以"集白诗"为最多，如《集白香山句》《季春集白句》《再集白句》《友人送花集白句》《衙退无事集白句》《挂幔帐集白句》等。这些创作一方面显示了李永绍富赡的才学，对于前代诗人的作品熟稔到可以信手拈来，另一方面，其抒情言志十分贴切，如同己出，更可以看出诗人旷达恬淡的性情爱好以及闲淡清雅的创作风格。正如《村居》诗所言："吾村无异姓，比屋皆昆弟。策杖时过从，稼穑量晴霁。纵谈无古今，间一及文艺。寄情山石间，花木商酌制。相对都白须，乐事得真际。过眼付之天，荣枯非所计。"在寄情山石间，在纵谈古今中，在间及论文艺时，李永绍的淡雅诗风自然而然地形成了。

李永绍虽然处在清代主流诗人群体之外，但是，他的创作再现了清代康雍时期宫廷大臣们生活的真实场景，记载了当时北京的繁华都市生活，表现了胶东和东北的民俗风情，留下了大量品书论画的作品，为丰富清代康乾诗坛增添了清新的一笔，不仅为我们留下了大量珍贵的民俗民生以及农事天气资料，还为我们呈现了一个胶东士人正直宽广的胸怀和幽默豁达的性情。同时，他以一个耕读之家的子弟，凭借个人的勤勉，借科举入仕，从知县做起，拾级而上，最终登达为官的顶点，成了位居要职的清朝大员。他不仅是一个为官精诚、清正廉洁、体恤下情、恩泽乡里的清官，还是一位和蔼可亲、为人谦逊的胶东乡党，以“痴人”“痴愚老人”自谦。对于胶东民众而言，李永绍更是代表着胶东地区在清朝舞台上表演的政治、文化精英，是胶东人的骄傲。这也是他的故事至今仍被乡人传颂的最重要的原因。

目 录

卷二 约山亭诗稿·乐

卷三 约山亭诗稿·射

卷四 约山亭诗稿·御

卷五 约山亭诗稿·书

附录

卷一

约山亭诗稿·礼

消闷自遣

百合阶前未放香，候花不耐卧方床[①]。
徐徐睡起元无事[②]，老手还书字数行。

【注释】①方床：卧榻。　②元，同“原”，本来。

【评析】作者心情烦闷，阶前的百合花也迟迟不开，竟然找不到可以解闷的事情，于是只好睡睡觉，写写书法。赏花、睡觉、写字等这些日常琐事，呈现了作者归乡后闲适的生活状态。然而，他的烦闷或许也正缘于这种无事的休闲。

鹊山云[①]并序

闲坐檐前，望西南鹊山，云已浓屯，倏而云即中断，如刀裁之。绵亘与山俱长，远望止尺许阔。如砥如矢，既而其上似雾非雾，色白甚。青云碎簇，有尖峰者，有平坦者，零零碎碎，不可胜数。余坐视久之，亦奇观也。吟此拙句，形其妙也。

鹊山长亘自闲闲[2]，不道今朝换旧颜。

云黑如屏谁截断，青云又出几多山。

【注释】①鹊山，位于山东烟台牟平区西南，地处观水、高陵、王格庄、院格庄四乡镇交界，是牟平区第二高山，主峰高653.8米，有大片的原始次生林，至今尚未开发。据《牟平县志》载："散山……南北横卧，层陵断雾，罩络群山，遥望崖壑重深，如画家之细皴，故以散名。" ②亘：空间和时间上延续不断。

【评析】作者闲坐屋檐前，面对西南的鹊山，看山上云起云收的变化。云罩青山，时集时散，似雾非雾，或青或白，绵延不绝。云雾笼罩中的鹊山，就像被重新装扮了一样，比平时更加神奇壮观。

望　雨

时方忧旱，适阅诗集，开卷得明人"久晴初得雨，稚子亦欣然"之句，亦嘉兆也。喜吟短句。

其　一

皇王减膳祷穹天[1]，国税已经三一蠲[2]。

天畀群黎付圣主[3]，忧民痛切得母怜。

其　二

烟雨霏霏定有时，麦收莳豆不愆期[4]。

甘霖伫看沟渠满，稚子披蓑雨里驰。

【注释】①皇王：指古圣王。后亦泛指皇帝。 ②蠲（juān）：同"捐"，除去，免除。 ③畀（bì）：给予。 ④莳（yì）：同"蓺"，种植。愆（qiān）期：误期，耽误。

【评析】第一首诗表现圣君对民生的深切关心。久旱不雨，皇帝为了祈祷苍天降雨而减少了饮食，同时也减免了百姓三分之一的赋税。第二首诗表现了作者的盼雨心情以及对农民们生活的体贴。期待一定会有烟雨霏霏的时节,农事就不会耽误了。

又树步韵恨无雨[1],仍即韵慰之

其　一

穷檐茅屋颂高天,不雨还期欲再蠲。
迈汉超唐天之子,天于圣子自然怜。

其　二

从来大雨必行时,何事今年爽此期[2]。
想为闰余节序晚[3],稍迟饱饭电光驰[4]。

【注释】①又树,即高又树,作者的侄女婿,两人经常作诗往来唱和。　②爽,违背,差失。　③原注:今岁闰九月。　④原注:谚云:“六月连阴吃饱饭。”

【评析】这两首诗与上两首的用韵以及主题都一致。其一是用历史上汉唐盛世的天子歌颂当朝圣君。其二是对雨季迟到的猜测和期待。作者猜想或许是闰月的原因,使得当年雨期延后,因此心里有所安慰,这也表现了他积极的心态。

树影山并序

闲坐亭前,老年人倦于远视,忽见墙头远山楚楚,此处旧无山,心颇疑之。熟视久之,乃远树参差,竟成远山嵯峨也。此段事亦自可笑,亦自有趣,无而为有,不胜观蜃楼耶? 作此志之。

独坐亭前掩竹关,披襟挥扇自闲闲。
昏花老眼真堪喜[1],远树墙头作远山。

【注释】①堪:能够,可以。

【评析】作者闲坐亭前,因年岁老迈,视力模糊,将远处参差茂盛的树木误看成高低起伏的山峦,因此作诗纪事。此诗反映出作者闲适、开朗、幽默的心态。

问雨期

凄凄终日未祁祁①,欲雨故迟不肯施。
五十年来叨泽惯②,睡龙鞭起是何时③。

【注释】①祁祁:舒迟的样子。 ②叨:承受。古代汉语中用于对受人恩惠及礼物表示感谢的谦辞。泽:恩泽,恩惠。 ③睡龙:古人以为龙王司雨,天不下雨,所以期盼能够用鞭子将它唤醒。

【评析】天天盼雨,但是老天不理解人们焦灼的心情,迟迟不肯下雨。作者想象大概是龙王睡着了,语言诙谐而又符合古代人对气象的认知。

盼 雨

年丰时戒雨过犁,不道甘霖地湿皮①。
天汉遥知源欲涸②,如何数点随云垂。

【注释】①不道:不觉,不料。 ②天汉:河汉,这里借指上天。

【评析】这首诗延续了前几首诗的主题,依旧是盼雨。虽然下了一点小雨,但是雨量很小,刚刚淋湿了地皮,远远满足不了长期干旱的土地的需求。因此,作者忍不住向老天发出质问,显示出他忧民悯农的情怀。

两日云盛不雨

旱魃肆灾气正豪[①]，万民盼盼望天高。
雨师想避天无术[②]，六月连阴空自劳[③]。

【注释】①旱魃(bá)：传说中引起旱灾的怪物。《诗经·大雅·云汉》："旱魃为虐，如惔如焚。"孔颖达疏："《神异经》曰：'南方有人，长二三尺，袒身，而目在顶上，走行如风，名曰魃，所见之国大旱，赤地千里，一名旱母。'"肆：放纵，任意行事。　②雨师，传说掌管雨的神。源于中国古代神话，认为是毕星。　③六月连阴：当地谚云："六月连阴吃饱饭。"

【评析】长久的干旱，百姓盼雨不至，作者似乎也失去耐心了。此诗借助神话传说中旱灾神和雨神的形象，表达了他对异常天气的深切忧虑之情。

连阴叹

南村下雨北村晴，天意区分谁与争。
漫咏连阴谚语在[①]，不应饱饭看人撑[②]。

【注释】①漫：不受约束，随便。连阴谚语，指当地"六月连阴吃饱饭"的谚语。　②撑，指充满到容不下的程度。胶东俗称吃的过饱为"撑"。

【评析】终于下雨了，却是阴晴不均。虽然天意难与抗争，但是作者倒显得比较乐观。后两句用胶东民谚表现出他的期待。

连阴不得雨自慰[①]

霖雨来时自有期[②]，愚民呼吁转相疑[③]。

伏头伏脚人人盼[4],天视天听处处知[5]。
得失偶然非厚薄[6],去留未必别安危。
无私大造行无事[7],多恐苦迟亦不迟[8]。

【注释】①原注:六月十八日。 ②霖雨:连绵大雨,也指时雨、甘雨。 ③愚民:愚昧无知之民,旧时对民众的蔑称。《墨子·非儒下》:"盛为声乐,以淫愚民。" ④伏:伏天,从夏至开始,依照干、支纪日的排列,第三个庚日起为初伏,第四个庚日起为中伏,立秋起第一个庚日为末伏的首日。 ⑤天视天听:古人认为天有意志和知觉,可以视听。《尚书·泰誓中》:"天视自我民视,天听自我民听。"大意是:上天所看到的来自于我们老百姓所看到的,上天所听到的来自于我们老百姓所听到的。 ⑥厚薄:厚此薄彼。 ⑦大造:指天地,大自然。 ⑧此句一作"默以示迟不恶迟"。

【评析】或许是因为在这段时间里,作者经历了反复的盼雨与失望,所以此诗的情绪有些释然。全诗以一种淡定洒脱的姿态看待世间的得失与安危。

半夜得雨

丝雨细飞如可数,芭蕉窗外叶无声。
那知夜半雷风至,挟雨穿窗作势鸣。

【评析】此诗作者以细腻的体察,通过半夜听雨,再现了盼望已久的这场大雨的雨势。起初细雨如丝,打叶无声。到半夜则电闪雷鸣,狂风大作。雨借风势,雷壮声威,写出了夜半大雨的声势。

喜　雨[1]

今朝新得雨,晓起乐无涯。

幸际古羲代[2]，不须话女娲[3]。
觇田苏稿稼[4]，到处响鸣蛙。
默坐云来往，不言亦自佳。

【注释】①原注：十九日。　②际：适逢，恰遇。古羲代：即伏羲时代，伏羲是中国上古三皇之首、百王之先。　③女娲：中华民族的始祖之一。　④觇(chān)：窥视，偷偷地察看。苏：更生，复生。稿：通“槁”，干枯。稼：种植谷物，也泛指农业劳动，这里专指谷物。

【评析】一夜透雨，田间因长期干旱几近枯萎的禾苗渐渐恢复了生机。池塘水满，对青蛙来说像是一场盛宴，到处都是它们欢快的叫声。作者安然静坐，闲看云卷云舒。传说中上古伏羲和女娲时代的安宁和谐也不过如此吧。

苦雨用盼雨韵[1]

其　一

编氓谁愿雨过犁[2]，雨涨南河没地皮。
集雨半年倾一日，从今畏道雨垂垂[3]。

其　二

万民望岁丰，禾黍正芃芃[4]。
昼夜不停雨，难禁三面风。

【注释】①原注：廿日。　②编氓(méng)：编入户籍的平民。③垂垂：下落的样子。　④禾黍(shǔ)：泛指黍稷稻麦等粮食作物。芃芃(péng péng)：形容植物茂盛。

【评析】这两首诗表达了作者对雨量过多的忧虑。经历了长达半年的干旱，而一旦下起雨来又不停止，大雨没过了犁具，涨满了河流。干旱亦灾，雨涝亦灾。作者这一切的忧虑都是基于对农作物以及农民生活的关心。

痴谈古今

迭兴迭废止留痕①，识透机关无一存②。
万物到头皆可笑，两问多事有乾坤③。

【注释】①迭：屡次，反复。 ②机关：原指整个机械的关键部分，后引申为周密的计谋、心机。 ③乾坤：一般代表天地、阴阳。乾，代表天；坤，代表地。

【评析】此诗表达了作者对历史盛衰兴亡的思考。朝代更迭，机关算尽，到头来都是一场空。可谓：古今多少事，都付笑谈中。

百合花

其一

花开百合真堪爱①，一干齐分十一枝。
不是胆瓶移近榻②，异香彻夜有谁知。

其二

色比玉兰更香酽③，枝枝十足又添枝。
不知花意欲多少，十一居然即擅奇④。

【注释】①堪：能，可以，足以。 ②胆瓶：瓶类器物的一种造型，因器型如悬胆而得名。直口，细长颈，削肩，肩以下渐硕，腹下部丰满。此指花瓶。榻：狭长而矮小的床，亦泛指床。 ③酽(yàn)：本义指茶酒等饮料味道醇厚。这里指百合花香。 ④擅：占有，具有。

【评析】这两首诗赞咏百合花。作者通过描绘百合的奇特花枝，异常芳香，抒发了他对百合花的喜爱之情。

中伏将尽，未见滴雨，今日雨，志憾[1]

旱论大小计三五[2]，初伏到今难用数[3]。
好雨西南山外来，豆田寸许非干土。

【注释】①原注：七月十二日。 ② 旱论大小：民间通过计算连续无降雨的天数来判断干旱的等级。夏季一般连续16～25天无雨，为小旱；连续26～35天无降雨，为中旱；连续36～45天无雨，为大旱。 ③初伏：从夏至日后第三个庚日开始计算，初伏固定为10天，是真正暑天的开始。

【评析】从初伏开始，到中伏将尽，一直未见滴雨。终于下雨了，看到豆田的形势，作者的欣喜之情可以想见。

七月十二至十八，无日不阴，雨却不大

末伏入来无日晴[1]，天常吝雨却时行[2]。
殷勤频向山农问，笑指豆花自顺成[3]。

【注释】①末伏：从立秋后的第一个庚日到第二个庚日前一天（共10天）的一段时间，是三伏中最后一伏。 ②天常吝雨：指老天经常很吝啬，不肯下大雨。 ③原注：豆忌花干。

【评析】此诗还是表现作者对农事的关心之情，同时也反映了豆类作物的生长规律。从入末伏以来连日阴天，雨水却不多。作者担心农民的庄稼，频频向山农咨询，得到农夫高兴的回答后，他的心情应该会很轻松吧。

盼 晴[1]

今年何用数三庚[2],旱罢甫经霪即行[3]。
翠岭全遮树暗出,碧天暂纵日微生。
云非空遇必留雨,风故回翔不遣晴。
寄语南河东去水[4],莫教再涨雨崖平[5]。

【注释】①原注:七月廿一日。 ②三庚:是农历中划定三伏天开始的标准,“夏至三庚便入伏”。 ③甫:刚刚,才。霪(yín):久雨。 ④南河:此指辛安河,辛安河发源于山东烟台牟平区鹊山东麓,自南向北流经牟平、莱山、高新三区,全长41.5公里,流域面积315平方公里。 ⑤原注:六月廿一日,河溢水涨。

【评析】这是一首七律,中间两联写景议论,对仗工整。作者感叹一个夏天晴雨不定、旱涝不均的天气。最后一联请求河水不要再涨,表达了他忧虑民生的情感。

再盼晴[1]

末伏雨何来,秋田厌久沃[2]。
泥深禁出门,兀坐任拘束[3]。
恋恋苦多余,祁祁仍更续。
晚霞微放明,明日定晴旭。

【注释】①原注:七月廿二日。 ②沃:把水从上浇下。 ③兀:静止。

【评析】连日阴雨,对秋作物很不利。到处泥泞,不能外出,只好在家闷坐。作者苦盼晴天的心情溢于言表。值得欣慰的是傍晚天气放晴,终于看到了晴天的希望。

盼晴后复雨,口号祈晴[1]

果然晴旭未淋淋[2],何事隔朝又复阴。
欲补伏天廿日烈,秋成万宝恐难禁[3]。

【注释】①口号:指即兴作诗,不打草稿,随口吟诵出来。②淋淋:水倾泻的样子。　③万宝:各种作物的果实,借指万物。

【评析】终于盼到了晴天,可惜好景不长,隔日又是阴雨。作者不禁担忧秋天的收成。

大醉戏吟

弗饮医催强自豪[1],家藏素蓄有村醪[2]。
由来未识酒中味,不用遣愁愁暗逃。

【注释】①弗饮医催:"医催弗饮"的倒装。此句是说作者不遵医生嘱咐,强要喝酒。　②醪(láo):浊酒。

【评析】此诗写饮酒豪兴。作者年岁已高,虽然医生嘱咐不宜饮酒,但是豪情难禁。诗的后两句用诙谐的语气巧妙地道出酒的作用:一醉解千愁。

旧山石戏题

七十余年藏尔久,生平爱此浑臧否[1]。
我颜变改石依然,不觉相看呼老友。

【注释】①臧否(zāng pǐ):褒贬、评定、评论。

【评析】作者容颜已老,而珍藏了七十多年的山石模样依旧。因为十分珍爱,所以从不对之褒贬评论,而是把它视为自己的老朋友，惜物之情溢于言表。

移　橘[1]

橘实塘西遍地稠[2]，过江变枳语传浮[3]。
廿年栽灌始成果，笑问老人能待不。

【注释】①原注：陈外孙馈盆松，傍种橘子，出土方三寸，不忍置之，移栽小盆，笑而吟之。　②原注：橘州地出佳橘。③过江变枳：“橘生淮南则为橘，生于淮北则为枳。”语出《晏子春秋》，比喻环境变了，事物的性质也变了。

【评析】历来传说“橘生淮南则为橘，生于淮北则为枳”。作者在北方栽种了一棵来自江南的三寸小橘树，预计二十多年后才能结果，所以笑问自己不知是否能等到那一天。诗歌充满着轻松乐观的情调。

闲　遣

自哂催颓一老躯[1]，九旬即到亦知乎[2]。
循檐坐对千山树[3]，扶杖行携五世雏[4]。
课雨常思邀卜士[5]，量晴时或就农夫[6]。
太平幸际休明世，浩荡胸怀片事无。

【注释】①哂(shěn)：讥笑。　②九旬：作者已年届九十。③循：顺着，沿着。　④五世雏：五代孙。　⑤课：占卜的一种。⑥量：估计，揣测。

【评析】此诗写年老的闲适生活。作者年届九十，已是五世同堂。平时闲坐可观千山树之景，行走有五世孙扶持，又逢太平盛世。他最关心的就是阴晴风雨，而这些事情又有卜士和农夫可咨询。首联虽以自嘲开始，却处处渗透着自足。

农曾孙新婚

府庠嗣响继前武[①]，又值于归中馈主[②]。
新妇谅能惠且温[③]，宜家宜室宜曾祖[④]。

【注释】①原注：其父府学。府庠（xiáng）：即府学，是中国古代地方官学的称谓。嗣响：指继承前人的事业。　②于归：指女子出嫁。《诗经·周南·桃夭》："之子于归，宜其室家。"中馈：指妻室，也指家中供膳诸事。　③谅：推想。　④宜：适合，使和顺。

【评析】这首诗记曾孙新婚。一方面表达了对孙辈们能继承家业的欣喜，另一方面也对曾孙媳妇寄予厚望，相信她能够温顺贤惠，使家庭乃至家族更加和睦兴旺。

莎鸡夜闻二首[①]

其　一

何来一草虫，振羽响秋风。
不信我聋耳，竟当此际通。
睡酣兴正浓，细响声喁喁[②]。
长吟只二字，一句万千重。

其　二

闷来危坐目瞢瞢[③]，倦体欹斜微欲动[④]。
傍案山童伺吃烟，疑吾似梦或非梦。
小仆莫猜入睡乡，光阴迅驶去如忙。
古今一概统居梦，秉烛夜游希梦长。

【注释】①莎鸡：虫名，又名络纬。俗称纺织娘、络丝娘。《诗经·豳风·七月》:“六月莎鸡振羽。” ②喁喁(yú yú):低声说话。此处形容莎鸡的叫声。 ③危坐:端坐。瞢瞢(méng méng):也作“矒矒”,昏昧,糊涂。 ④原注:“微欲动”一作“复微动”。攲(qī):倾斜,歪向一边。

【评析】这两首诗写时序变化,感叹时光流逝之快。作者半夜被莎鸡鸣声吵醒,便难以入睡。起身闲坐,慨然长叹,光阴如梭,岁月无痕,古往今来,仿佛都在一梦中,字里行间充满对人世的留恋。

石榴花

吾地有石榴一种,名将军拳。花开重楼[1],而结实颇甘。余生平慕之,而未能得。近无意中到吾家,四十余年,花开如常,而不知其即此花也。今思结实颇多,喜而赠此诗焉。

四十余年始露奇,将军拳竟压高枝。
重楼共识花如许,谁遣抱珠满树垂。

【注释】①重楼:滇重楼,别名独角莲,是多年生草本植物,根状茎粗壮,有清热解毒、消肿止痛、凉肝定惊之功效。

【评析】作者十分爱花,这株“将军拳”虽名石榴花,但与普通石榴不一样,它竟然40年才展示花果奇观,并且又是作者多年想得到的花种,难怪他会欣喜异常了。

重阳

登高无力且踌躇[1],云暗雨停气未舒。
天识重阳人忌雨,三更先布遍沟渠。

【注释】①踌躇(chóu chú):犹豫不决,走来走去。

【评析】重阳登高是中国古人的传统，偏偏天公不作美，夜间一场大雨，白天阴云沉沉，这让本来就由于年事已高而登高吃力的作者更加犹豫不决，看来登临的雅兴都被老天破坏了。

茉　莉

松干盆盆靠石斜，吾真可认为山家。
消闲缓步入花际，新得茉莉开一花。

【评析】作者养花弄草，收藏怪树奇石，并以此为乐。闲来无事，漫步其间，偶然看见茉莉花开，表达欣喜之情。

偶　成

老去胸怀无是非，闲愁抛却浑忘机[1]。
策筇散步鱼缸侧[2]，水底瞻天任鸟飞。

【注释】①忘机：指忘掉世俗的机巧之心，淡泊名利，与世无争。　②筇(qióng)：本为竹子的名称，因为筇竹可为杖，故引申为手杖。

【评析】随着年龄的增大，作者看淡功名利禄，人间是非。拄杖漫步庭院，观鱼赏鸟，心态淡然。诗的最后一句构思精巧，他俯身观看鱼缸，水中映天，本来是鸟飞苍穹，现在反倒是鸟飞水底了。看待事物的角度不同，结果就会不一样。

茴香菊[1]

雁声叫处秋光老，萧瑟园林气转嘉。
物候变迁天不吝，乡村亦自有黄花。

【注释】①茴香菊,是一种形似茴香的植物,秋天开黄花,为作者自己所命名。见本书卷四《重阳无菊》原注。

【评析】作者对季节物候的变化十分关切。秋天萧瑟,虽然万物开始转衰,但是盛开的茴香菊依然装扮着乡村,为秋色增添美丽。

喜马甥至问家姐

长兄历数存无一,九十二龄姊独嘉①。
姊不能来我艰往,遥瞻百里即天涯。

【注释】①嘉:善,美。这句是说92岁的姐姐仍然健在。

【评析】此诗抒发姐弟亲情。作者的长兄都已去世,但是92岁高龄的姐姐还健在,由于年事已高,姐弟相见不方便,但是还有晚辈可以经常来往,传递着骨肉亲情。

两孙课文

当代取士法,经义制煌煌①。
蠢蠢两孩稚,亦解弄篇章。
我年九十媲②,双眸字怯细。
借彼眼镜明,老妇教梳髻。

【注释】①煌煌:显耀,盛美。这里是说清代科举取士,重视经义文章。 ②媲:并,比,匹敌。这里指年近九十。

【评析】此诗记述了作者家庭生活中的趣事。年届九十的老翁帮助两个幼孙学习经文,但是老眼昏花,只好借助于眼镜。诗用浅显的语言将生活中的小片段娓娓道来,平实之中富含乐趣。

又生元孙[1]

评文薄暮日昏时，欣赏曾孙篇有思。
贪睡五更方未醒，绳绳五代添螽斯[2]。

【注释】①原注：闰九月八日。元孙：即玄孙。此避康熙帝名讳。②绳绳(mǐn mǐn)：形容接连不断，绵绵不绝。此句出自《诗经·周南·螽斯》："螽斯羽，薨薨兮。宜尔子孙，绳绳兮。"

【评析】此诗抒发添丁之喜。作者因为欣赏曾孙的文章，有些劳累贪睡。而一觉醒来，家族又添玄孙。五世同堂，子孙延绵不断，没有比这更令老人欣喜的了。字里行间流露出作者的自豪和兴奋。

闰九月九日

其 一

前年篱畔菊开黄，吹帽落风老亦狂[1]。
九十眼前足力怯，今朝虚度两重阳。

其 二

小园荒废菊无黄，潇洒老人灰意狂。
墙角一枝草际出，笑渠似补晚重阳[2]。

其 三

重阳冒雨菊争黄，无菊重阳谁作狂。
多个重阳期必爽，明年烂漫度重阳。

其 四

草木深秋青间黄，三秋昔定古非狂。
不因重九莫虚度，几占人间十月阳。

【注释】①吹帽落风：这里用“孟嘉落帽”的典故，后指重阳登高聚会。典出《晋书·孟嘉传》：孟嘉为桓温参军，九月九日游龙山，风至，吹孟嘉帽落，桓温命孙盛为文嘲孟嘉。孟嘉答之，其文甚美，四座嗟叹。 ②渠：方言，他(她或它)。

【评析】这组诗用相同的韵脚，以“阳”“狂”贯穿全诗。作者已经度过了几十个重阳，但是疏狂之气不减当年，颇有老当益壮之感。

秋末偶成

深秋物候肃，天迥气晶晶[1]。
景静尘嚣屏[2]，心闲杂虑清。
障眸今世态，展册古人情。
肯有往来客，开门曳杖迎。

【注释】①迥：远。晶：明亮，清澈。 ②尘嚣：指人世间的烦扰、喧嚣。

【评析】秋高气清，心情宁静，作者远离世事烦扰，读读古籍，交交朋友，过着一种淡然自得的生活。

初立冬微雨

独坐茅斋里，柴门自闭关。
鱼浮水面静，鸟语树声间。
雨细山藏影，风微云改颜。
入冬尚未雪，草色看斑斑[1]。

【注释】①斑斑：色彩鲜明的样子。

【评析】这是一首五律诗，抒写初冬时节的时序特点。虽然立冬了,但是天气还很缓和,作者独坐茅斋,欣赏着游鱼和鸟语,体察着细雨和微风。诗的中间两联对仗工稳,尾联“入冬尚未雪,草色看斑斑”竟然显出一派生机。

说　梦

夜得一吉梦,醒后多时,认以为真,此老征也。随口吟一句云“老梦醒时情最亲”,因足成此。

不道浮生不若梦[1],梦中直要脱艰辛。
痴人不是好谈此,老梦醒时情最亲。

【注释】①浮生:空虚不实的人生,指人生。典出《庄子·刻意》:“其生若浮,其死若休。”

【评析】此诗为记梦之作。人生如梦,梦如人生。作者的人生经历丰富,也比较平坦,所以梦中也是吉祥之境。

咏 老 梅

杈丫枯树老梅根,不计年更硬独存。
还放清香焕新彩,不须争说杏花村[1]。

【注释】①杏花村:有多个地方叫杏花村。最著名的应是晚唐诗人杜牧的《清明》诗:“借问酒家何处有,牧童遥指杏花村。”

【评析】这是一首咏物诗。老梅历经岁月却依然能够独放异香,作者似乎以此明志。自己虽然年岁已老,但仍然能够有所作为。

祭亡室回归[1]

浮生一局尽招魂,祭毕回归声忍吞。

入室将言口旋闭，寒窗孤坐对灯昏。

【注释】①亡室：旧时自称去世的妻子。

【评析】这是一首悼亡诗。祭奠亡妻回来后，作者欲哭无泪，欲言又止，浮生若梦，无人相伴，唯有坐对孤灯。对亡妻的感情之深，溢于言表。

十月朔上坟[①]

忆昔幼年日，清明扫墓阡[②]。
父兄率幼辈，牲醴灿石筵[③]。
尊卑列长幼，拜稽我不前[④]。
祀毕立左右，西沟响潺潺[⑤]。
岸上老杏树，南枝向日鲜。
嬉游稚无识，往事犹在焉。
壮来走京洛，筮仕首霅川[⑥]。
入朝廿载余，时事几变迁。
碌碌无奇节，辽左愧备员[⑦]。
天子嘉微劳，司空诏远还[⑧]。
微躯何足道，祖父覃恩全[⑨]。
丙辰有降恩，我老已息肩[⑩]。
农工两卿二，光前慰九泉。
竭力勒丰碑[⑪]，天章良工铸[⑫]。
双碑岿然立，并峙松柏边。
天恩如此渥[⑬]，过往人称宣。
及今邻九十，灌献莫我先[⑭]。
儿童皆老大，昔人非浪传。

顾兹松与柏，郁葱可万年。
裕后念祖德，惟冀子孙贤。

【注释】①朔：农历每月初一。此指十月初一，因这一天祭奠先亡之人，谓之送寒衣，又称为寒衣节。　②阡：通往坟墓的道路。③牲醴（lǐ）：指祭祀用的牲口和甜酒。石筵：石制的几筵，用以安放灵座。　④稽（qǐ）：即稽首，古时的一种礼节，跪下，拱手至地，头也至地。　⑤潺潺（chán chán）：拟声词。形容溪水、泉水等流动的声音。　⑥筮仕：指初出做官。霅（zhá）川：湖州别名。作者于康熙三十二年（1693）任浙江湖州府乌程县（今吴兴）知县。　⑦辽左：辽东的别称。因古代方位左东右西，所以辽东又称辽左。康熙六十一年（1722）作者调任盛京工部侍郎。　⑧司空：中国古代官名，主管水利、营建之事。清朝本无此官，雍正二年（1724）六月，作者晋升工部尚书，和司空所掌职务相似，故有此说。　⑨覃（tán）：延及。　⑩息肩：卸任。作者于雍正五年（1727）致仕归里。⑪勒：雕刻。　⑫天章：泛指好文章。　⑬渥：浓厚，深厚。　⑭灌献：这里指祭祀祖先时倒酒和敬酒。此句意指作者是现在家族中的长者，所以祭祀等活动由自己来执行。

【评析】此诗借十月初一为祖先上坟，回顾总结自己一生的仕宦经历，具有自传的性质。诗歌可分三部分，从首句“忆昔幼年日”到“往事犹在焉”可为第一部分，叙述幼年祭祖扫墓情况；从“壮来走京洛”到“我老已息肩”为第二部分，叙述仕宦经历，以初仕湖州，再任盛京，最后任工部尚书为代表，概括了自己近40年的仕途生活；从“农工两卿二”到最后为第三部分，赞美了君王厚恩，进而对子孙提出殷切的期望。

雪　咏

散散悠悠何处来，轻盈作态压楼台。

千山万岭统皆老，惟有青松色壮哉。

【评析】诗的前两句用拟人的手法，写出雪的轻盈悠然之姿。后两句表现雪漫青山，白茫茫一片，就像人老头白。将山岭之白与松树之青对比，既写出了雪的特点，又突出了松的坚韧品格。

足 梦

夜梦到友人山中书斋，得句云“鹤归群岭静，茶熟一溪烟”，醒后成之。

茅斋可数椽[1]，乍到不同前。
书史堆签整[2]，松梅款式仙。
鹤归群岭静，茶熟一溪烟。
栖息真堪乐，山中自忘年。

【注释】①椽（chuán）：放在梁上架着屋顶的木条，也作古代房屋间数的代称。 ②签：书签。这句是说书斋中的书目摆放整齐。

【评析】作者梦中到老友书斋拜访，醒来梦中情形历历在目。书斋环境清雅，犹如人间仙境，让人流连忘返，心旷神怡。颔联“鹤归群岭静，茶熟一溪烟”不失为精工之句。

十月廿五日晴明

前朝大雪迷岩岫[1]，今日晴明一片无。
邻里老翁占冷信，相看笑语共欢呼。

【注释】①岩岫（xiù）：山，峰峦。

【评析】久雪之后，天气终于放晴，而邻家老翁占卜失准。这些生活小事皆能让作者开怀一笑，他总是善于从平淡的生活中获得乐趣。

植杖自哂[①]

步履扶杖腰动楚[②]，语言蹇涩复兼聋[③]。
息奔向老自应尔[④]，药石不须逊少功[⑤]。

【注释】①植杖：倚杖，扶杖。典出《论语·微子》："子路从而后，遇丈人，以杖荷蓧。子路问曰：'子见夫子乎！'丈人曰：'四体不勤，五谷不分。孰为夫子？'植其杖而芸。"后因之以"植杖"为典。哂：讥笑，此为自嘲。　②楚：痛苦。此句意为年事已高，行动不便。　③蹇(jiǎn)涩：形容言语艰涩不顺。　④息奔向老：此句意为年老是自然规律。　⑤药石：古时指药和治病的石针。逊：次，差，不及。

【评析】作者年岁已高，身体各器官逐渐衰退，拄上了拐杖，说话不利落，听力也下降了。他表面上在慨叹年老，实际上能顺应自然规律，保持着乐观的心态。

雪后吟

大雪知因培二麦[①]，山川堆皓连阡陌[②]。
鸟寒艰觅旧时巢，路掩似辞新访客。
体弱虚飘树影肥，气清浮涨烟光白。
老翁踏雪出门难，袖手围炉且看弈[③]。

【注释】①二麦：大麦、小麦。《宋书·武帝纪》："今二麦未晚，甘泽频降，可下东境郡，勤课垦殖。"　②皓(hào)：洁白，明亮。③弈：古代指围棋。

【评析】一场大雪，对于冬小麦来说是莫大的喜事。尽管雪后诸事不便，飞鸟难觅旧巢，路断阻隔访客，作者出门艰难，但是心情很好，所以悠闲地围炉观看对弈。

雪后适读访戴事笑吟[1]

雪后难将竹杖携，况深三尺墁高低[2]。
半途不晤戴安道[3]，今日方知嫌路迷。

【注释】①访戴事：典出《世说新语》，(东晋)王子猷居住在山阴，一天夜里大雪，他看到景色静美，忽然想念起住在剡县的朋友戴安道，就连夜乘小船去访问。走了一夜才到，但是造门不前而返。别人问他原因，王说："吾本乘兴而行，兴尽而返，何必见戴？" ②墁：在竹木墙架上涂抹泥土，使之成为土墙。引申为涂抹、粉饰。这句是说积雪三尺厚，拄杖前行，不知高低深浅。 ③晤：遇到，见面。

【评析】《世说新语》中记载王子猷雪夜拜访戴安道，到达而返，虽未见面，兴尽足矣，历来被后人当作率性而为的"魏晋风度"典型。作者在大雪之后恰好读到这则故事，对此做出不同的解读。他认为王子猷之所以中途返回，实在是大雪盖地，路途难辨，迷路而致。此诗对传统说法表达异见，别出心裁，令人耳目一新。

狐裘破[1]

三十狐裘久着此，我裘何敢古人比。
注眸验处现无毛，晏子当年想老矣[2]。

【注释】①狐裘(qiú)：用狐皮制的外衣。 ②晏子：春秋后期齐国著名的外交家、政治家、思想家。《礼记·檀弓下》载："晏子一狐裘三十年。"形容晏子生活节俭。

【评析】作者的一件狐裘穿了30年，已经磨损老旧。由自己的狐裘联想到历史上著名的晏子，晏子也是一裘穿30年。古人生活的节俭程度值得今人学习。

送又树归里[1]

十几年来坐讲帏[2]，论文朝夕共投机。
摧颓老叟情犹昔[3]，从此与君相见稀。

【注释】①又树：即高又树。　②讲帏(wéi)：即“讲帷”，泛指讲坛。　③摧颓：衰败，毁废。

【评析】高又树是与作者诗文唱和最多的一位亲戚兼朋友，两人因为有共同的爱好，经常在一起谈文论道，十分投机。现在朋友高又树要归故乡，作者心中自然很不舍。此诗即抒发了这种惜别之情。

闻留春秋喜复前韵

芸窗师弟久书帏[1]，一旦相抛失事机。
山谷云亲习主簿[2]，春秋会面讵愁稀[3]。

【注释】①芸窗：指书斋。　②山谷：宋代诗人黄庭坚，号山谷道人，其《社日奉寄君庸主簿》：“传声习主簿，勤为拨春醅。”习主簿，晋代习凿齿曾为桓温主簿。此处概指作者与高又树的关系。③讵(jù)：岂，难道，用于表示反问。

【评析】此诗概承上一首意思，吟咏与高又树的朋友情义。所用诗韵与上一首相同。

盆植小山松

瘦腰山石倚松根，曲曲松枝虬样痕[1]。
我对青葱坐片刻，丰标直欲掩粗盆[2]。

树生丛叶均如纸，何事发披三寸长。
见惯熟经习弗察[3]，入山只觉爱苍苍。

【注释】①虬(qiú)：古代传说中有角的龙。此处形容山松的形态奇特，像龙一样。 ②丰标：风度，仪态，此指松树的姿态。 ③弗：不。

【评析】这是一首咏松诗。作者特别喜欢松树，是因为松树的品性象征着君子的品格。他盆栽的小山松，枝叶繁茂，形态奇特，给生活带来无限的乐趣。

严冬二日阴即晴[1]

天子忧劳民食难，蠲租移粟恐凋残[2]。
今朝晴旭识天意，餐减何堪更耐寒。

【注释】①原注：时三九三日。按：三九指冬至后的第 19～27 天。 ②蠲(juān)租：免除租税。

【评析】此诗通过描写严冬暖阳，赞颂皇帝免除百姓租税，对民生疾苦的关心。三九是天气最寒冷的季节，却旭日高照，给处在寒冬中的百姓带来阵阵暖意。

阅东坡尺牍[1]

大江修竹有荒山，画属坡公放脚间。
曳杖不知谁远近，笑吾寸步已呼艰。

【注释】①原注：中有“荒山大江，修竹古木，曳杖放脚，不知远近”等语。东坡：宋代大文学家苏轼，号东坡居士。尺牍(dú)：文体名。牍，古人书写用的木简，用一尺长的木简作书信，故称尺牍。也借指古人留下的书信、文辞、墨迹等。

【评析】苏轼是宋代诗、书、画兼擅的大家，尤其擅长画墨竹。作者也很喜欢苏轼的作品，此诗是欣赏苏轼的绘画有感而发。作者看到苏轼亲自曳杖放脚，远足跋涉，体验荒山大江、修竹古木，十分羡慕，可惜自己年事已高，心有余而力不足。

游于独[1]

喧寂不分均一致，杜门默坐对天云[2]。
离人休笑游于独，鹤舞鹿驯即是群。

【注释】①游于独：独自一个人游玩。 ②杜门：指闭门不出。《汉书·孙光传》："光退门闾，杜门自守。"

【评析】作者不被外界的喧嚣扰乱内心的平静，闭门静坐，笑对苍天。在外人看来似乎过于孤寂，但是在作者眼中，蓝天白云，舞鹤驯鹿，万物生灵皆是同伴。

林下颠歌[1]

安健子孙多，加此欲如何。
行率大小稚，杖前舞婆娑[2]。
世间谁得乐淘淘，膝下儿孙难强邀。
归休田里真乐事，坡老心驰瑞草桥。
日日望蜀归未得，数载海南履不测[3]。
我今解组归田园[4]，里巷逍遥安本色。
况复五世见曾元[5]，衡山有句诗集传[6]。
前有衡山今有我，幸叨天顾何不可[7]。
子子孙孙纷膝前，老颜常舒，龙眉展哉真不锁[8]。

【注释】①颠：古同"癫"，精神错乱，引申为放荡不羁。 ②婆娑:盘旋舞动的样子。此指儿孙在身边环绕。 ③“归休”句:以下四句是用苏轼的典故。苏轼家在四川,却被贬到海南。以苏轼的遭遇引出下文自己的经历。 ④解组:解下印绶,指辞去官职。⑤曾元:曾孙和玄孙,“元”避康熙讳。 ⑥衡山:文徵明(1470—1559),原名壁,字徵明。42岁起以字行,更字徵仲。因先世衡山人,故号衡山居士,世称“文衡山”,曾官翰林待诏,年90岁。擅长诗文书画,诗宗白居易、苏轼。 ⑦叨:谦辞,承受。 ⑧尨(máng)眉:眉毛黑白杂色,形容年老。

【评析】这是一首古体诗。作者用自由的语言和句式,表达了对自己生活的满足感。他归乡以后,儿孙绕膝,五世同堂,逍遥安闲,与前贤相比,比苏轼命运要好,只有明代的大才子文徵明可以与之媲美。虽然题目标示有些癫狂,但是由此也可看出作者对自己的评价。

春　词

腊月十七日立春,十九日,盆梅迎春皆有欲开之意,赋此。

乾坤容许着闲身,随运静看万物新。
一岁不亏仍四季,百花先欲庆三春[①]。

【注释】①三春:春季三个月。农历正月称孟春,二月称仲春,三月称季春。

【评析】春回大地,万物复苏,一派欣欣向荣的景象。此诗表现出作者委运随时的欣喜之情。

除　夕[①]

团圞守岁共欢呼[②],介寿樽前争执壶[③]。
绕膝一元余怯夜,会孙含笑叱雏奴[④]。

【注释】①原注：丁巳。按：1737 年。　②团圞(luán)：团聚；团圆。　③介寿：祈求长寿，介，辅助。出自《诗经·豳风·七月》："八月剥枣，十月获稻。为此春酒，以介眉寿。"　④原注：二稚隔街未至，其父叱之。

【评析】除夕之夜，家族团圆，儿孙绕膝，争相为作者执壶敬酒祝寿。有两个玄孙只顾玩耍没有及时赶到，被其父亲笑骂一通。作者善于通过这些生活小片段，表现自己的天伦之乐。

元　旦[①]

百岁老人世亦有，老夫自忖龙钟朽[②]。
欣逢元旦三阳临[③]，难挽岁除四季走。
仙果三三三属千，我年八八八添九。
满堂罗拜认分明，三个元孙学叩首[④]。

【注释】①原注：戊午。按：1738 年。元旦：中国古代曾以腊月、十月等的月首为元旦，汉武帝始为农历一月一日，并沿用。中华民国始为公历一月一日，1949 年中华人民共和国成立时得以明确，同时确定农历一月一日为"春节"。此处"元旦"即现在的"春节"。　②忖：推测，揣度。龙钟：年老体衰、行动不便的样子。③三阳：意为春天开始。据《易经》："正月为泰卦，三阳生于下。"④元孙：即玄孙，"元"避康熙讳。

【评析】又逢新岁，作者又添一寿，已经 89 岁高龄。满堂儿孙依次跪拜，这是作者最幸福的时刻。更可喜的是，三个第五代幼孙也能学习叩首祝福高祖，所以作者尽管称自己龙钟老朽，还是十分欣喜。

题元人姜东野画竹[①]

与可竹藏苏别馆[②]，元人东野着高名。

小斋悬壁偶然面，竟闻萧萧风叶声。

【注释】①姜东野：元代画家，具体生平不可考。②与可：即文与可。文同，字与可，宋代著名画家，擅长画竹子，苏轼的表兄。别馆：别墅。

【评析】北宋文学家晁补之曾作诗称赞“与可画竹时，胸中有成竹”。文与可生前曾送给苏轼一幅《筼筜谷偃竹图》，苏轼后来创作了《文与可画筼筜谷偃竹记》，追忆二人的深挚友谊，对文与可画竹子的水平大加赞赏。作者在此诗中将元人姜东野的画竹与文与可相提并论，可见对姜画评价之高。最后两句以通感之法表现姜东野画竹的逼真，新颖奇特，出人意料。

正元三日对梅[①]

老人僻处在山村，新岁胸无一事存。
静对梅花不暇倦，情深未觉到黄昏。

【注释】①正元三日：正月初三日。

【评析】作者看淡人生世事，胸怀坦然，闲来无事，静赏梅花，情至深处，忘记时间。

春　分[①]

阳和一到即更云[②]，昨日雷声遍处闻。
柳树含烟青脉脉，杏花抱蕊隐纷纷。
鹤鸣趁暖势思舞，草不萌香气欲薰[③]。
燕子未来春尚浅，三分春色已平分。

【注释】①原注：二月三日。②阳和：指春天。③萌：草木发芽。薰:和暖,温和。

【评析】此诗表现春天万物复苏、欣欣向荣的景象。中间两联对仗精巧,春分节气,天气和暖,柳树含烟,杏花抱蕊,白鹤起舞,花草散香。最后一联扣紧题目,点出春分时节的物候特征,燕子还未来,三分春色只过了一半。体物细腻。

缺　笔

俗言书善笔非择,诸葛制工苏子推①。
我觍涂鸦不自量②,亦嫌昌乐居毛锥③。

【注释】①诸葛制工:宋时宣州诸葛氏擅长制作毛笔。苏子:苏轼。推:推重。　②觍(tiǎn):厚着脸皮。这里是作者自嘲。③毛锥:即毛笔。

【评析】作者擅长书法,经常写字,此诗表达缺少名笔的遗憾。宋代大书法家苏轼认为,当时受人推重的名笔——诸葛笔如果用得不好,"皆得其形似而无其法,反不如常笔,如人学杜甫诗,得其粗俗而已"。作者在诗中自嘲可能是自己的功力太浅,才会嫌笔不好。

觅　药

老来药味不相离,破格换加擅货奇。
微躯药物究难得,抱膝慨吟只自知。

【评析】此诗表现奇药难得的无奈。随着年龄的老迈,作者要靠药物来维持健康。但是奇药难寻,即使破格高价也很难得到。

闻又树至,值雨不得相晤

十年无日不相亲,一日三秋算几春①。

把臂又愁零雨隔，披蓑偏恨老随身。

【注释】①一日三秋：一天不见面，就像过了三个季度，比喻分别时间虽短，却觉得很长，形容思念殷切。语出《诗经·王风·采葛》："彼采萧兮，一日不见，如三秋兮。"

【评析】作者与高又树可谓知音，他们交往十年，关系十分密切，一日不见，如隔三秋。此诗表达别后思念之情。因天公不作美，加上身体老迈，作者听说老朋友来却不能马上前去探访，遗憾可以想见。

北园看杏花

其一

小圃黄花开满枝，缤纷错杂斗参差。
老人曳杖对迟日[①]，烂漫春光又一时。

其二

杏花初放爱朝晖，植杖花阴坐未归。
万物乘春各自得，蹁跹蝴蝶上人衣[②]。

【注释】①迟日：春日。杜甫《绝句二首》之一："迟日江山丽，春风花草香。" ②原注：适有一蝶落余膝上。蹁跹（pián xiān）：形容旋转舞动。

【评析】这两首小诗以杏花为主描绘春日丽景。春天万物各得天时，百花争奇斗艳，蝴蝶蹁跹起舞。作者漫步小园，独坐杏花树下，乐而忘归。

老松复还通身青

霜末松黄早，青葱还旧好。

那识虬苍颜，耐寒更耐老。

【评析】作者平生喜爱松树，看到栽种的老松返青，无限惊喜。这棵“耐寒更耐老”的青松，似乎是年迈作者的情感寄托。

细　雨①

阳和布泽好②，共乐杏花天。
瓣落方飞地，云阴旋放烟。
风微动树杪③，雨细障峰巅。
霡霂闻诗咏④，丰年在眼前。

【注释】①原注：谷雨前三日。②阳和：春天的暖气，借指春天。③杪（miǎo）：树枝的细梢。④霡霂（mài mù）：小雨。《尔雅·释天》：“小雨谓之霡霂。”

【评析】春雨贵如油，润物细无声。此诗字里行间渗透出作者对这场细细春雨的喜爱之情，因为它的滋润，丰年就值得期待。

玉兰独花

兰形琢玉净无瑕，疑雪疑水质可夸。
莫恨繁英吐蕊少，砚瓶且贮江南花。

【评析】此诗歌咏白玉兰。白玉兰花质地洁白无瑕，如玉似雪，江南种植比较普遍，北方较少见，因此更显其高雅独标。

赏铁梗海棠①

海棠泼眼泛红新，况是上古熙皞民②。
如此好花如此世，老人幸际太平春。

太平天子乐无疆，年年岁岁花有光。

兕觥频酌邀客饮[3]，滥醉何妨百千场。

【注释】①铁梗海棠：贴梗海棠的别称。落叶灌木，因其花梗极短，花朵紧贴在枝干上，故而得名，花朵鲜润丰腴，是庭园中主要春季花木之一。　②熙皞：和乐，怡然自得。　③兕觥(sì gōng)：古代盛酒器或饮酒器。

【评析】春天海棠花开，鲜艳夺目，作者身处盛世，衣食无忧，怡然自得。花好心情更好，因此，邀请朋友豪饮，即使酣醉也无所惜。

心游并序

余于三月初四，已约诸孙辈初六日看桃李花。不意抵期，余病不能出门，其事遂寝。从此春光明媚，竟成烟消雾散矣，心颇恨之。然余自归里后，无岁不春游。东圃北园，无不身履而心志之。即南圃新创，昨岁亦过焉。今纵不身游，不妨竟作心游，以当古人之卧游也。忆其景，竟成数短句，春光有知，当亦不笑余之负此春光也。

其　一

西岗高处几茅檐，庄农不解悬青帘。

惟栽几株桃李树，山村野趣有谁嫌。

其　二

遥知桃李弄春晖，着意东君不欲违[1]。

我愿留春常久住，经年悦我不令归。

其　三

去年树底菜花黄，低衬桃花别样妆。

不见一年树渐大，今年未睹意彷徨。

其　四

未睹新圃不须恨，转瞬明年即过墙。

到得乘春添锦绣，缤纷作意放辉煌。

【注释】①东君：司春之神。

【评析】作者致仕归乡以后，每年的春天都要游春赏花。今年与诸孙辈约好赏花的时间，却因生病不能成行。身虽不能游春，但是心可以畅游，因此效仿古人，作心游诗。这组诗表现作者记忆中的乡村春景，以桃李花为主，茅檐、新圃、菜花为辅，描绘了农村春意盎然的景象。

元孙昌后穿余贴体小袄[1]

贴体紧身短且微，偶然脱却暂相违。
著来幼稚榻前拜，五世孙穿高祖衣[2]。

【注释】①元孙昌后：元孙，即玄孙，昌后，疑玄孙名字。②高祖：曾祖父的父亲称为高祖，与之对应的亲属称谓是玄孙。

【评析】此诗记载一则生活小事。作者自己的一件贴身小棉袄，脱下放在床上，被前来问安的玄孙穿上。小儿穿高祖大衣，想必会更加有趣而可爱。

自　适

诸孙较弈日西斜，棋劫正忙不顾茶[1]。
病退老夫颇自适，欢然笑对两瓶花[2]。

【注释】①棋劫：围棋的劫争，也用以比喻争战。　②原注：时贮花两瓶，烂漫异常。

【评析】孙辈下棋，激战正酣，都顾不上喝茶。作者病体初愈，一边观战，旁边还有两瓶鲜艳的插花散发着香气，此情此景，怎能不怡然自乐?!

八十九初度,即席赋[1]

古稀朝杖均称弟,加六磻溪亦不兄[2]。
盛世寿人耋不少[3],明年相与数同庚。
浮生若梦真如睡,自忖无能应自愧。
驹隙百年瞬息间[4],不须欣欢称人瑞[5]。

【注释】①初度:指生日之时。出自《离骚》“皇览揆余初度兮,肇锡余以嘉名”。后称生日为“初度”。 ②磻溪(pán xī):溪名,在今陕西宝鸡东南,相传是姜太公钓鱼的地方。 ③耋(dié):年老,七八十岁的年纪。 ④驹隙:指光阴易逝。 ⑤人瑞:通称期颐或称百岁,常指年纪100岁以上的人。也指年高德劭受人尊敬的人。

【评析】此诗是作者89岁生日所作。人生七十古来稀,何况作者已经89岁高龄! 虽然他表现得很谦虚,但是以此长寿人生,足以笑傲古今,堪称人瑞。

观剧不闻,笑吟

其　一

儿孙欢舞自难持,唤集梨园歌鼓吹[1]。
丝竹平台声细细,笛笙响处笛笙知。

其　二

昆曲学调宫与商[2],喉咙竭力认潜藏。
今朝方识无声戏,不觉掀髯笑一场。

【注释】①梨园,原是唐代都城长安的一个地名,因唐玄宗李隆基在此地教演艺人,后来成为戏曲班子和艺人的代名词。

②昆曲：原名"昆山腔""昆腔"，元朝末期（14世纪中叶）即产生于苏州昆山（属太仓州）一带，它与起源于浙江的海盐腔、余姚腔和起源于江西的弋阳腔被称为明代四大声腔，同属南戏系统。清代以来被称为"昆曲"，现又被称为"昆剧"。宫与商：宫、商，古代音律中的宫音与商音，后人用其泛指音乐。

【评析】此诗记听戏趣事。作者和儿孙们一起去看戏，因为年寿已高，听力衰退，再加上昆曲演奏声音太低，结果，异彩纷呈的戏剧在作者这里变成了无声戏，"听戏"变成了"观戏"。即便如此，作者还是兴致高昂，最后一句可以看出他的乐观。

望胪孙回归三首①

其　一

朝朝南望盼回音，暗数归程直至今。
不是拜稽为寿考②，逝期多恤老人心。

其　二

菜根嚼断仕江干③，禄薄赡儿行李难。
果尔囊空苦至此，拮据无术我心欢。

其　三

大比三年属此日④，寸阴不放各争先。
老夫不揣课时艺，林立诸孙少尔篇。

【注释】①胪孙：从以下作者连续创作的《望胪孙不至》《望胪孙不至二首》等几首诗推测，这是作者的一位曾孙。他从小跟随父亲在江南生活，此次回乡，让作者盼望了好几天。　②寿考：年高，长寿。　③江干：地名，今隶属于浙江杭州，是杭州最古老的城区之一。　④大比：指科举考试。明清科举考试一般分为高低两级，低一级叫"乡试"，称为"大比"，每三年举行一次。高一级叫"会试”和“殿试”,会试和殿试可以算作一个级别。

【评析】这组诗表达作者盼望曾孙归乡的急切心情。其一总写数日盼归。其二想象曾孙生活的艰难。其三写诸孙争分夺秒准备科举考试,惟独看不到胪孙的习作。

哭辞四弟柩二首①

其　一

锦簇牡丹迎面来,主人安在共谁杯。
余方泪坠如泉涌,不暇问花不必开。

其　二

生寄直堪论旦夕,死归何处作家乡。
圣贤自古皆同此,信是转眸梦一场。

【注释】①原注:四月六日。

【评析】四弟辞世,作者悲痛万分。其一写四弟家中盛开的牡丹花让作者睹物思人。其二抒发参透人生的豁达之情。浮生若梦,自古有生皆有死,即使圣贤也是如此。悲痛之极,作者反而看透生命本质。

望胪孙不至①

子犹恋父进杯水,父愧赡儿羞菜根。
只苦衰年老耋祖,朝朝望眼盼曾孙。

【注释】①原注:四月八日。

【评析】人老多情,作者久盼曾孙不至,朝朝望眼欲穿。

望胪孙不至二首[1]

其　一

幼孙著短衣，南下赴亲帏[2]。
淞水非航海[3]，娄澜亦等沂。
官贫音信寡，路隔鱼鸿稀。
反覆频频计，何为忘却归。

其　二

随父虽佳非故乡，况当两祖白头霜。
临期纵使还有说，何事也无寸字商。

【注释】①原注：四月十一日。　②亲帏：指父亲。　③淞(sōng)水：淞江，发源于太湖，东流至上海与黄浦江合流入海。也称“吴淞江”“苏州河”。

【评析】胪孙久盼不至，作者不免猜测原因。从作者前后的系列诗作看，这位曾孙家境不很富足，与老家的书信联系也较少。

盼胪孙又作[1]

鲜翅生身不奋飞，无聊闷坐对斜晖。
云泥途远人千里[2]，落日依巢燕子归。

【注释】①原注：十三日作。　②云泥：云在天，泥在地，比喻两物相去甚远，差异很大。

【评析】作者近期都被盼望之情困扰，夕阳西下，燕子归巢，也能触动他对千里之外曾孙的牵挂。

不作诗

望胪孙不至，遂发意不复作诗。十三日题诗之后，情不自禁又卜之。得吉语,毛诗云:"卜筮偕止,会言近止,征夫迩止。"[1]焉知其为今日事也?喜而识之。

多疑自觅惑,事厌倦题诗。
非是忘情蛪[2],老衷不耐思。

【注释】①"卜筮偕止"句:出自《诗经·小雅·杕杜》,意思是说:"求卜问筮结果一致,都说你回家指日可待,远征的人离乡已近,就要归来。" ②蛪(qiè):古书上说的一种虫,似蝉。

【评析】作者近期多次作诗,表达盼胪孙不至的失望,屡盼屡写,屡写屡盼,于是决心不再写此类诗歌。怎奈情不自禁,又改为占卜。因为得到吉语,自然就有了此诗。其实不管是写诗还是占卜,都是作者盼胪孙归乡的感情寄托。

喜胪孙至,仍用盼望韵

谁料行人来似飞,叩门半夜当朝晖。
望穿老眼几多日,不道人从天上归。

【评析】作者的苦盼,终于有了结果。胪孙半夜归来,对于望穿双眼的高祖而言,不啻喜从天降,所以尾句就说"人从天上归"。

吟旧句

性情荒竹石,岁月老禽鱼。
缅想旧时句,何曾渐改诸。

【评析】此诗表现作者的性情。在往时所作诗句中,作者欣赏竹石,吟玩禽鱼,从容安详,悠然恬淡。这种性情不曾改变。

端　阳[1]

四月阳已兆，五月即端阳。
乾坤运转速，如此何遑遑[2]。
默默潜中度，天不厌奔忙。
榴花识时节，万绿拥朱光。
老夫亦顺序，蒲酒酿雄黄[3]。
邀客共□酌，酣饮泛玉觞[4]。
谈笑无拘束，洵哉老而狂[5]。
性情依然是，龙钟亦何妨。

【注释】①端阳：端午节，每年农历五月初五，又称午日节、五月节等。　②遑遑：匆忙，也作“皇皇”。　③雄黄：古人将雄黄研磨成粉泡酒，一般在端午节饮用。　④觞：古代酒器。　⑤洵：诚然，实在。

【评析】此诗记载端阳节的习俗。榴花盛开，万树浓绿。亲朋欢聚，酣饮雄黄酒。大家无拘无束，随时随性。这种自由自在的节日气氛，对于经历了高层官场生活的作者而言，弥足珍贵。

大雷一鸣即止[1]

月余常禁舞商羊[2]，禾黍芃芃四野强。
不雨空雷天有意，麦秋不日即登场。

【注释】①原注：五月十日。　②商羊：传说中的鸟名。商羊飞舞定有大雨。王充《论衡·变动》：“商羊者，知雨之物也；天且雨，屈其一足起舞矣。”

【评析】麦子即将收割，此时不宜下雨。天遂人愿，大雷一鸣即止，作者关注民生，感激上苍。

自　笑

平生无可道，检点痴顽身。
宇宙原宽大[1]，行藏随屈伸。
老羞自笑我，壮忖不如人。
坦白兢兢守，任天颇信真。

【注释】①宇宙：天地。宇，指无限空间；宙，指无限时间。

【评析】这是一首自白诗。作者以诗明志，平生无大业绩，亦无大过失。兢兢业业，恪尽职守，任随自然，随遇而安。这或许正是他能够高寿的真正秘诀。

为雨占卦

两月未曾阴，晴明直至今。
占霖得吉语[1]，望岁慰农心。

【注释】①霖：久下不停的大雨。

【评析】两月未曾下雨，作者心忧农民，为雨求卦。幸得吉语，可以欣慰一下。

小暑已过未雨

其　一

盼盼下民悃可通[1]，古来舜帝咏薰风[2]。
今朝犹是重华日[3]，解愠无端竟不逢[4]。

其　二

薰风有自乐其甘，不雨有征先暗探。

每日西风偏觉利，乾坤何事禁东南[5]。

【注释】①悃(kǔn)：至诚，诚实。 ②薰风：和暖的风。指初夏时的东南风。相传舜唱《南风歌》，有"南风之薰兮"句。 ③重华：舜姓姚名重华。此处喻帝王功德相继，累世升平。 ④解愠：指消除怨怒。愠，恼怒怨恨。《孔子家语·辩乐篇》中记载舜《南风歌》："南风之薰兮，可以解吾民之愠兮；南风之时兮，可以阜吾民之财兮。" ⑤东南：指东南风，胶东民间认为，夏天东南风助雨。有一句气象谚语是"东南不过三，过三下满湾"，说的是连续的东南风以后，下雨的几率是很大的。

【评析】此诗表达作者盼雨的心情。时序已过小暑，仍然没有下雨。作者用昔日舜帝咏南风的典故，祈求今日的太平盛世，也能够风调雨顺。

五月无蝉

麦收四野土生烟，正值及时种豆田。
雨不急需人不德[1]，茂林深处少鸣蝉。

【注释】①原注：一作"小暑已过日杲杲"。杲杲(gǎo gǎo)：日出明亮的样子。《诗经·卫风·伯兮》："其雨其雨，杲杲出日。"

【评析】由于长时间没有下雨，土地干裂，蝉卵没有合适的发育环境，所以到了五月少有鸣蝉。作者通过对大自然细致地观察和体会，来表现对天旱的担忧。

喜　雨

莫愁云汉怨天高[1]，一夜浓云欲作涛。
两日南风颇费力，民愚何以酬天劳。

【注释】①云汉：银河、天河。

【评析】此诗表达久旱逢甘霖的喜悦之情。淳朴的百姓不知如何感激上苍，作者赋诗一首，以慰上天。

盼雨仍用喜雨韵二首

其 一

雷电乍临天不高，沛然一阵夜惊涛[1]。
平明起视还须益，奢念浑忘天已劳。

其 二

莫信苍苍天最高，昨年平地汛波涛。
今朝斟酌肯过度，解愠不妨再一劳。

【注释】①沛然：充盛的样子。《孟子·梁惠王上》："天油然作云，沛然下雨，则苗浡然兴之矣。"

【评析】作者用拟人的手法，认为上天下过一次雨，累了需要休息。但是前度的雨量太小，不能解万民之渴。因此希望上苍能再劳累一下，再降甘霖。将盼雨的心情用谐趣的口吻表达出来，显示了作者的幽默。

附录高又树步韵

其 一

望雨却添诗兴高，笔端滚滚似波涛。
诗成一夜甘霖应，天慰尚书诗思劳。

其 二

民是天民天爱真，浓阴溽暑自应均。
古今月令原同局，大雨时行谁厌频。

【评析】这两首诗是作者的诗友高又树的唱和之作。其一赞美作者的诗歌感动上天而降下甘霖。其二表现时令季节的自然规律。

喜复雨[①]

黄昏呼农问干土，谁道雨即今夜补。
窗外雨声电有光，强起披衣心欲舞。

【注释】①原注：五月廿八日。

【评析】好雨知时节，天遂人愿，再降甘霖，作者夜晚听雨，欢欣鼓舞。

小竹得雨，喜而咏之

此君何处不相宜，移置盆中小小枝。
恰值浓阴一夜雨，萧疏傍石更标奇。

【评析】此诗表现盆栽小竹得到雨水滋润的风姿。

南风雨，北风晴，此旧规也，今岁不然

时行大雨信时行，隔日霤檐未住声[①]。
果是薰兮能解愠，南风一到望云晴。

【注释】①霤(liù)檐：屋檐。霤，屋檐下接水的长槽。

【评析】俗语说“南风雨，北风晴”，但是这场时雨打破常规，南风一到，反倒天晴。

观鱼漫吟[①]

终日对鱼无厌时，天机得处自心知[②]。

鱼身纵有骑墙势[3],或白或朱聊听之[4]。

【注释】①漫:不受拘束,随便。 ②天机:通常比喻自然界的秘密,也比喻重要而不可泄露的秘密,出自《庄子·大宗师》:“其耆欲深者,其天机浅。”这两句写观鱼之乐,典出《庄子·秋水》。庄子与惠子游于濠梁之上,见鱼出游从容,因辩论鱼知乐否。 ③骑墙:比喻立场不明确,站在中间,向两方面讨好。此处指鱼身具有两种颜色。 ④原注:时有将变之鱼,故末及之。

【评析】作者喜欢养鱼、观鱼,并通过观鱼来观照人生。此诗虽为“漫吟”,但蕴含着作者的哲思,特别是最后两句,以鱼身红白两色来比喻“骑墙势”,就很有意味。

兰 花

建兰闽广产,移置满江东。
江东传种术,培根烧土红。
洗根惟用酒,避水迥不同[1]。
我昔延此法,枯槁一笑空。
儿辈昨秋兰,寻常栽盆中。
幽兰畏烈日,避日更避风。
频挪无他术,正拟术未工。
秋来六七叶,一齐茁土芃。
我有小竹干,醉日移竹丛。
因兰更悟竹,栽培在人功。

【注释】①迥(jiǒng):远也,引申为差得远,截然不同。

【评析】此诗为五言古体,作者描述了兰花的产地、种植特点以及自己对兰花的细心呵护。语言虽平淡,却透出作者闲适的心情。

槐花瓣

九十光阴日过窗，老不能歌不作腔。
欲寄闲情无著处，槐花飞瓣点鱼缸。

【评析】此诗抒写闲情。作者年近九十了，娱乐的方式虽然少了，但是他不甘寂寞，能在生活的琐事中自寻乐趣。槐花飞落，飘入鱼缸，鱼和花相映生辉，不也是一道可人的风景吗？看来，生活中真的不是缺少美，独具只眼的诗人就可以处处发现美。

老况

扶竹而行岂是仙，九旬将到亦天怜[①]。
生平自问无长处，敢向人前轻少年。

【注释】①怜：爱。

【评析】作者年近九旬，已属高寿，心态却依然年轻。这就是他一生最大的长处！

接松

片柏盆中枝干孤，挪移靠接换规模。
拾来海上粗顽石，掩映松枝忘却粗。

【评析】作者是热爱生活、善于发现生活乐趣的人。他不仅将盆松做了嫁接，还用海边捡来的奇石作陪衬，奇石怪柏，掩映生辉。

乞巧[①]

乞巧巧成儿女事，老夫守拙自恬然[②]。

世间不省巧多少，迂直无能九十年。

【注释】①乞巧：农历七月初七，俗称“七夕”、“乞巧节”或“女节”。源于牛郎织女的传说。旧时风俗，农历七月七日夜（或七月六日夜），穿着新衣的少女们在庭院向织女星乞求智巧，称为“乞巧”。乞巧的方式大多是姑娘们穿针引线验巧，做些小物品赛巧，摆上瓜果乞巧。②恬然：安然、泰然。

【评析】作者借咏七夕乞巧之事，表现人生哲理。巧与拙，智与愚，都是辩证的。弄巧成拙，大智若愚，皆为人间常见之态。

论　巧[①]

中心得巧中心藏，各自争能各自强。
但使抚怀妙处得，得心应手自穿杨[②]。

【注释】①原注：时孙辈应试，吟此勉之。　②穿杨：射箭时能于远处射中杨柳的叶子。极言射技之精。语本《战国策·西周策》：“楚有养由基者，善射；去柳叶者百步而射之，百发百中。”泛指技艺高超。

【评析】此诗虽论“巧”，却以功到自然成告诫诸孙。文章得心应手的妙处，与射手百步穿杨的功夫都不是靠取巧达到的。

八弟寿诗[①]

屈指雁行余四老[②]，康强窃喜伴衰翁。
君臻九十登期寿[③]，休效惫躯作耳聋[④]。

【注释】①原注：七月十三日。　②雁行：原指大雁排列飞行的行列，借指兄弟。③臻（zhēn）：到，达到。期寿：期颐之寿，指百岁。　④原注：东坡与子由诗称君。

【评析】作者兄弟八九个，而今只剩四人。在八弟做寿之际，作者借东坡与子由之事，来表达兄弟情深。

偶患语涩，集衡山语成诗[1]

九十光阴谁与留，语言蹇涩不须愁[2]。
息奔向老自应尔，药石衡山未即瘳[3]。

【注释】①衡山：明代著名画家、书法家、诗人文徵明，号“衡山居士”。见《林下颠歌》注⑥。　②蹇涩（jiǎn sè）：言语艰涩不顺。③瘳（chōu）：病愈。

【评析】作者已经 90 岁高龄了，口齿有些不流利，但是他仍然能保持乐观的心态，并以明代长寿名士文徵明自喻。

见竹叶渐舒，示诸孙辈

既见兰芽齐出土，竹枝叶卷又徐舒。
可知人力半天力，物且犹然况读书。

【评析】作者善于从日常生活中感悟哲理，并以此来启发教育子孙，这样的家教应该是值得提倡的。此诗就从竹子的生长和竹叶的舒卷来启示诸孙读书之理。

送诸孙赴会城应试[1]

满树槐花黄[2]，绕枝橘子香。
今朝策马去，得意自洋洋。

【注释】①会城：省城。　②槐花黄：古代指士子忙于准备科举考试的季节。唐代,长安的举子自六月以后,落第者不出京回家,多借静坊庙院及闲宅居住,习业作文,直到当年七月再献上新作的文章,谓之过夏。时逢槐花正黄,因有此语。

【评析】我国古代"学而优则仕",对于大多数人来说,科举考试是进入仕途的惟一途径。此诗是作者送自己的孙辈去省城应考,最后两句预祝他们成功。

偶步白香山把酒韵[1]

展卷一大笑,切切论生死[2]。
乾坤立定局,各自徒忧喜。
穷通总在天,万事不由己。
我独参之彻,坦然惟顺此。
勿谓身不贵,历任京堂仕。
行辈有几人,帽顶珊瑚紫[3]。
勿谓身已老,且喜大年纪。
试向众中问,几人九十齿。
非肉止求饱,鼎烹胡为尔。
寝处止求适,旧衾安之矣。
心闲寿而康,何人能得似。
更有事慰心,五世三孙子。

【注释】①白香山:唐代著名诗人白居易,字乐天,号香山居士。步韵,又称为"次韵",是和诗的一种方式,即用原作诗者用过的某一韵或某几个字,和诗者依次使用相同的韵字,是步步跟随之意。 ②切切:指忧思。 ③帽顶珊瑚紫:清朝改历代的朝冠为礼帽,礼帽又称为"顶子",或称为"顶戴""顶戴花翎"。用顶珠的质料和颜色的不同代表官员的不同品级,清朝规定一品为红宝石,二品为珊瑚,三品为蓝宝石,四品用青金石,五品用水晶,六品用砗磲,七品为素金,八品用阴纹镂花金,九品为阳纹镂花金,无顶珠者无官品。

【评析】步韵诗因为要步原诗的韵脚,所以难免牵强。但是作者的这首诗顺畅自然。古往今来,汲汲以求的人们纠结于生死穷通,而达观的作者能知足常乐。在仕途上,他帽顶珊瑚紫;在年寿上,他已九十高龄;在子嗣上,他五世孙已有三个。这些似乎都是作者值得傲人的地方,而这一切实际都源于作者坦然自适的心态。

秋　旱

每岁秋淋遍处处,今年我地焦如煮。
豆苗枯尽问天云,可忍吾村长不雨。

【评析】此诗记载秋天大旱。往年秋雨处处,今年庄稼遍地焦枯,作者禁不住向天发问。

小　松

盆中有树小松青,密拥纤纤翡翠翎。
来往蛛虫便布网,去留蟾魄障明星①。
有时亦听微风响,未夜还惊暮色暝。
纵觅将军昭道笔②,难描细簇葱茏形③。

【注释】①蟾魄:月亮的别名。也指月色。　②将军昭道:即李昭道,唐代画家,唐朝宗室,彭国公李思训之子,擅长青绿山水,世称小李将军。画风巧赡精致,虽“豆人寸马”,也画得须眉毕现。③葱茏:(草木)青翠茂盛的样子。

【评析】此诗描写盆栽小松的风姿。作者并没有纠结于小松的造型,而是荡开诗笔,描绘树上的蛛网、月影、星星和微风,这些景物似乎都与松关系不大,但是处处又与小松密切关联。尾联以唐代名画家李昭道画松反衬,不尽之意见于言外。

用香山叹老韵作七言古体[1]

古往今来不住脚[2],大块生人非寂寞[3]。
花开烂漫且娱目,花繁不必问花落。
回思舞勺才几年,渐老渐衰谁不觉。
觉亦忘怀似不知,栽花种竹仍如昨。
年登九十止半载,得欢乐时且欢乐。
携手元孙观鱼跃[4],扶杖同行观舞鹤。
世上名医不乏人,书籍流传称扁鹊[5]。
彼亦同众归荒墓,笑渠终无治老药[6]。

【注释】①香山:即白居易。 ②不住脚:胶东方言,不停止的意思。 ③大块:大自然;世界。 ④元孙:玄孙。 ⑤扁鹊:古代名医,名越人,又号卢医,因医术高超,被尊称神医。 ⑥渠:他,此指扁鹊。

【评析】时光流逝,古今皆然,无人能留住时间的脚步。古来名医无数,也终不能让人摆脱生老病死的困扰。既然如此,何必"叹老",不妨忘年,尽情享受生活。作者参透人生,栽花种竹,观鱼赏鹤,悠然自得。

四处皆雨,吾地独否,怨而吟此

天高何所私,今日独偏施。
不但无纤雨,雨只洒地皮。

【评析】此诗埋怨上天降雨不均的偏私。从作者前面的诗作看,此诗作于秋天;从诗的内容看,验证了俗话所说的“秋雨不过沟”的现象。

问桂花

八月天香香气味,异芬满室压诸卉。
老夫急欲往观之,呼仆速看开也未。

【评析】此诗表达作者观赏桂花的急迫心情。与平时的悠闲风格不同,“急”“速”两个字尽显作者爱花之心。

八月九日吟

文艺练成应试期,诸孙各欲逞其奇。
回思五十年前事,正是搜肠运笔时。

【评析】科举考试历来受到古代读书人的重视,作者也不例外。八月九日,又是一年应试时节。作者看到孙辈参加应试,回想起50年前此时的自己,在考场上搜肠运思。不正是科考让自己改变了命运吗?

中秋用白香山寄情韵

老人著熟衣①,白露凉生早②。
处处虫鸣秋,年年月不老。
静景流碧空,皓魄穿林抱③。
一岁圆十二,无过今宵好。

【注释】①熟衣:煮炼过的丝织品制成的衣服。唐白居易《感秋咏意》:“炎凉迁次速如飞,又脱生衣著熟衣。” ②白露:二十四节气中的第15个节气。每年八月中(阳历9月7~9日)太阳到达黄经165°时为白露。 ③皓魄:指月亮。

【评析】此诗为中秋咏月。以时序为线索,着眼于中秋圆月的景色描写,“静景流碧空”写出了中秋月的神韵。

又用香山间夕韵

中秋信佳节,金镜中天度[①]。
景静无纤尘,云晴有坠露。
颠狂发兴新,萧散亭前步。
竹摇铺碎影,月上失高树。
领会默不言,掷杯偏独趣。
问余胡为然,清醒胜醉故。

【注释】①金镜:比喻月亮。

【评析】此诗还是咏中秋月。清境生佳兴,与前一首不同的是,这一首着重抒写作者的兴致,“颠狂”“萧散”“默不言”“掷杯”等一系列动作突出了抒情主人公的情趣。

又念诸孙应试漫吟一首

桂萼俟人攀折久[①],三年揣度兹其时。
不知千里阴晴未,纵雨应不吝一枝。

【注释】①俟(sì):等待。古人以蟾宫折桂来喻金榜题名。

【评析】此诗表达对应考诸孙的牵挂和期盼之情。首句以蟾宫折桂来指代金榜题名,第三、四句显示了作者内心的不安和希冀。以不知天气阴晴来形容变化莫测的形势,表示对孙辈考试成败的牵挂。尾句表示出信心：诸多孙子应考，至少有一个能够中第吧。显示了揭榜前家长的典型心理特点。

浓阴不雨

习习以阴雨不垂，遍询远近未兴犁。
想因云布遮天眼，下土焦枯天不知。

【评析】这也是一首盼雨诗。秋种季节，天气只阴不雨，土地干燥无法兴犁播种。作者无奈地猜测，大概是云层太厚遮蔽了天眼，所以，上天无法体察民间的疾苦。

翌日天晴更忧之[①]

其　一

初疑天未见，见不令弃田。
今朝杲杲日，目睹不用然。
始觉大造力，似别有疑焉。
北地惟凭麦，兹正值其天。
布种在今日，麦秋在明年。
昔有七年旱，或恐当我前。

其　二

今岁已劳圣天子，筹蠲筹账恩尽矣。
若更无麦书春秋，百计生全何以止。

【注释】①翌(yì)日：明天，第二天。

【评析】其一承上一首诗而言。阴天尚且给人下雨的希望，但是第二天竟然天气晴朗，这更增加了作者的忧虑。在农耕社会，百姓靠天吃饭，如果不能按农时耕种秋麦，来年就要闹饥荒。想到过去曾经历的七年干旱，作者怎能不担忧！其二是写天灾已经惊动了“圣天子”，虽然可以享受免租的恩典，但是如果天旱不能种小麦，百姓的生计就更加艰难。

八月月尽日阴雨

老农虑事隔年愁，艺麦预筹计麦秋。
但使甘霖能十足，重阳沮溺满西畴①。

【注释】①沮溺(jǔ nì)：长沮和桀溺，传说中春秋时隐士，从事耕作。此指耕地的农民。《论语·微子》：“长沮、桀溺耦而耕，孔子过之，使子路问津焉。”西畴：泛指田地。

【评析】终于盼来了阴雨天，虽然种小麦的最好农时已经耽搁了，但若有一场甘霖足雨，在重阳时农民们也会抓紧机会耕种的。

九月五日乡试放榜，诸孙落第，重阳信得，愤而成长句，并绝句二首

其一

重阳谁道变时新，萧索风光一派真。
北雁逢秋声带恨，东篱无菊梗埋尘。
加旬可预百年叟，计闰已过九十人。
天为朽衰未甚惜，吝将好事快吾身①。

其二

自古科名莫认真，光芒李杜自沉沦②。
细评今日新金顶③，未必尽皆攻苦人。

【注释】①吝：当用的财物舍不得用，过分爱惜。②李杜：唐代著名的大诗人李白和杜甫，他们都不是科举出身。③金顶：清

代七品以下官阶的帽顶饰金,此泛指官员。

【评析】从槐花黄时送孙辈们到省会应试,到重阳节得到放榜的消息,中间有多少牵挂！本来作者对孙辈们的应试抱有极大的热情和希望,然而天不遂人愿,诸孙都落榜了,这一消息不能不使人失望愤怒。第一首诗就表达了作者极度的遗憾。重阳佳节,雁声带恨,东篱无菊。他埋怨老天吝啬,不肯给他这个衰朽的老人一点快乐。但是,最难能可贵的是,作者很快回归理性。在第二首诗中,他以前贤李杜为例,并指出当今仕宦未必都是苦读科名出身,既排解了自己的怨恨情绪,又安慰了孙辈。

重　阳

乡人冬暖卜重阳①,无雨有风亦不妨。

落帽龙山千载事②,何曾露顶厌风狂。

【注释】①卜重阳:重阳日占卜天气的风俗。民谚:重阳无雨一冬晴。　②落帽龙山:典出《晋书·桓温传》,桓温的僚属孟嘉在龙山上重阳聚会时被风吹掉了帽子。形容人气度非凡,临乱不惊。

【评析】此诗第一、二句写重阳节有风无雨,乡人占卜将是暖冬,记载了胶东重阳的民俗。第三、四句借孟嘉落帽典故自喻。

自笑错误

五世纷纷堂前走,祖孙兄弟拱老叟。

笑我昏聩不分明,顺口错呼间一有。

【评析】作者五世同堂,由于子孙太多,有时难免叫错姓名。这样的小错反倒平添了生活的乐趣。自笑之余,那份儿孙满堂的自豪和满足可以想见。

橘 子

其 一

我有橘一盆，未尝变为枳。
观其大小殊，盆窄拘束使。
或云植之地，地冻恐毙矣。
啖其味微酸，毋乃风土是。

其 二

从兹保护以永年①，江南不得傲吾前。
楚材可为齐晋有②，变迁造化人擅权。

【注释】①永年：指长久。 ②楚材句：楚国的人才为齐、晋所用。语出《左传·襄公二十六年》："虽楚有材，晋实用之。"此指橘树由江南移植到江北。

【评析】《晏子春秋·内篇杂下》载："橘生淮南则为橘，生于淮北则为枳，叶徒相似，其实味不同。所以然者何？水土异也。"意思是淮南的橘树移植到淮河以北就变为枳树。比喻环境变了，事物的性质也变了。作者移栽的小橘只是果实的味道略酸，并未变为枳树。可见南方的楚材完全可以被北方的齐晋所用。全诗以橘子树入手，以小见大，通过其生长之变迁，来透视人生哲理。

蜂恋橘

橘实累累灿有辉，游蜂鼓翅往来飞。
几回挥手绕枝转，恋此微香不忍归。

【评析】橘树硕果累累，蜜蜂绕枝而飞，即使挥手驱赶，蜜蜂恋香也不肯离去。可见真才的吸引力是巨大的。

十月上坟

九十耄孙奠酒浆，人扶跪拜亦还康。
天寒五室元孙幼[①]，四室班齐祖德光。

【注释】①原注：是日天寒。

【评析】此诗记载当地十月为逝去祖先上坟的风俗。因为天寒，第五代玄孙年幼不能来祭祖，所以年近九十的作者带领儿孙共四代弘扬祖德。

收藏老梅

杈丫老树古梅干，今岁繁枝叶簇云。
不学坡公浇用酒[①]，花开自放香缤纷。

【注释】①坡公：宋代大文学家苏轼，号东坡居士。

【评析】宋代苏轼以酒浇梅，成为经验。作者栽种多年的梅花，任其自然，也能枝繁叶茂，花香四溢，着实令人欣喜。

赠山石移就梅花

素邻涛响近松旁，移就梅花更得香。
蓄尔荒斋六十载，今朝先欲占春光。

【评析】收藏了60年的山石，与芳香四溢的梅花搭配，相得益彰。作者具备审美的眼光，就善于营造古雅的环境。

小花鱼藏贮小缸

微鳞花变作奇腔，通体细红夹管双。

呼吸口张意有语，何功暖室小磁缸。

【评析】作者对日常生活与事物观察细致，此诗刻画的小鱼活灵活现，惹人喜爱：微鳞、奇腔、通体细红，鱼嘴开合呼吸，似有话要说。这种小花鱼自然会得到作者的偏爱而放在暖室小磁缸中。

十月二十五日

乡人是日验冬威，谁料晴云暖日晖。
今岁编氓收获薄①，似宽天子念无衣。

【注释】①编氓：编入户籍的平民。

【评析】冬天本来应是寒冷的，却出人意料地暖和。作者推测，大概是上天看在皇帝爱民的份上，照顾这些收成不好的老百姓。

痴　语

眼前日日对奇闻，万古统观一大文。
春夏秋冬若各主，飞潜动植孰为君。
升沉惟信乾坤转，覆载谁令天地分。
今古局成何日罢，茫茫宇宙笑纷纷①。

【注释】①原注：贵贱贤愚之伦，贫富善恶之辈，咸括纷纷之内，俱在可笑之中，非痴谈而何？

【评析】此诗不知因何事有感而发。题为“痴语”，加上原注的感慨，推测应有所指向。不过作者为人厚道，不肯明说，加之诗歌崇尚含蓄，所以就笼统地抒发自己对茫茫宇宙和历史人生的思考，看似痴语，实则发人深思。

犬擒狼

从来村犬怯苍狼，狺狺逢渠声暗藏①。
不料今朝得猎犬，擒狼归舍气扬扬。

【注释】①狺狺（yín yín）：狗叫的声音。渠：它，此指狼。

【评析】此诗记载猎犬擒野狼的事情。一般家犬见了狼都很害怕，连吠叫的声音都很低，但是作者家里的这只猎犬能够擒狼，自然就气志昂扬了。

擒狐狸

二九将完雪正飞，披裘闲对密霏霏。
冲寒孙辈乘豪兴，擒得野狐冒雪归。
色喜老夫心已动，少年情性几时挥。

【评析】二九雪天，作者正悠闲地赏雪，孙辈们打猎擒获了一只狐狸，这激发了他的豪情，忆想起自己少年时代也曾有过的狩猎经历。

又得狐狸

诸孙述猎事，金斗迹狐一。
人到过东岭，层层历嵚崛①。
率性越数岗，暂息或未必。
奔驰十里余，三十铺择密。
踪寻得其所，突起仍东逸。
猎犬逐之往，寸步不相失。
人力不能随，远望叹无术。

恰有一荒村，齐入双迷实[2]。
幸赖一妇人，喊叫狼入室。
狐穷计无之，升屋欲逃佚。
屋上欹侧甚，狐犬足俱窒。
下屋复奔南，泉水庵在昵[3]。
犬即奋其性，鹿死谁手力。
孙辈挈之归，详细未能悉。
闻言发豪叹，未睹笑老疾。

【注释】①嶔崛：形容山高。 ②实：确实、实在。 ③昵：近。

【评析】这是一首五言古体诗，作者详尽地描述了诸孙猎获狐狸的过程。虽然是听孙辈们转述，但是情节跌宕，惊心动魄，引人入胜，仿佛作者亲身经历一般。可见作者高超的语言功力。

记 异

天自高高地自卑，动摇半夜意何为。
老人耳重复甘寝，枕上安眠竟不知。

【注释】①原注：戊午腊月初二日后半夜。

【评析】从诗中描述看，这是发生在半夜的一次地震。可能震级不大，加上作者人老耳背，竟然安眠如故，毫无感觉。

腊八日二首

其 一

腊八寒威栗烈真，围炉烘暖老人身。
莫愁书检无多日[1]，窃喜残年春又新。

其　二

八日夙称雪下频，今朝晴静风无尘。
知因腊尽春将近，预酿春前十日春[②]。

【注释】①原注：避御讳称书。　②原注：廿六日立春。

【评析】这两首诗记腊八节气。"腊者，接也"，寓有新旧交替的意思，腊八节因腊日而来，是农历腊月重要的节日。在气象上，腊八一般会下雪，然而今年天晴风静。腊尽春来，这是迎接新春的好兆头。

腊廿二窗间月

老朽被温雪霁天，三更梦觉心恬然。
扪怀暗检神魂稳[①]，月上棂窗自在眠。

【注释】①扪（mén）怀：此指扪心自问。扪，按、摸。

【评析】此诗表现作者的自省精神。夜半醒来，检视自己，扪心自问，无愧于天地，所以可以安然睡眠。

立春日迎春未开

迎春花未变其素，春气已届历朝暮。
不是东君作意迟[①]，东海从来习旧步。
万卉吐苗各有时，莫向花前问何故。
君不见，来早来迟等是春。
会看灿烂奔目不须怒。

【注释】①东君：司春之神。作意：故意。

【评析】迎春花在立春之日未像以往那样盛开，作者对此却十分坦然。他相信天地万物自有其发展变化的规律，不需着意，更不必强求，从容面对，该来的总会来。透过花开这件小事来揭示人生大道，可谓以小见大。

萝匐芽用东坡别惠净师韵[1]

土中萝匐欲露青，甘脆入唇别有情。
翁老不嫌切细细，乡村滋味乐余生。

【注释】①萝匐：即萝卜。

【评析】民间谚语曰："冬吃萝卜夏吃姜，不需医生开药方。"萝卜清脆甘甜，是北方冬季的主要蔬菜，还有保健作用，懂得生活的作者自然很喜爱这一美味。尽管年老齿落，但不妨切成细丝享用，自得其乐。

守　岁

其　一

豚首双盘群守岁[1]，祖孙五世共杯巡。
停杯徐嘱且迟卧，数刻同欢九十人。

其　二

岁去难留住，岁来非别天。
此年止此日，明日是明年。

【注释】①豚首：豚，小猪。豚首，猪头，此指祭祀品。

【评析】这两首诗记载除夕夜家族守岁的情景。祖孙五代一起守岁，儿孙满堂，福禄寿全。但是岁月难留，美好的时光总会过去。作者叮嘱晚辈不要急于睡觉，要珍惜此夜，因为过了时辰就是明年了。欢闹中难掩90岁老人对时光的留恋。

元　旦[1]

其　一

人生七十不皆然，我过古稀二十年[2]。
元旦元孙学叩首，今朝真实信天怜。

其　二

从来元旦卜丰年，自子至寅和霭天。
日出未升飘片雪，新正三白已呈先[3]。

其　三

阴未移时旋即晴，和风蔼蔼自东生。
顺成年谷遂人望，万户欢欣乐太平。

【注释】①原注：已未。按：1739年。元旦：指阴历春节。②古稀二十年：古代称七十为古稀，作者此年九十，故有此说。③新正：指农历新年正月或农历正月初一。

【评析】人生七十古来稀，作者已过古稀20年，子孙满堂，健康高寿，所以第一首诗感激上天对自己的偏爱。第二、三首都是根据正月天气的阴晴变化预测年成，表达对新的一年风调雨顺的祈盼。

元　夕

其　一

佳节九旬亦值期，摧颓老兴笑人知。
灯嫌月远连天烛，花怯春寒散地施。
序届上元偏恐雪[1]，年臻耋葳倦吟诗[2]。
回思幼日婆娑舞[3]，不禁叹欣彼一时。

其　二

春气濛濛闲放烟，阴晴半月自相连。

万民此日占丰稔[4]，天为元宵换一天。

【注释】①上元：农历正月十五元宵节，又称为“上元节”。②耋(dié)：年老，古指七八十岁的年纪。葳(wēi)：草木茂盛、枝叶纷披下垂的样子。③原注：余昔有《元宵诗》云：“人随月舞月随人。”④占丰稔：占卜一年收成的丰熟。

【评析】其一写元夕佳节，灯火璀璨，作者年事已高，疲于动弹，回忆少年时，感慨万千。其二写百姓在元宵节占卜年成的习俗，作者祈求苍天将元宵节换成晴天。作者时刻关心天下苍生的胸怀着实感人。

五弟寿

我今九十岁，君亦望耄年[1]。
七十人间少，过此世所妍。
强饭犹依旧，健步能周旋。
独怜对我坐，两聋无言传。
君不见，人言耳重是寿征，
于君于我洵足凭[2]。

【注释】①耄(mào)：古称八九十岁的年龄。②洵(xún)：诚然，确实。

【评析】此诗为五弟寿辰而作。作者的五弟也属高寿，两人身体都很健康，只是有些耳聋，但是作者并不以为憾，反以耳聋是长寿标志相安慰。

九十笑

九十老翁聋聩全，客来行步苦周旋。

若逢六十香山叟[1]，定向我前夸少年。

【注释】①香山叟：唐代大诗人白居易，号香山居士。

【评析】作者已九十高龄，因为耳聋，与客人交流有些困难。但是他心胸宽阔淡定，后两句用诙谐口吻将自己与60岁的白居易相比。

春寒叹

腊去春寒无处那，余威不撤更加多。
沿流八九冰添厚[1]，盼到兴犁看若何。

【注释】①八九：从冬至开始，即进入了数九寒天。以后每九天为一个单位，谓之“九”。《九九歌》说“七九河开，八九雁来”。

【评析】此诗记载倒春寒气候。时序已到了八九，河冰不化反而冻结加厚，气候的反常让作者很担忧。

新春自喻

把盏庆春日，兴浓饮笑廉[1]。
元禽尚穴隐，迟日暖茅檐。
减食人愁老，加年我喜添。
乡邻推寿考，谁恶雪霜髯。

【注释】①原注：余不饮酒。

【评析】春天万物复苏，是希望的季节。作者以春自喻，表现自己虽然年老却心如春天的良好心态。

春　分[1]

假人大块自舒文，渐次变和渐次薰。

芳草含烟意欲绿，三分春色又平分。

【注释】①原注：将醒未醒，梦余作，时值“九九”，是日寒甚，故句中云然。

【评析】春分是春季90天的中分点，在每年二月十五日前后（公历为3月20～21日期间）。这一时期，自然万物逐渐发生变化，此诗的后两句就巧妙地表现了这一时节的物象特征。

寄绵祚孙不果有序

康海陈亲家，绵孙岳父也。来云，伊有戚，新自甘州游宦回①，闻绵孙特赐甘守。云此缺人，所梦寐求之而不可得者。安静无一事，而安然太守，恭喜可贺。余闻之亦喜甚。闻此地产好马，遂作一诗云云。欲寄之，转念诸务未遑，而要此不急之务，彼必笑之。又念物力艰难，路途遥远，遂不果寄。拈笔记之，异日见之，亦是一段佳话。

驰乘壮日老难逢，转念老僧支遁公②。
神骏老僧原特爱，相期千载将无同。

【注释】①甘州：古甘州治所在今甘肃张掖。 ②支遁公：东晋名僧支遁，25岁出家为僧，与谢安、王羲之等交游，善谈玄理。相传他善草隶，尤好畜马匹，人或谓“此非道人所宜”，而支遁回答：“贫道爱其神骏。”自此支遁爱马被传为佳话。

【评析】作者的一个孙子经亲戚举荐在甘州做了太守，作为祖父自然十分高兴。他听说那里盛产骏马，就写了一首咏马诗准备寄给孙子。但是又担心孙子刚刚上任，事务繁多不好打扰，因此作罢。诗歌援用东晋名僧支遁爱马的典故，实则表示自己也很喜欢骏马。

蛰鱼出窖[1]

熙皞当身不用述[2]，老翁九十真安佚。
坦怀消遣无他事，饲鹤观鱼便一日。

【注释】①蛰：(zhé)动物冬眠。　②熙皞(hào)：和乐，怡然自得。

【评析】适逢太平盛世，作者老来无事，生活安逸，养鱼观鹤，怡然自乐。

春　庆

德泽无言暗里施，碧天骀荡放春时[1]。
山川在在皆新色，草木辉辉换旧枝。
蜂为寻香迷远近，泉因急下失高卑。
阳和到日物情变，不必颂扬万类知。

【注释】①骀(dài)荡：舒缓荡漾的样子，常用来形容春天的景色。

【评析】大德不言。春天赋予万物新的气象，不知不觉中，到处一派生机勃勃。此诗中间两联不仅对仗精工，还能远近景物结合，从远处"山川""草木"，到近处"蜜蜂""泉水"，有层次地描摹出如画的春色。

小 松 树

自甘拙朴不随今[1]，纤巧屏除爱素襟[2]。
闲问移来小直干，因何深识老人心。

【注释】①拙朴:此指古朴,简单。拙,笨,不灵巧。朴,朴厚,朴质。 ②素襟:本心。

【评析】此诗以松喻人。小松树直干、拙朴,深得作者喜欢。写松实则写自己,通过小松树来表现自己的品性。

春分二首[1]

其一

春来腊去徒虚文,雷发月令总未闻。
二月上旬寒不退,无多春色于何分。

其二

寒威今岁不离群,仅免朝朝雪片纷。
新月已过四十日,半春无色又催分。

【注释】①原注:二月十二日、初十日作。按:疑为抄写错误,应为二月初十日、十二日作。

【评析】此诗表达了作者盼春的心情。春分节气一般在阴历二月十五日前后,这两首诗作于二月初十、十二日。临近春分,但是天气依然很冷,没有半点春的气息,难怪作者感叹"半春无色"。

秋千[1]

秋千轻举自翩跹,半入春风半入烟。
墙外游人闻笑语,踏青策蹇暂停鞭[2]。

【注释】①原注:梦中诗,醒而知末二句非韵,今改成之。 ②蹇(jiǎn):跛,行走困难,此指劣马或跛驴。

【评析】此诗写春天家人荡秋千的欢笑声引起墙外行人的关注。意境与苏轼《蝶恋花》词的下阕很相似,或许是作者有意识地化用。苏词写道:"花褪残红青杏小。燕子飞时,绿水人家绕。枝上柳绵吹又少,天涯何处无芳草!墙里秋千墙外道。墙外行人,墙里佳人笑。笑渐不闻声渐悄,多情却被无情恼。"

上坟

九十耋孙奠墓前,人扶拜首倍怆然①。
不知祖父能容否,凭仗他人还几年。

【注释】①怆(chuàng)然:悲伤的样子。

【评析】此诗写清明为祖先上坟。作者已九十高龄,但是面对自己逝去的祖父,他还是晚辈,所以向祖父提出请求。

清明

东风解冻不全行①,燕子未来抱怯情。
寒气勒花杏萼香,一年又过一清明。

【注释】①原注:今年春风多东北。

【评析】此诗写清明时序。东风解冻,燕子未来,杏花初开,清明又来。

九弟寿

忆君孩提时,诸兄呼幼弟。
不觉至今日,白须随我继。
生平任天真,百事屏巧计。
吉人后必昌,芝兰生阶砌。
诗书勉儿曹,诵读知非细。
师琇中副车①,小利亦称济。

科第吾家旧，彼自能奋励。
是子气沉潜，鹏翮摩天势[2]。
荣亲眼前期[3]，封诰当身际[4]。

【注释】①副车：清代称乡试的副榜贡生。 ②翮(hé)：羽毛中间的空心硬管，泛指鸟的翅膀。 ③荣亲：旧指登科及第，使父母光荣。 ④封诰：明清时期帝王对五品以上官员及其先代和妻室授予封典的诰命。

【评析】此诗为九弟祝寿。作为兄长，作者先回忆了九弟儿时的情事，次说其天真之性，最后大赞九弟的后代，认为他们科第出身，前途无量。

已过清明寒

寒食已过春不新[1]，薄裘重著又披身。
为询辣气谁先觉，衰迈九旬老瘦人。

【注释】①寒食：也称“禁烟节”“冷节”“百五节”，在冬至后105日，清明节前一二日。是日初为节时，禁烟火，只吃冷食。

【评析】此诗记载春寒。清明已过，天气依旧寒冷，作者年老体瘦不抗寒，不得不重新穿上冬装。

喜　雨[1]

及时真好雨，谚语谁传知。
脉脉悬空矣，丝丝细润之。
断烟能茁草，破块不过犁。
晓看园林内，杏花绽满枝[2]。

【注释】①原注:谚云“麦吃三月雨”,三月五日得雨,喜而赋之。 ②原注:三联一作“朝云还夜下,旧畎同新池”。

【评析】“好雨知时节,当春乃发生。随风潜入夜,润物细无声。”杜甫的《春夜喜雨》对春雨有如此赞美,作者此诗也是如此。对春雨的欢喜,缘自他们心系天地万物的仁者胸怀。

看李花,延孙留至午,且观弈至晚

和蔼看花快日晴,幼孙留我畅幽情。
丁丁闲响非楼助,老耳时听下子声。

【评析】此诗记载作者到幼孙家里做客的事情。孙子邀请他观赏李花,并延留至晚上。作者闲看孙辈下棋,那丁丁落子声,说明棋战正酣。

故友张元公口号穷诗,高又树用其韵,余亦戏用其韵,作贱辰诗

把杯且饮莫思量,皓发盈头渐次黄。
要认松枝频眼措[1],欲听歌响看唇张[2]。
少年更变换新角,老友凋残拆旧墙。
矍铄倔强颇自爱,笑看日月去汤汤。

【注释】①“要认”句,指眼花了。 ②“欲听”句,指耳聋了。

【评析】头发白了,眼睛花了,耳朵聋了,但是这些又何妨!作者依然精神矍铄,饮酒酣歌,笑对日月。

世 叹

寄身宇宙内,越历熟可指。

冠盖廊庙人，邱壑闲散子。
手窘人谁问[1]，囊空颜自耻。
富厚不容忽，世情类是此。

【注释】①手窘：指缺钱。

【评析】此诗感叹世态俗情。作者阅历丰富，对人生体悟深刻。“手窘人谁问，囊空颜自耻”一联，一针见血地总结了趋富远贫的世态炎凉。

贱辰

其一

人臻九旬真可怜[1]，起居语默不同前。
回思九十须臾过，遥计百龄尚十年。

其二

寿民盛世自驰名，预定同庚昨岁情。
今可广邀齐背者，共成熙皞老编氓。

【注释】①臻(zhēn)：达到，来到。

【评析】作者九十寿诞，虽然感叹光阴似箭，起居行止大不如前，但是他一向乐观自足，身处盛世，还准备广邀同龄人，编为一群老寿民。

白丁香

细细丁香馥气繁[1]，秀纤莫作等闲观。
枝头觅玉枝还碎，树底观天碧弗宽。
风度香园无定宿，蜂穿雪窟不知寒[2]。
萧然静对便终日，又过一年随共看。

【注释】①馥(fù):香气。 ②原注:三联一作:"小鸟恋芬嚼蕊细,游蜂穿雪不知寒。"

【评析】这是一首咏物诗。丁香花开洁白,如玉似雪,形体虽秀纤,却芳香四溢,令作者流连忘返。第三联体物细腻。

初 雨①

春归何处觅雨来,忽见电光西北催。
莫虑甘霖弗遍野,我知无雨不空雷。

【注释】①原注:廿九立夏,廿八偶阴。

【评析】春雷滚滚,大雨将至。作者谙熟风雨气象,此诗就体现了他丰富的生活经验。

听 雨

暗风飞洒隔窗明,默坐空斋听雨声。
四野青苗未出土,喜听檐溜似盆倾。

【评析】春雨贵如油。作者闲坐空斋,静听雨声,想象着四野青苗在春雨滋润下的生长,喜不自禁。

朝 起

披衣朝起看天晴,雨后欣欣物向荣。
那识过犁天亦戒,麦根未饱验秋成。

【评析】雨过天晴,万物得到春雨的滋润,欣欣向荣。显然一场春雨是不够的,后两句中的"天亦戒""未饱",透出作者对春雨的期盼和渴求。

垒巢鸦

不谙鸟语闻群哗[1],村落林深各认家。
簇簇鸣鸦巢满树,扶人细数垒巢鸦。

【注释】①不谙(ān):不了解。谙,熟悉,精通。

【评析】此诗写作者观看乌鸦筑巢这件生活小事,反映了他童心未泯、自得其乐的生活状态。

尚孙生日

子孙自有子孙情,绕膝纷纷不记名。
今日恰当尔诞日,移时且住认分明[1]。

【注释】①移时:一会儿,一段时间(一般时间不长)。

【评析】作者晚年儿孙绕膝,尽享天伦之乐。但是也有幸福的烦恼:孙辈太多,记不住名字。所以只有当子孙过生日时,多多接触,加深记忆。

掘摅棚[1]

掘摅棚干遍山岗,丁丁樵子恨多芒。
那知四月余春在,暗送梅花入鼻香。

【注释】①原注:吾乡有掘摅棚,贱品也。花不甚佳,香不二梅,孙辈移植盆中,余因赠一诗焉。

【评析】此诗写当地山里的一种野花(不明学名)。因为漫山遍野都可生长,并且多刺,所以不被人珍惜。但是它花香如梅,孙辈们移植了一棵,作者因有此赠。

抱膝自叹

病躯老暗侵，心弱气长禁。

堪笑九旬叟[1]，抱膝不能吟。

【注释】①堪笑：可笑。

【评析】人老多病，面对这一自然现象，作者似乎没有太多的抱怨与郁闷，而是笑对人生，从容淡定。

观　花[1]

老翁方有看花颠，策杖人扶花蕊前。

寄语花枝休我笑，对君我已九旬年。

【注释】①原注：余旧与赵松武先生同仕，欲入海棠园看花，赵云："老人观花花亦羞。"

【评析】此诗写赏花之趣。老翁与花，二者似乎不太搭配，因此同事有"老人观花花亦羞"的告诫。但是作者爱花，花亦含情，后两句表达了作者与花的融洽之情。

衙署所种菜煤干甚佳，余口无齿，不得其味，笑而咏之

种菜署衙不种荼[1]，嚼根遗得带长涂。

五官可恨随人老，老口齿无笑不图。

【注释】①荼(tú)：古书上说的一种苦菜。

【评析】作者年老齿落，无法品尝菜煤干这样的美味，虽然有些遗憾，但是以自嘲的口吻道出，显得很潇洒。

艰觅参苓[1]

人到九旬洵惫躯，筋骸消瘦自清癯[2]。
艰难是处皆成窘，药物难求老病须。

【注释】①参苓（shēn líng）：中药名，人参与茯苓，有滋补健身的作用。 ②清癯（qú）：清瘦，一般形容有气质但比较清贫的知识分子。

【评析】人老多病，免不了要依靠一些药物滋补，作者需要的参苓比较难得，所以感慨成诗。

照　镜

枯朽面庞懒照镜，菱花偏显如明冰[1]。
白须莫幸白未尽，元色留多竟不曾[2]。

【注释】①菱花：此指镜子。 ②元色：当为玄色，即黑色。“元”避康熙名讳。

【评析】作者面容衰老，自然懒于照镜。诗的头两句略显沉重，但是第三、四句笔锋一转，以幽默口吻写白须，富有趣味。

端阳适绵孙自松江升任庆阳归省

宦游廿载远柴扉，恰值端阳坌路归[1]。
笑看庆阳新府守[2]，白须父老代斑衣[3]。

【注释】①坌（bèn）：尘土。 ②庆阳：位于甘肃最东部。 ③斑衣：彩衣，指身穿彩衣，作婴儿戏耍以娱父母。典出周老莱子，他奉二亲至孝，行年七十，言不称老。常着五色斑斓之衣，为婴儿戏于亲侧。

【评析】端午节又恰逢绵孙升任归乡省亲，可谓喜上加喜，作者前有《寄绵祚孙不果》，看来对这个孙子的成就很满意。

率意问天[1]

十日两看地湿皮，阴云竟日总迟迟。
迟迟吝雨是何意，我欲笺天叩问之。

【注释】①原注：五月十三日。

【评析】阴天多日却迟迟不下雨，即使偶尔有雨，量也很小，作者禁不住要写信问天为何这样吝啬。问天看似无稽，却体现出作者关心民生的可敬可爱。

观月吟

其一

江上清风原可亲[1]，北地无术领清新。
惟有山间一明月，造物万古贻闲人[2]。
闲人自宜枕邱壑，留月不放西岩落。
反覆流连兴不穷，逢此不乐孰可乐。
请看皓魄上东山[3]，大地山河尽变颜。
高高下下同一照，容光是处未尝艰。
穿窗有时过花影，枝叶攲斜花不整。
远近分明香不闻，别是人间一清境。
放眼纵观天地宽，皓月当天数层峦。
大造安排真是巧，不知何以无亏残。
月□作影月自掩，疏疏筛透千万点。
露积叶上叶有光，树叶光多光闪闪。
是时郊原方忧旱，雨后霁晴天非短。
昊天爱人不绝人，谁道民食天不管。

时雨时晴各有情，月自就中分晦盈。
东出西没百万里，周天一遍总无声。
老人久习熟团圆，我对清光九十年。
坐久夜深人欲卧，策杖回归，隔窗对月自在眠。

其 二

皓月东出障烟雾，金轮西走迷躔度[4]。
须臾还旧复如初，不觉掀髯笑何故。
云薄光在不须惊，再拜祈天颂祷情。
浓阴除却降时雨，切莫复作妨月行[5]。

【注释】①江上清风：此句与第三句“山间一明月”化用苏轼《前赤壁赋》中“惟江上之清风，与山间之明月，耳得之而为声，目遇之而成色。取之无禁，用之不竭，是造物者之无尽藏也，而吾与子之所共适”。 ②贻：赠予。 ③皓魄：此指月亮。 ④躔（chán）度：日月星辰运行的度次。 ⑤原注：连日阴而不雨，故及之。

【评析】其一为七言歌行体，四句一转韵。以观月为主线，先写月亮普照大地时的景象，再写月的阴晴圆缺，进而上升到哲学的高度：“时雨时晴各有情，月自就中分晦盈。”然后回归现实人生。全诗流畅婉转，与唐代著名诗人张若虚的《春江花月夜》有异曲同工之妙。其二是作者又追加的一首，表达期盼降及时雨的心情。

遣 兴

书案暂移避燕巢，不妨时日任闲抛。
隔林自听莺儿语，排闷时将棋子敲。
屋草空衔怜老鸽，竹枝徐引舞雏猫。
老翁稚气人争笑，逐柳儿童古未嘲。

【评析】此诗罗列了一系列看似无聊的举动，诸如为躲燕巢移书桌、闲听莺鸟鸣叫、看老鸽筑巢、用竹枝逗雏猫等，来表现自己如何遣兴。这种老小孩的稚气，正是作者的情趣所在。

喜 雨[1]

甘霖两月恨来迟，一夜东郊雨过犁。
父老莫愁麦力短，秋成加倍自称奇[2]。

【注释】①原注：五月廿一日。 ②原注：末句一作“秋成看作有年诗”。

【评析】甘霖姗姗来迟，虽然夏作物歉收了，但是秋成丰收有望。作者时刻关注天气，实则是心系民生。

□拟师泌四十年前事，痛而吟之，即用其韵，以赐绵孙

庆阳特授三千里，借口限宽恋祖亲。
进退律身鄙薄俗，可称三古以前人[1]。

【注释】①原注：附《忆泌儿四十年前事》诗：“燕京岁暮二千里，冒雪冲寒为祖亲。果尔送终当大事，呼天不恤奔丧人。”

【评析】作者的绵孙从千里之外的庆阳回乡看望祖父，深谙官场的祖父回忆40年前的家事，告诫孙子要进退自律。

颂圣即以赐绵孙勉其效力

取者弗取严一介，怨者不怨愧三分。
荐举无人何自得，圣明天子真神君。

【评析】孙子生逢明君，又得人举荐，仕宦前途无量。一生忠

诚的祖父勉励他最得意的孙子:做人要少取不怨,积极为圣天子效力。

陈六贤甥赠一小松树,走笔谢之

贤甥贻我青松树,老干扶疏百岁瘢①。
默对蔚葱坐竟日,恰同诱我入层峦。

【注释】①瘢(bān):疮痕,疤痢,斑点。

【评析】作者对其外甥送来的小松树喜爱有加,松树老干扶疏,盘根错节,郁郁葱葱,终日坐对欣赏,仿佛如入山林。

喜 雨

南风两昼夜,作雨自徐徐。
种豆未离土,培苗频动锄。
□□□旦夕,谁料满沟渠。
老叟慊如望①,蘧蘧自得书②。

【注释】①慊(qiè):满足。 ②蘧蘧(qú qú):惊喜的样子。

【评析】终于下了一场透雨,种豆培苗都不误时。作者喜不自胜,尾联的"慊如望"和"蘧蘧自得"便是这种心态的真实写照。

卷二

约山亭诗稿·乐

西斋十首[1]

其　一

数武荒园草径中[2]，爱他隙地有桃红。
无端欲觅闲休处，盖屋碍花退一弓[3]。

其　二

草草筑轩不用宽，屏遮径曲自盘桓。
眼前一景真难绘，天衬桃花树底看。

其　三

小树参差墙样齐，又添盆木杂高低。
画眉也识清幽趣，故放巧声作意啼。

其　四

放怀何地不徜徉，排遣闲情寻一忙。
粗整垣墙存朴意，随栽花木验时光。

其　五

十年居此系如匏[4]，快意何妨自解嘲。
拓地数弓仍旧址，添茅一把即新巢。

其　六

挂幅单条即当山，小门虽设仍常关。

地偏最喜客来少，元是闲身更觉闲。

其　七

欲锄径草留阶绿，本爱窗枝妨纸明。

移竹也图遮壁碎，栽花不管碍人行。

其　八

几净窗明无点尘，残书几卷倍相亲。

朗吟一过多余味，得意浓时见古人。

其　九

临窗竹儿多留步，傍户花枝动触冠。

室静斋心忘地窄，墙低放眼觉天宽。

其　十

盆石巑岏映纸屏⑤，寒山一轴董华亭⑥。

眼边物事饶清致⑦，独坐闲翻尔雅经⑧。

【注释】①原注：丙申。按：1716年。　②武：古代以六尺为步，半步为武。　③一弓：佛学用语，尺度之量。四肘为一弓，一肘有一尺八寸。　④匏（páo）：葫芦的一种，即瓠。　⑤巑岏（cuán wán）：山高锐的样子。　⑥原注：余有董画一轴，题款有“出门尽寒山”之句。　⑦原注：江浙人谓玩具为物事。　⑧尔雅经：《尔雅》是中国最早的一部解释词义的词典，也是儒家的经典之一，列入“十三经”之中。

【评析】这是一首组诗，围绕着“西斋”展开。首写西斋初建，盖屋时为了保护花木而改变原来的设计。第二、三、四首描绘环境的雅致，曲径通幽，花木禽鸟自得其乐。第五首以下，写自己在西斋居住的日常生活，在院里移竹栽花，在室内读书赏画，清致快意，安静悠闲。十首诗既可以各自独立成篇，意思又可以连贯。从布局上，由外而内；从时间上，由初建到十年的居住，层层递进，全面表现了西斋的高雅与幽静。

初　度

鹓行逐队笑官微①，总角几年顿已非②。
拜舞冠裳歌舜日，蹉跎毛发痛莱衣。
滥叨五斗忘今是③，暗计三年逼古稀④。
纵使筋骸偏得健，东山桃杏正花飞⑤。

【注释】①鹓（yuān）行：鹓鸟飞行，其群飞行列整齐，故用以比喻官员上朝的行列。　②总角：古代未成年的人把头发扎成髻，头上有两个发型组成的角。也可表示童年的意思。　③五斗：古代官斗一般用五斗量粮食，此指微薄的俸禄。典出《晋书·陶潜传》："潜叹曰：'吾不能为五斗米折腰。'"　④暗计三年句：按此句推算，作者此年67岁。　⑤东山：比喻隐居不仕，生活安闲。东晋时期，贤人谢安坚决辞去官职到会稽附近的东山隐居。

【评析】自古忠孝不能两全，作者生日之时，回忆官场沉浮，为五斗米辛苦，而不能奉孝，如今年近古稀，即使身体康健，也萌生归隐之意。

夜坐一首①

科头露坐送余曛②，拾得晚凉儿女分。
暝色欲深渐漠漠，雷声已远尚殷殷。
经风山雨消青嶂，乍电星天疑黑云③。
未识郊原甘雨足，一时且脱暑如薰。

【注释】①原注：五月廿七日，时正夏旱。 ②科头：谓不戴冠帽，裸露头髻。曛(xūn)：落日的余光。 ③原注：残云露天，星光甚朗，远电一闪，天竟忽成墨色，而云变如天，甚是奇观。

【评析】此诗写夏夜雷雨。作者夜坐乘凉，忽然雷声殷殷，风云突变，一场雷雨可能不解久旱庄稼之渴，但是足以解暑，带来凉意。

西斋闲咏

土壁四周竹树遮，丛丛秋色植如麻[1]。
几多野趣供诗兴，又看墙头扁豆花。

【注释】①原注：江南谓鸡冠诸花为秋色。

【评析】闲坐西斋中，周遭竹林掩映，鸡冠花开得正艳。除此之外，可以引发作者诗兴的，还有墙头上盛开的扁豆花。可见，具有诗心，则满眼都是诗意。

中　秋[1]

其　一

一年明月今宵多，明月今宵奈尔何。
欲效昌黎吟好句[2]，天边无处觅蟾娥。

其　二

一年明月今宵多，从未一年两度过。
坏却中秋觅计补，斗牛月上即高歌。

其　三

一年明月今宵多，皱面苍颜借酒酡。
天意无私不拘老，痴顽未许少年过。

【注释】①原注:丙申,是夕无月。　②昌黎:唐代大诗人韩愈,郡望昌黎,世称韩昌黎,诗风求新求奇。

【评析】这三首诗体式相连,都以"一年明月今宵多"开头。中秋月本应是一年中最亮的,但是此年中秋无月,所以作者就通过高歌、酣饮来填补这种缺憾。

偶　成[①]

拥尘飞鞚马蹄轻[②],最喜秋清天日晴。
贴草角鹰趁猃力[③],凭风羽箭作鸱鸣。
逐禽原不矜多寡,越岭何曾记姓名。
进退因人奔走日,可中较量此时情。

【注释】①原注:霜风初劲之际,鹰健兔肥,赵松雪云:"骥闻秋风双耳立。"孰独无情,能不神往,信笔书此,初不恤其不成章也。丙申冬日。　②鞚(kòng):马笼头。　③猃(xiǎn):嘴长的狗。

【评析】此诗记载秋猎场景。秋高气爽时节最适合打猎,骏马、角鹰、走狗、鸣箭,再现了作者雄武的风姿。此诗风格豪放刚健,迥异于平时的温和闲雅,可见作者不仅能文能武,诗风也丰富多彩。

除　夕

围炉聚话兴蹁跹,快意何须奏管弦。
循分足时真足矣,强图安处可安然[①]。
冻云雪霁三冬暮,斗室花香二月天[②]。
满酌共拼人一醉,鸡声未唱是今年。

【注释】①原注:时有居官不慎者,上皆罚之。　②原注:时满室花开,梅花香尤为清绝。

【评析】此诗写居官在职的除夕。室外冰天雪地,室内温暖安然,花香氤氲,亲人朋友围炉夜话,等待新一年的到来。与老年尽享天伦之乐的除夕不同的是,作者还要以那些居官不慎者为戒,循分守职,所以这个除夕过得并不轻松。

元日朝回途中作①

香烟满袖路无尘,元日朝回景物新。
簇簇衣冠蹀躞马②,雍雍来往太平人。
腊寒十日真成腊③,春雪五天不算春④。
史氏应占称大有⑤,行看红朽太仓陈⑥。

【注释】①原注:丁酉。按:1717 年。 ②蹀躞(dié xiè):马行走的样子。 ③原注:俗以冬不寒,来年人多疾病。腊二日至十三日大寒异常。 ④原注:俗以春雪不及腊雪,廿三日立春,廿八日大雪,雪犹属腊月雪也。 ⑤大有:是《易经》六十四卦之第十四卦。大有卦,离火在乾天之上。在天候上就是晴天丽日,在人事上就是蒸蒸日上之象。 ⑥红朽:指米粟陈腐变红色。太仓陈:出自西汉司马迁《史记·平准书》:"太仓之粟,陈陈相因,充溢露积于外,至腐败不可食。"指皇仓之粮逐年增加,陈粮上压陈粮。

【评析】新年第一天,作者上朝后回家,有感而作。一元复始,万象更新,京城人来人往,熙熙攘攘,一派太平祥和。尾联巧用典故,表现盛世景象,典丽雅正。

元 宵

其 一

火树千家处处燃,时听鼓箫过门边。

元宵不肯轻抛掷,买个灯儿挂榻前。

其 二

蚁聚纷纷举步迟,九衢灯火也无奇。

长安士女浑多事[①],彻夜驱车何所之。

【注释】①长安:汉唐时期的西安。此用长安指代清朝时的北京。

【评析】此诗描绘清代京城元宵佳节的热闹。首写千家万户灯火通明,作者不能免俗,也买个灯笼挂在榻前。次写京城士女彻夜驱车狂欢,街衢人满为患,一派歌舞升平的景象。

春日即事

书墙暗记鸽生卵,绕砌细寻草吐芽。

最是闲人忙不了,隔邻又数垒巢鸦。

【评析】"记鸽生卵""寻草吐芽""数垒巢鸦",这些看来极为无聊的事情,却显示出作者生活中的情趣,也显示出春天的信息。

花 评

其 一

人工点缀动经年,枝上天工自吐妍。

眼看花开还看落,凭君品定让谁先。

其 二

剪彩瓶中假即真,真花斗彩未先人。

不缘一线真香在,掩尽韶光贬却春。

【评析】此诗评论的是巧夺天工的假花。因为做工精湛,真假难辨，作者处处以真衬假。真花有开有落，真不如假；然而真花富有香气，则假不如真。

三月廿二日引见，恰值初度，恭纪二首

其一

咫尺天颜天上观，澹宁居内肃衣冠[1]。

小臣初度邀恩渥，欲报君亲一样难。

其二

绕惹炉烟欲退餐，称觞歌板奏声欢。

座中莫道春将晚，架上紫藤花正繁。

【注释】①澹宁居：为畅春园内东路建筑之一，畅春园是1684年清康熙皇帝南巡归来后启建。

【评析】作者生日之时，又恰逢初次被皇帝召见，可谓喜上加喜。其一是恭记在澹宁居拜见康熙皇帝的情景。其二抒发入见感慨。“座中莫道春将晚，架上紫藤花正繁”，或有言外之意。

忧旱[1]

自春徂夏土生烟[2]，到处迎龙箫管鸣[3]。

多恐天公不会雨，浓阴两日一时晴。

【注释】①原注：丁酉春无雨，至四月廿一日、廿二日大阴，廿三日复晴。　②徂：到，往。　③迎龙箫管鸣：此指祈雨。

【评析】从春到夏一直无雨，虽然各地百姓都在祈雨，但是天公无动于衷。作者虽然衣食无忧，但是他时刻心系民生，自然会对这样长期的干旱深表忧虑。

喜雨[1]

向晚星疏天宇澄，雨声半夜如涛崩。
天公钜力真难料，道是不能竟大能。

【注释】①原注：廿三日晚，犹甚晴，至夜大雨如注，喜而欲狂。

【评析】傍晚时天空还一片晴朗，夜半则突然大雨倾盆，这对于日夜盼雨的作者来说，真是惊喜难料，因此喜而成诗。

夜坐[1]

中庭静寂露无声，坐久夹衣顿觉轻。
想得棘围事笔砚[2]，半轮月映一灯清。

【注释】①原注：八月初九日。 ②棘围：指科举时代的考场。唐、五代试士，以棘围试院以防弊端，故称。

【评析】清夜独坐，回想当年科举之时，作者内心十分平静。岁月流逝，人事变迁，惟有青灯明月永恒相伴。

中秋

其一

长空净扫无云过，浩瀚天光澄碧波。
我欲蟾宫更斫桂，一年明月今宵多。

其二

但逢佳节兴婆娑，试问冰轮谁与磨。
满酌香醪须尽醉，一年明月今宵多。

其三

停杯饮少醉颜酡，竹柏交横认细柯。

深夜清谈人不寐，一年明月今宵多。

其　四

街衢到处老拳呵，醉语颠狂又放歌。

不是人间偏好酒，一年明月今宵多。

【评析】又是一年中秋佳节，长天无云，皓月当空，酒香满室，彻夜清谈，天上人间都在尽情享受这佳节美景。此年中秋和丙申年无月的中秋天况迥异，但是作者反复重复"一年明月今宵多"，或许是有意而为。

元　宵①

买个灯儿挂榻前，放狂自得亦潇然。

人间纵是豪华贵，天意何曾拒老年。

三市尘声摈户阈②，一方月色印亭砖。

痴顽领此佳无限，况复梅花香又先。

【注释】①原注：戊戌。按：1718年。　②三市：指大市、朝市、夕市。《周礼》："大市，日仄而市；朝市，朝时为市；夕市，夕时为市。"泛指闹市。摈：抛弃，排除。阈（yù）：门槛。

【评析】元宵佳节，不妨将俗世的喧闹关在门外，自己买个灯笼挂起来，玩赏着一方月色，又有梅香相伴。这样的行为何尝不是潇洒。

汤山回道中作

丹诏已传九列还①，宫门渐远水涓涓。

霜凝晓色草连木，日射朝云山接天。

风软春犁新土味，林疏茅舍上炊烟。

欣欣物态多荣意，检点花时是眼前。

【注释】①丹诏：皇帝用朱笔写的诏书。诏，皇帝发出的文书。九列：九卿的职位。明、清时期，以吏、户、礼、兵、刑、工六部尚书，加上都御史、大理寺卿、通政司使，为九卿。

【评析】此诗写上朝归家途中所见景象。青草、霜露、朝阳、云天、微风、清新的泥土气、疏落的茅舍、袅袅的炊烟，勾画了一派祥和的春景图。第三联写景警策，画笔难绘。

戏赠京师烧香者

善是人当树，福非力强求。
东坡曾梦马，西土漫烧牛。

【评析】当时社会迷信流行，作者对烧香求福者提出忠告：人当树善，福非强求。对人生命运能保持如此清醒的认识，难能可贵。

汤山谢恩[①]

一月两迁秩，天恩受独优。
扪怀矢瘁志，报国鲜良谋。
主圣事无阙，臣愚心过求。
惟期人物泰，万载颂金瓯[②]。

【注释】①原注：二月廿二日。　②金瓯(ōu)：比喻疆土之完固。也用以指国土。

【评析】一月之内得到两次升迁，不能不令作者感谢皇帝的恩典。此诗表达对皇帝的衷心，矢志报国，祝愿国家长治昌盛。

忧 旱[1]

两月望云云气闲，有云乱拥不遮山。
雨师到此想无术，颇怪因循天亦艰。

【注释】①原注：四月五月无雨，至六月五日，浓云满天竟不雨。

【评析】连续两个月无雨，天气极度干旱，作者盼雨的迫切心情可以想见。虽然阴云密布，却总是不下雨，看来雨师有时也很无奈。

喜 雨[1]

其 一

郊原几月有犁耕，云气风挟万树鸣。
旱不十分人不德，卷帘一笑两阶平。

其 二

等闲莫恨花开迟[2]，暑气因人花亦知。
夜静云过花着雨。燃灯步水看花枝。

【注释】①原注：六月九日。②原注：余石榴花尚未大开。

【评析】终于下雨了，庄稼可以耕种，花儿也开放了，作者心情舒畅，全诗透露出一种喜气。

中 秋

其 一

八月恰当计闰算，清光两度应同看。
一年明月今宵多，不道今宵止得半。

其　二

我对冰轮鼓掌笑,古今几见当头照。

一年明月今宵多,添个今宵谁所料。

其　三

云去云来月不定,天公有意留佳胜。

一年明月今宵多,另着今宵补此兴。

【注释】①原注:戊戌,是年闰八月。

【评析】此年闰八月,自然就有两个中秋节,三首诗都围绕这一主旨展开。作者写了不少中秋诗,始终以“一年明月今宵多”贯穿。

闰八月中秋

前月中秋云傍月,今宵看月雨纤纤。

天公有意妒人处,添个中秋如不添。

【评析】虽然闰八月,但是前一个中秋月亮被云层遮挡,后一个中秋又阴雨绵绵,因此,作者调侃天公妒人,不想让人过两个中秋。

闰八月十六日夜月

长空何处片云留,招月举杯肯暂休。

不管从前与后此,天高月好即中秋。

【评析】十五的月亮十六圆,不管何时,只要月圆便是中秋,作者的豁达于此可见一斑。

畅春苑回道中作[①]

海淀午归早，肩舆过市廛[②]。
淡云收野日，残雪界田阡。
树密烟藏屋，城高楼倚天。
胜情人自得，不读帝京篇[③]。

【注释】①原注：十月廿日。畅春苑：位于今北京海淀区，圆明园南，北京大学西。原址是明朝神宗的外祖父李伟修建的“清华园”。 ②廛（chán）：古代城市平民的房地。 ③帝京篇：唐代李世民、诗人骆宾王都写过《帝京篇》，主要内容是夸饰京都长安的繁华。

【评析】此诗写从畅春苑朝回途中所见所感。中间两联由远及近，从郊外的阡陌写到市内的高楼，次第有致，表现了京城的繁华。

十月廿三日途中作

东门奏事九卿还，欲霁未晴雪后天。
多少行人泥没股，爱他玉树尽含烟。

【评析】雪后道路泥泞，奏事大臣们行路艰难，但是大雪把树木装扮得如砌玉一般美丽，让人赏心悦目。

除　日[①]

其　一

买得梅花满室香，安排守岁各分忙。
闲看儿贴宜春字，白发萧疏老侍郎。

其　二

烧松炬岁岁烟香[2]，户户迎新各自忙。

我遇佳时兴倍甚，痴顽不谢少年郎。

【注释】①原注：戊戌。按：1718 年。　②炬：(ǒu)：烧火时柴草等没有充分燃烧而产生大量的烟。每年除夕早晨都在门前空地边烧草升烟，称为“炬岁”。

【评析】又是一年除夕日，全家老少齐上阵，买来梅花，贴上春联，烧松炬岁，忙忙碌碌喜迎新春。作者欣逢盛世，又遇佳节，兴致不输于少年郎。

元　日[1]

其　一

朝回拂袖袖无香[2]，此日应闲谢却忙。

白发休夸人免笑，司农分席也名郎[3]。

其　二

但是有花无不香[4]，一生何事自寻忙。

时流比类真多幸[5]，李侍郎如白侍郎[6]。

【注释】①原注：己亥。按：1719 年。　②原注：是日，日有食之，上不临朝。　③司农：官名。汉始置，掌钱谷之事。亦称大司农，为九卿之一。　④但：只。　⑤原注：白乐天七十诗云：“比类时流真多幸。”　⑥李侍郎：此自指。白侍郎：指白居易。

【评析】新春第一天，恰逢日食，皇帝不上朝，让众卿们白跑一趟。作者此年已有 70 岁了，在朝臣中可能属于年长者，对比年轻的同僚，因此有些感慨。

元日日食[1]

亲王遣护羲和驭[2],又列公侯监百官。
天意已回欲变此,密云遮住照常看。

【注释】①日食,又作日蚀,在月球运行至太阳与地球之间时发生。这时对地球上的部分地区来说,月球位于太阳前方,来自太阳的部分或全部光线被挡住,因此看起来好像是太阳的一部分或全部消失了。日食只发生在朔日(农历每月初一)。 ②羲和:古代神话传说中的人物,驾驭日车的神。

【评析】日食作为一种罕见天象,在不知成因的古代,它的发生会让人极度恐慌,因为太阳如果从此消失的话,大地上的生命将注定灭绝,所以古代几乎所有的民族都认为日食是一种凶兆,认为日食是老天对人间的"严正警告",民间把日食称作"天狗吞日"。通常日食发生时,要进行一些救护仪式。此诗就记载在大年初一发生日食时,亲王和公侯百官举行仪式之事。

郑家庄看月

月到茅檐别有奇,旷天一镜立多时。
不缘奏事山村宿,如此风光谁得知。

【注释】①原注:四月十三日。

【评析】郑家庄不知在何处。此诗是作者因奏事夜宿山村所作,表现了山村月亮的明净,这对于在京城生活多年的人而言,感受会更加强烈。

闲　咏

手疲心劳属午前,片闲午后两分天。

若教十载长安住,便是长安二十年。

【评析】此诗表现了作者在京城生活的疲惫之感。

访任坦公回,舆中作

老骨清羸强自支,劳劳不识定何之。
觅闲稍过友人话,也是长安得意时。

【评析】此诗的前两句还是表现疲惫之感,后两句写拜访友人。与友人闲谈的快意或许能缓解疲惫。

戏咏黑须落者

偏是黑须好脱离,分明不忿雪霜欺。
笑言慰汝须平意,作少年时能几时。

【评析】本来黑须就少,反而容易脱落,但是想到黑须总会变白,又何须苦恼。

栽 竹 作[①]

买得新篁七八干[②],移栽不碍山窗明。
从今但遇阴浓日,好听潇潇细雨声。

【注释】①原注:六月廿六日。 ②新篁(huáng):新生之竹。篁,竹林,泛指竹子。

【评析】苏东坡说:“宁可食无肉,不可居无竹。无肉令人瘦,无竹令人俗。”作者也特别喜爱竹子,在他眼里,竹子,晴时不碍山窗明,阴时可听细雨声。

七月望日寅时月食，阴云蔽之[①]

彼月而微纵未差，天公厌听讹传哗。
夜残恐有人先起，故散阴云一抹遮。

【注释】①望日：月亮圆的那一天。通常指农历每月十五。月食：是一种特殊的天文现象，当月球运行至地球的阴影部分时，在月球和地球之间的地区会因为太阳光被地球遮挡而看到月球缺了一块。此时的太阳、地球、月球恰好（或几乎）在同一条直线上。古人有“天狗食月”的传说。

【评析】此诗记载月食现象以及当时人们对此现象的讹传。

回 署 作[①]

放衙小憩北窗明[②]，秋色盈阶晚气清。
燕子西风身怯力，海棠残雨叶留声。
闲沽市酒只三盏，坐嗅花香到二更。
非是劳人博雅致，痴顽纵老未忘情[③]。

【注释】①原注：七月廿七日。 ②放衙：即退衙，属吏早晚参谒主司听候差遣谓之衙参。 ③原注：适得夜来香一盆。

【评析】退衙回来，闲斋小憩，欣赏着傍晚的秋色，饮三杯两盏淡酒，暂时让忙碌的身心得以放松。这种生活方式或许就是作者在仕途上能够游刃有余的关键所在。

桂 花

径取桂花北地栽，依然有约傍秋开。
幽人露坐看疏影[①]，不断清芬伴月来。

【注释】①幽人：幽隐之人；隐士。此作者自指。

【评析】作者栽种的桂花如期开放，秋夜闲坐，不仅可以享受桂花的阵阵清香，还有清月相伴，别有一番雅致。

中　秋

其　一

问月遂初肇自何，一年明月今宵多。
忧愁风雨坡公句[1]，对此清光且放歌。

其　二

月月月明月一过，一年明月今宵多。
今宵更遇云无障，老兴颠狂罔恤他。

【注释】①忧愁风雨坡公句："忧愁风雨"出自辛弃疾《水龙吟·登建康赏心亭》："可惜流年，忧愁风雨，树犹如此。倩何人、唤取红巾翠袖，揾英雄泪。"坡公，苏轼。此为作者误记。

【评析】"一年明月今宵多"，这一诗句在作者不同年岁的中秋诗中都出现过，只是放置的位置不同。在这组中秋诗中，作者情绪狂放，对酒当歌，及时行乐。

重　阳

重阳有菊有村醪，晴日对花兴颇豪。
总是无风吹帽落，不知何处好登高[1]。

【注释】①原注："好"一作"可"。

【评析】重阳佳节，天气晴朗，有酒有菊，作者兴致很高，只是不知何处可以登高，不免有些遗憾。

郊祀恭依皇上诣园邱不能全礼韵

敬勤天子重园邱，民乐萦怀先独忧。
礼乐详明非故事，情文昭格有根由。
燔柴典巨许谁代[1]，享帝心安惟自求[2]。
省豆省笾还九拜[3]，上稽往古空千秋。

【注释】①原注：上御极六十年，必亲行礼，不轻遣人代。燔(fán)柴：古代祭天仪式。将玉帛、牺牲等置于积柴上而焚之。②原注：上偶患足疾，诸王大臣请上遣代，上云："朕心不安。"③原注：是日，上亲诣坛上，遍视笾豆，毕行三跪九叩头礼，然后遣亲王行全礼。豆、笾：古代食器，木制为豆，竹制为笾，祭祀时用于盛放祭品。

【评析】此诗记载皇帝带领诸王及大臣郊祀。皇帝身体不适，仍然坚持亲自参加郊祀，不肯让他人代替行礼，一方面体现了皇帝对祭祀仪式的诚心，另一方面也体现了皇帝亲力亲为的个性。

正月十三日夜雪，枕上作[1]

睡力老人少，心清梦不成。
残更余夜气，细响碎琼声。
但觉窗生白，非关月映明。
殷勤语瑞雪，莫误上元晴。

【注释】①原注：庚子。按：1720 年。

【评析】人老睡眠少，夜色阑珊，听窗外细碎的声音，看白茫茫一片，知道是下雪了。后天就是元宵节，作者担心大雪影响了佳节，便殷勤嘱咐瑞雪，不要耽误元宵节的晴天。尾联充满情趣。

晨起作

其　一

黄昏微霰漫凄凄，朝起平阶小径迷。
着屐呼童开北户，千枝竹叶玉妆低。

其　二

当门雪压竹枝寒，叶密纷纷露几竿。
怪得香山题句子，殷勤留向雪中看。

【评析】晨起开门，放眼望去，雪满大地，白茫茫一片。特别是那些竹子，被雪压低了枝叶，想到白居易的诗句，作者深有同感。

同年王少司农苾远路过人家看桃花赋赠[1]

寒食雨新青草痕[2]，肩舆过处路无尘[3]。
谁家几树山桃好，不问主人自款门[4]。

【注释】①原注：二月廿七日。　②原注：时值清明。　③肩舆：即轿子。　④款门：敲门。

【评析】此诗写朋友欣赏桃花的雅兴。寒食时节，草浅花红，被人家的桃花吸引，不问主人，自己主动进门观赏。可见，作者的朋友王苾远也是一个随意率性的性情中人。

王苾远同年邀同看桃花[1]

荒园草绿树参差，多少山桃开满枝。
好友相从花下饮，长安也得一闲时。

【注释】①原注：二月廿九日。

【评析】朋友王苾远发现了一处桃花美景,邀请作者等好友同赏。三五好友,桃花树下畅饮,可谓浮生偷得一时闲。

访任坦公校大观帖[①]

官忙谁解作闲吟,此日退归趁早阴。
古榻挈将访友去[②],云浓未必即成霖。

【注释】①原注:六月廿七日。大观帖:中国北宋官刻丛帖。刻帖工作由龙大渊主持,蔡京奉旨书写帖内的款识标题。因刻于徽宗大观三年(1109)正月,世人遂称之为《大观帖》。石刻成后拓本用以赐给,因此流传较少。 ②古榻:即"古拓"。

【评析】作者对书法很有研究,退朝之后,带着家藏的古代书法拓本,与老友一起分享鉴赏,也是一件十分快意的事情。

和王苾远同年小斋观兰韵二首

其　一

相看莫嗟老鬓丝,长安也有畅怀时。
朝回良友围三坐,雨后芳兰放一枝。
淡酒村蔬偏好兴,伸毫琢句有奇思。
明朝供给不嫌野,量比药栏亦等差。

其　二

追随昔厕柏台中[①],二十年来意气同。
每遇佳时成雅会,况当秋爽对芳丛。
清姿不受尘中赏,幽韵自标物外崇。
酒尽留君还久坐,月明共嗅夜香风[②]。

【注释】①柏台:御史台的别称。 ②原注:夜来香正开。

【评析】王苾远与作者同年，两人意气相投，交往20多年。这两首诗即叙二人的志趣与情谊。第一首写退朝后知己小聚，畅饮赏花赋诗；第二首则由兰花的清姿幽韵比拟二人情志，追忆友谊。

盆　松

葱茏细叶浑如画，老干双擎错落殊。
假使唐人昔见此，桥南不数第三株。

【评析】此诗表达对种植盆松的赏爱之情。小松枝叶葱茏，盘根错节，样貌奇特，不输古松风范。

汤山接圣驾恭赋[①]

城门朝出日初生，半载臣心遑问程。
草际凝霜野路湿，林梢透雪远山明。
六军戢戢森弓矢，万马萧萧列旆旌。
群下跪迎瞻圣武，周诗韎韐只虚名[②]。

【注释】①原注：十月八日。　②原注：上御极六十年，圣躬天健，是日亲带弓矢，臣工仰瞻，不胜欢跃。韎韐（mèi gé）：赤色皮蔽膝。

【评析】此诗表现皇帝畋猎的威武场景。康熙皇帝执政60年，经常骑马打猎，作者有幸跟随，颔联的“六军”“万马”渲染了随从的壮观场面。

腊月望日，月食七分[①]

宝□同欢六十载，帝王□数几朝能。
天公不愿人称满，望日示悬月一恒。

【注释】①腊月望日:农历十二月十五日。

【评析】全诗虽缺失两个字,但是不影响对意思的解读。主要是对康熙皇帝执政60年的歌颂。作者对月食现象的解释也体现着对皇帝的恭维。

庚子除日用白香山岁暮诗韵

是日岁除日,吾年逾七旬[①]。
早起天大雪,同云蔽日轮。
片纸趋赴朝,谁顾岁改辛[②]。
出朝又经场,勿敢托采薪[③]。
去来三十里,难此老健身。
归睹宜春字,对之始知春。
念我十七载,长此甘清贫。
世故尝已遍,仆仆朝暮尘。
今夕向儿女,此刻是闲人。
且饮杯中酒,劳碌不愿陈。

【注释】①原注:是年余七十有一岁。　②原注:明日即辛丑岁。　③原注:上御极之六十年,王公以下,大小文武,各设立经坛诵经,自元旦诵起,先一日拈香,谓之薰坛,群工皆到,户部经坛立西直门内,往回约有三十里。

【评析】此诗表现了仕宦的疲惫。作者一向心态平和,较少抱怨。或许是因为除日的忙碌,又要上朝,又要诵经,加上年老又遇雪天,来回三十多里路的颠簸折腾,难免不对十七载清贫辛苦的仕宦生涯有所不满。但是作者终究是一个平和之人,委屈都会自己咽下,结尾的“且饮杯中酒,劳碌不愿陈”就是最好的写照。

元　宵[1]

说着上元到眼前，古稀逾一又增年[2]。
赏春谁道老无分，当景我云兴有权。
灯拥华衢花满地，云收碧海月中天。
停杯试听笙歌远，彻夜驱车抵晓还。

【注释】①原注：辛丑。按：1721年。　②原注：余年七十有二。

【评析】又是一年元宵佳节，华灯满街，笙歌满耳，作者虽然又老一岁，但是老年人也有享乐的权利，“赏春谁道老无分，当景我云兴有权”就宣示了这一心态。

小东门候旨[1]

东门树底集群工，静候纶音日正中。
却恨东风浑力薄，不催柳叶如梧桐。

【注释】①原注：三月廿日。

【评析】此诗抒发候旨等待的难耐。群臣候旨直到正午时分，长时间被太阳晒烤着，所以作者盼望柳叶能变成遮阳的梧桐叶。

春日海淀道中

其　一

石桥两畔草萋萋，小圃谁家灌菜畦。
新绿浅深望去好，树林缺处数骑西。

其　二

落落村庄不傍邻，绿杨远近未沾尘。

踏风披雪等闲事，对此居然天地新。

【评析】春日行走在海淀道上，两旁绿草萋萋，菜圃整齐，村舍依依，清新恬静，令人耳目一新。这两首诗为我们呈现了清代海淀一带的面貌。

长安一首

莫嫌仆仆事如麻，闲让肩舆尽足夸。
片睡浓时客已了，到门未省是吾家。

【评析】此诗或是夸美自家轿夫的。自己公务很忙碌，坐在轿子中可以小憩片刻。最后一句“到门未省是吾家”，反映出轿夫抬轿的平稳。

五月一日至七日祷雨，初五日作

百寮祷雨雨无期①，七日斋处再拜迟②。
不是扇头雄坠子，端阳过却有谁知。

【注释】①百寮：同“百僚”，即百官。 ②原注：老腿跪拜颇难。

【评析】此诗写端午前后祈雨。百官连日祈雨，老天却毫无反应。如果不是因为天热开始使用扇子，人们似乎很难意识到端午节已过。

旱①

隐隐雷声雨意徐，凉风一到一时除。
雨师不是甘藏术，积久偷安术已疏。

【注释】①原注：辛丑岁自春徂夏无雨，五月廿七廿八日，时有微雨，旋又复晴，赋此。

【评析】雷声隐隐，凉风徐徐，却不见下雨。作者戏称，大概雨师因为久不降雨，以致降雨之术变得生疏了。

云　问[①]

翘首高天问白云，层层作势欲成文。
看君尽可酬人望，何苦忙归让日曛。

【注释】①原注：六月八日。

【评析】作者向高天白云发问：何苦忙于归去，让太阳炙烤大地？这是因为长期干旱人们无奈的想象。

风　嘲[①]

半年无雨恨商羊[②]，乍起阴云祝彼苍[③]。
最是西风情过厚，送云归去赠人凉。

【注释】①原注：六月十日。　②商羊：传说中的鸟名，商羊飞舞定有大雨。　③彼苍：天的代称。

【评析】半年无雨，天气旱热，幸有西风相助，给炎热的夏季送来阵阵清凉。

天棚一首

天棚酷暑大相宜，退食萧闲独坐时。
呼仆观兰寻吐箭，检盆栽树剪繁枝。
双丫婢子学磨墨，四岁孙儿解诵诗[①]。
此老痴顽原自号，个中幽趣少人知。

【注释】①原注:十一孙能诵唐诗三首。

【评析】炎炎夏日,闲坐乘凉。婢女学研磨,孙儿诵唐诗,作者招呼仆人观看兰花吐新芽,一幅闲适安逸的生活画面。

喜 雨[1]

谁言雨泽来天上,天上于今信已无。
不识连朝何自至,笑看天地一时苏[2]。

【注释】①原注:闰六月初七日雨,初九初十日复雨。 ②一时苏:源自元稹《有鸟二十章》"雷惊雨洒一时苏,云压霜摧半年死"。

【评析】终于下雨了,大雨倾盆,终日不停,作者笑看万物复苏,喜不自胜。

归 鸽

鸽雏失去无寻处,六日奋飞恋主回。
有仆十年抛父母,至今流落未归来[1]。

【注释】①原注:谓七子也。

【评析】雏鸽失群后,尚能恋主回家。可是流落在外的第七子,十年未归,不禁让作者伤感。

七 夕

儿女家家列酒卮[1],今年兴懒一停之。
只缘守拙生平惯[2],况是老翁无用时。

【注释】①酒卮(zhī):盛酒的器皿。 ②守拙:封建士大夫自诩清高，不做官，清贫自守，叫守拙。

【评析】 此诗记载过七夕的情事。七夕是年轻儿女比较向往的节日，作者年纪大了，今年也无多大兴趣，所以就免去了节庆活动。

题　画

其　一

翠岭云迷几叠深，半岩萧寺隐乔林。
何来高士饶幽兴，独对寒泉落远岑[①]。

其　二

层岫抱云起[②]，触处岚光胜。
高人曳杖来，缓步入林径。

其　三

山中佳处难枚数，雨后晴岚别有天。
却怪先生何处得，顿添风韵与山川。

其　四

无穷山外山，但见前山树。
先生胸次中，邱壑谁知数[③]。

其　五

何来潇洒一山翁，收拾秋光杖履中。
隔岸溪山如此好，眼前枫叶满林红。

其　六

枫林叶初落，飒飒山容冷[④]。
云净远天明，圭角刻秋影[⑤]。

其　七

青嶂立如屏，矗矗烟光簇。
山麓有人家，连云隐深谷。

其 八

元季四家雪景少⑥，华亭自品亦非工。

先生写此甲辰岁，未得华亭寓目中⑦。

其 九

澮澮川原远远岑，萧疏不受世尘侵。

一间亭子三株树，得意何须在茂林。

其 十

身隐碧螺峰下久⑧，平生领略水云宽。

湖山一角也佳胜，画出从君著眼看。

其 十 一

略约转山径⑨，人家隔岸通。

溪流常潏潏⑩，回响入松风。

其 十 二

泽国水无边，圩田界大川。

霅溪如在眼⑪，舴艋省前缘⑫。

其 十 三

湿云收未尽，深谷掩柴扉。

暝色白云合，空山人独归。

其 十 四

结庐山之曲，四时山色佳。

更撑小艇去，垂钓是生涯。

其 十 五

山色苍且秀，遥峰云上尖。

谁家傍烟树，翠雨滴茅檐。

其 十 六

岩壑崚嶒远近分⑬，山根丛木隐归云。

人家恰在深林里，隔树泉声闻不闻[14]。

其十七

楚楚竹叶碧，山花布野町。
何来添韵致，一个红蜻蜓。

其十八

飞飞蛱蝶大翩跹，欲下偏迟意宛然。
恰似少陵新句好，春风江上落花天。

其十九

芙蓉江上好，翠叶自扶疏。
水鸟偶来歇，爱花非羡鱼[15]。

其廿

野菊开方盛，茸茸傍绿莎。
草虫草际立，也自乐天和。

其廿一

翩翩蝴蝶来，作尽身轻态。
不是弄晴晖，落花还自爱。

其廿二

几日西风至，林红一夜霜。
山蜂欣有托，各自恋其房。

其廿三

兰为王者香，艳蕊岂其类。
凤子飘然来[16]，不知为谁至。

其廿四

草木葱茏夏日长，蜻蜓作意占风光。
野花数颗红于火，反觉山中六月凉。

其廿五

碧叶袅金丝，枝头何绰约。
蜗牛适所安，蝶自随花落。

其廿六

晴日花开好，葵心向海棠。
双飞来蛱蝶，偏解弄秋光。

其廿七

秋水渺无际，残荷尚满湖。
蜻蜓斜照里，晒立翘菰蒲[17]。

其廿八

平野远天净，苍苍蒹葭老。
滩头白鹭群，一派秋光好。

其廿九

说著功名即自羞，新春天气自清柔。
京尘日念家山乐，聊对丹青作卧游[18]。

其三十

寂寂野人家，缘山港半斜。
安贫炊麦饭，惟此送年华[19]。

其三十一

船设低篷学钓徒，溪头绿水蘸菰蒲。
弄桡莫便寻归路[20]，不钓娥江即鉴湖[21]。

其三十二

雾收山色淡，潮上水容宽。
自笑还多事，常来把钓竿。

其三十三

近阜两三树，遥岑带烟霭。

意在有无中,得之笔墨外。

其三十四

夜来宿雨洗山容,枯木槎牙树树松[22]。
挈伴闲寻禅客话[23],岩风吹落半天钟。

其三十五

漾漾小鱼艇,沿溪听所止。
仰看天宇宽,松风恰到耳。

其三十六

烟岚霁后留暝色,秋树风前落叶清。
恰合剑南诗句好[24],乱山深处著柴荆。

其三十七

满天风雨湿山村,霁后千岩叠翠痕。
多少飞流悬树杪,问君何处是泉源。

其三十八

人家隐山曲,地僻江天接。
早晚理鱼竿,扁舟浮一叶。

【注释】①岑:小而高的山。 ②岫:山。 ③邱壑:深山与幽壑。多借指隐者所居。此处比喻深远的意境。 ④山容:山的姿容。元稹《和乐天重题别东楼》:“山容水态使君知,楼上从容万状移。” ⑤圭角:中国古建筑专业名词。 ⑥元季四家:元季四大家,元代中晚期活动于江南的画家黄公望、吴镇、倪瓒、王蒙,因皆在笔墨技法上成就显著,画山水以寄托清高避世的情感,对文人山水画典范的形成做出贡献,在画史上被称作“元季四大家”。 ⑦原注:以上皆题王烟客先生画。按:王烟客即王时敏(1592—1680),明末清初画家。初名赞虞,字逊之,号烟客,江苏太仓人,擅山水,专师黄公望,笔墨含蓄,苍润松秀,浑厚清逸,然构图较少变化。其画在清代影响极大。 ⑧原注:劳山人住碧螺峰下,峰在洞庭西山内。 ⑨彴(zhuó):独木桥或山间溪流中用以渡人的脚踏石。 ⑩潏(yù)潏:水涌出的样子。 ⑪霅溪:水名,在浙江湖州。也为旧吴兴县之别称。 ⑫舴艋:小船。 ⑬崚嶒:高耸突兀的样子。 ⑭原注:以上皆题劳山人画。劳山人事迹不明。 ⑮羡鱼:语出唐孟浩然《临洞庭湖赠张丞相》诗:"坐观垂钓者,徒有羡鱼情。" ⑯凤子:大蛱蝶。晋崔豹《古今注·鱼虫》:"(蛱蝶)其大如蝙蝠者,或黑色,或青斑,名为凤子。" ⑰菰蒲:菰和蒲,都生长在水中。 ⑱原注:集陆放翁句。 ⑲原注:集放翁句。 ⑳桡:桨,楫。 ㉑原注:集放翁句。 ㉒槎牙:亦作"槎丫"。形容树木枝杈歧出,错落不齐之状。 ㉓挈伴:挈,领、带。挈伴,领着同伴。 ㉔剑南:指陆游,陆游有《剑南诗稿》。

【评析】这是一组分别为不同画家画作题写的诗歌,可能并非同时期创作。题画诗唐代开始出现,宋以后大盛,诗画结合,可以相得益彰,好的题画诗可以将画外之境点染出来。这组诗的前八首是为明末清初著名画家王烟客的画作题写,第九到十六首为劳山人画作题写,第廿九、三十、三十一是集陆游诗句而成,其他诗作创作原因不明。总体来看,这三十八首诗的风格意境相似,或是表现清雅山水、淡泊幽居,或是摹写蛱蝶蜻蜓、水鸟白鹭,反映出古代文人山水画、写物画的创作特点。

正五日纪恩[①]

宝□春回阶正平,殊恩诏赐老臣羹。
乾清宫里朝天坐[②],景运门前骑马行[③]。
御馔一盘传内使[④],仙厨八簋列前楹[⑤]。
万年圣主人多寿,燕乐从容比鹿鸣[⑥]。
大酺毕赐传天语[⑦],东阁宣来布地茵。

近接龙光真咫尺，坐亲燕笑似家人。
筹边筹运皇猷溥，忧国忧民圣虑频[8]。
惭愧白头难报称，玉音数道老君臣。

【注释】①原注：壬寅。按：1722年。　②乾清宫：是明清两代皇帝在紫禁城中处理日常政事的地方。明朝的14个皇帝和清朝的顺治、康熙都以乾清宫为寝宫。原注：奉旨，老臣肩舆至景运门，从古未有也。　④原注：大鱼一大银盘，命内史遍传诸臣，皆令食之。　⑤簋（guǐ）：中国古代用于盛放煮熟饭食的器皿，也用作礼器，流行于商朝至东周，是中国青铜器时代标志性青铜器之一。⑥鹿鸣：出自《诗经·小雅·鹿鸣》，这是大宴群臣宾客的诗篇。⑦酺（pú）：聚饮。古指国有喜庆，特赐臣民聚会饮酒。　⑧原注：上云："西边事原是防边，不然自陕西至山海关，何处守之？"又云："沁水入运河，期以济运，今勘明害多利少，不如照旧。"又云："远省事，朕必欲知之，但令他们说，恐皇上知之，则百姓受无穷之福矣。"又云："近日生齿日繁，倘遇歉岁，朕甚悯虑之。"

【评析】此诗记载正月初五皇帝大宴群臣的场景。字里行间流露出作者真诚的忠君之情。这份忠诚，不仅仅是来自皇帝因为作者年老所给予的许多特殊礼遇，更多的对皇帝"筹边筹运""忧国忧民"胸怀的敬忠。其中"坐亲燕笑似家人"最能体现君臣融洽和谐之关系。

小孙痘痊[1]

父子追随一笑倾，梦魂安稳觉心平。
今朝喜处君知否，摇手孙儿小步行。

【注释】①原注：余孙颇多，十一孙尤钟爱之。随余京邸时值出痘,余与其父心常悬悬,而不敢出口。正月初旬,痘已痊可,初出,见而喜之,集放翁句。

【评析】此诗写小孙子水痘痊愈的欣喜之情。古代因为医疗条件有限,对儿童出水痘尤其担心,何况又是作者最钟爱的小孙子。此诗虽为集陆游诗句而成,但是情景十分恰当,如同作者己出。

题江滩茅屋小画[①]

幽人住江渚,竹树护柴关。
不问尘寰事,持竿也碍闲。

【注释】①原注:舍旁滩头系一空钓舟。

【评析】这是一首题画诗。画面中幽人临江而居,翠竹掩映,一幅远离喧嚣、避世隐逸的景象。

题梅花[①]

倦游自笑摧颓甚[②],老去流年不耐催[③]。
只有梅花知此恨[④],叮咛且莫十分开[⑤]。

【注释】①原注:集放翁句。 ②"倦游"句:语出陆游《春残》:"倦游自笑催颜甚,谁记飞鹰醉打围。" ③"老去"句:语出陆游《新菊》:"老去流年不耐催,微霜又见菊花开。" ④"只有"句:语出陆游《梅花绝句》:"只有梅花知此恨,相逢月底却无言。" ⑤"叮咛"句:语出陆游《梅花》:"烂熳却愁零落近,叮咛且莫十分开。"

【评析】这是一首咏物诗。作者借对梅花的叮嘱,表达自己能够坦然面对流年逝去、身体衰老的心态。

题烟波钓舟

淼淼烟波小艇孤，半竿斜日漾菰芦。
问君投饵鱼安在，何似心闲一事无。

【评析】烟波浩淼，孤舟独钓，不问收获，只为享受一份怡然自得的心境。此诗充分体现了作者超然物外的人生境界。

题瓶插杏花

杏蕊初开衬蔚蓝，瓶中折插宛山岚。
莫言老兴因年减，看杏香山七十三[①]。

【注释】①原注：余年亦七十有三。香山：指白居易。

【评析】插在瓶中的杏花吐露芬芳，是明媚春光的缩影。古稀之年的作者与白居易同样的年龄，赏花的兴致未因年老而有所减少。

七月十五日即事

入秋半月还留暑，爽气侵衣傍晚增。
坐待墙东圆月上，闲看星簇灿香灯[①]。

【注释】①原注：京师是夕，觅黄蒿一株，多挂寸香于其上，燃以为灯。

【评析】此诗记载京城七月十五的习俗。七月十五日，道教称为中元节，佛教称为盂兰节，民间旧称鬼节。虽然入秋了，天气依然带着暑热，作者傍晚闲看明月香灯，静谧美好。

自题小像

惟我与我周旋久，七十余年未谋面。
忽凭妙手上生绡，远胜寻常镜中见。
痴顽愚直性长存，只有朱颜逐时变。
苍然老丑亦犹人，世事推移经百炼。
马齿古稀又逾三，一筇未试差轻便[①]。
百年荏苒只尔耳，强说神仙亦何羡。
翛然无事委琴书[②]，坐对忘言余匹练。

【注释】①筇(qióng)：古书上说的一种竹子，可以做手杖。②翛然：无拘无束、自由自在的样子。

【评析】画家为73岁的作者画了一幅肖像，作者因此对自我进行了一番品评。朱颜已逝，苍老丑陋，但是痴顽愚直之性未变。世经百炼，平静闲淡，琴书相伴，胜似神仙。

桂　花

其一

丛丛草色露凝光，白月侵阶桂影凉。
插向胆瓶移近榻，清芳不断梦中香。

其二

山童拨火烹茶熟，桂萼放香满树花。
香到鼻端茶到舌，疑将金粟点新芽[①]。

【注释】①金粟：桂花的别称。

【评析】桂花清可绝尘，浓郁芳香，深受国人的喜爱。仲秋时节，静月相伴，桂香扑鼻，茶香入口，不仅感官得到满足，更多的是精神上的自适自足。

二　桂

客里桂花偏再放，尾秋点缀曳余光。
谁知花晚香逾好，灿烂枝头又一场[①]。

【注释】①原注：先桂花开时，稍头二寸许，全然无花，余颇怪之，后其二寸尽皆生花，较前此之花更盛，从未见也。

【评析】作者栽种的桂花开了两茬花，第一茬该开的地方未开，第二茬比前期开得更盛，颇有后来居上的势头，实属罕见，因此记之。

汪中允退谷得孙，诗寄同人，即步原韵

先后与君同一门[①]，几年交契比诸昆。
庭前诗礼已传子[②]，箧里琴书更得孙。
世德流长原有种，元音嗣响不须言。
阿翁名姓讹犹问，他日胪传记主恩[③]。

【注释】①原注：余与退谷皆曹夫子门下士。汪中允：即汪士鋐(1658—1723)，字文升，号退谷、秋泉。长洲人。康熙三十五年(一说三十六年)状元及第，改庶吉士，散馆授编修，入直南书房。康熙四十二年丁父忧，随即奉旨在扬州校勘《全唐诗》。服除补官，康熙四十六年夏特升右春坊右中允，兼翰林院编修。书法为清一代名家，与姜宸英、笪重光、何焯一起被称“康熙四大家”。　②原注：余前岁阅退谷公子闱中文，心为许可。　③原注：编修王太史引见，其姓名与退谷同音，上以为退谷也，垂问再四。胪传：对下传告。

【评析】此诗祝贺老友汪退谷得孙之喜。首联叙两人友情；颔联

和颈联赞老友诗书传家，后继有人；尾联忆当年趣事，因另一编修与老友同名，引见时被皇帝反复询问，足见皇帝对老友印象深刻。

重阳招太清四弟饮，作诗赋谢，走笔步韵

其 一

爱菊独推元亮公[1]，古今那必不相同。
长安恨少登高处，肯负重阳落帽风[2]。

其 二

但使醅多不用赊，人生到处即吾家[3]。
今朝且尽杯中物，乘兴还来饱看花[4]。

【注释】①元亮公：晋代诗人陶渊明，字元亮。 ②原注：是日大风。落帽：典故出自《晋书·孟嘉传》，称扬人的气度宽宏，风流倜傥，潇洒儒雅。此指重阳时节。 ③原注：来诗云“不教游子叹无家”。 ④原注：是日菊花尚未大开。

【评析】这两首诗是作者对其四弟诗作的酬答。重阳节有菊可赏，却无处登高，虽有缺憾，但是与四弟一起饮酒赏花，有亲情处便是家，显示了作者生活态度之达观，心胸之开阔。

盆桂三花

桂蕊再芬犹未歇，浓香总与始开同。
多情最是重阳后，三度流香伴菊丛。

【评析】作者的盆栽桂花三度开花，最罕见的是重阳节后还与菊花一起争芳斗艳，莫不是要报答主人的钟爱之情？

太清弟再赋短章，步韵

有酒即酣饮，况当菊一丛。

放怀心自达，守拙事皆空[①]。
任我本来面，期君太古风[②]。
来朝花更好，再觅醉颜红。

【注释】①守拙：安于愚拙，不学巧诈。也指无应世之才，甘愿过田园生活。　②太古：远古，上古时代。

【评析】此诗还是和四弟诗韵而作。前六句表现了弟兄们放达守拙的性情，最后预约再度赏花饮酒，享受人生的美好。

题　画[①]

其　一

吾友漫堂称读画，此中大是具文章。
生平我不求深解，坐此诸家多未详。

其　二

云收风脚晴光远，点点江帆天际虚。
削壁峭峰人不到，几多松树自萧疏。

其　三

健笔凌空透石痕，郁蒸云气隔林屯。
飞流直下分山界，纸上如闻涧底喧。

其　四

淡远谿山谁是亚，倪迂滴派名堪嫁[②]。
虬鳞竦干一长松，我欲科头踞其下[③]。

其　五

青山隔岸秀，风静水平流。
稳坐有高士，松涛不泛舟。

其　六

山色秀苍苍，烟云冒树行。

不因题款识，即认是元章。

其　七

荒亭饶野致，突兀石相接。

潇洒古木枝，霜痕初上叶。

其　八

林墟不辨路，丘壑余寒影。

雪后看山川，虚白天容静。

【注释】①原注：沈恪亭。按：沈宗敬（1669—1735），《清朝画征录》作雍正三年（1725）卒，《清朝书画家笔录》从之。字恪庭、南季，号狮峰、狮峰道人、双鹤老人、双杏草堂主人、卧虚山人等，华亭（今上海）人，沈荃之子。工诗、善书，通音律。擅山水。　②倪迂：即倪瓒，元代画家、诗人。清高孤傲，洁身自好，不问政治，自称“懒瓒”，亦号“倪迂”，擅山水、墨竹，师法董源，受赵孟頫影响，与黄公望、王蒙、吴镇合称“元四家”。滴派：疑“嫡派”，“滴”或为抄写者之误。　③科头：谓不戴冠帽，裸露头髻。

【评析】这是一组为好友沈宗敬山水画而作的题画诗，作者前有三十多首题画诗作，对书画都有很深的研究。这组诗开篇说自己对绘画不求深解，是过于谦虚。其他七首或咏画中之景，或赞友人画境高逸，可见沈氏绘画的意境。

宿石门[①]

其　一

山色苍寒溪谷迷，暮烟村落上扊扅[②]。

雪花几片黄昏近，独鸟栖林不择枝。

其　二

荦确雪深车力罢[③]，石门孤店有千骑。

半间茅屋低头入，犹似桥陵谒告时[4]。

【注释】①原注：十二月廿七日。 ②扊扅（yǎn yí）：门闩。③荦确（luò què）：坚硬貌。 ④原注：时为谒陵。谒陵：祭坟扫墓。

【评析】此诗记载谒陵途中投宿情事。天寒雪深，行路艰难，傍晚投宿石门孤店，虽然茅屋低小，毕竟有了归宿。

除　夕[1]

天地洪钧转[2]，今朝斗建寅[3]。
老翁心窃喜，草木遍阳春。

【注释】①原注：宿野鸡陀。按：野鸡陀，地名，在今河北唐山迁安南部，京沈公路南线。 ②洪钧：指天。也比喻国家政权。③建寅：古代以北斗星斗柄的运转计算月份，斗柄指向十二辰中的寅即为夏历正月。《淮南子·天文训》："天一元始，正月建寅。"

【评析】斗转星移，又是一年，这年的除夕，作者在旅途中度过，与以往家人团聚的氛围不同，但是想到明天就是新春，万物复苏，便喜不自禁。

元　日[1]

冲寒驱马破朝烟，元日云铺酿雪天。
仆仆东西来往路，一肩襆被入新年[2]。

【注释】①原注：癸卯。按：1723 年，雍正即位。 ②襆（fú）被：用包袱把衣服、被子等包起来。

【评析】此诗写正月初一行役之苦。人在江湖，身不由己，在万家团圆庆新春的日子，作者却为公务顶风冒寒，在行旅中风尘仆仆地迎接新年。

元日午后大雪

其 一

阳光方岁首，大雪来何为。
裘冷马惊重，路平车苦迟。
崎岖山喜灭，烟火店愁迷。
丰岁真时瑞，途长自不支。

其 二

驱车东过永平府[①]，塞上云来雪满天。
野店敲门何不应，男童报说是新年。

【注释】①永平府：地名，包括今秦皇岛大部分地区、唐山大部分地区以及辽宁西南部地区，明朝始称永平府。

【评析】这两首诗还是写春节行旅的艰难。虽说是瑞雪兆丰年，但是路遇风雪，马行迟迟，再加上春节人人都放假休息，连野店都不开门纳客，投宿无门，作者一行的艰苦可想而知。

清 雪[①]

其 一

塞外天晴昼作霜，轻烟暝色白茫茫。
几家茅屋还如旧，万树晶莹泛玉光。

其 二

清雪佳名书未载，无声寒霰坠迟迟[②]。
村村满地梅花树，策蹇来寻应有诗。

【注释】①原注：初八日。 ②霰：在高空中的水蒸气遇到冷空气凝结成的小冰粒,多在下雪前或下雪时出现。

【评析】此诗写塞外的清雪景致。从作者的描述看,诗中的"清雪"就是"霰",茫茫白雪,晶莹树挂,这样的美景自然能激发起作者咏诗的兴致。

途　中①

荒烟衰草入天低,云识风多深谷栖。
垂幕牛车人乍醒,路旁茅舍一声鸡。

【注释】①原注:十一日。

【评析】这是一首行旅诗。荒烟衰草,凄迷旅途,似乎了无人烟,但是路旁赶牛车的人和茅舍里的一声鸡鸣显示了这里的人气。

元宵二首

其　一

京华此夕沸笙歌,辽左风光奈尔何①。
莫笑闭门甘阒寂②,年除守岁野鸡陀③。

其　二

老翁素自号愚痴,无分灯花月有期。
辽海云深天欲雪④,早眠携手引孙儿。

【注释】①辽左:辽东的别称。因古代方位左东右西,所以辽东又称辽左。　②阒(qù):形容寂静。　③野鸡陀:见《除夕》诗注。　④辽海:地区名。泛指辽河流域以东至海地区。

【评析】作者经过长时间的旅途颠簸,终于到达目的地。此年的元宵节是在辽东度过的,想到京城万民笙歌的热闹,不免有些失落,索性闭门,早点带孙子睡觉。

咏风筝

其一

暖风旭日爱晴明，廿载稽迟老帝城[1]。
莫道边陲春不到，谁家天半一风筝。

其二

高楼空旷是谁擎，上下云中别有情。
试向小南门外看，从容天际一身轻。

【注释】①稽迟：迟延，滞留。

【评析】作者久居京城二十载，现在来到辽左边陲，看到春天不知谁家放飞的风筝，难免情绪复杂。“从容天际一身轻”，或有双关之意，既是咏天上飞舞的风筝，也是比况自己当时的处境。

道中即事[1]

朝来东望日方吐，霭霭晴光满天宇。
微风稍稍自南来，缓驭羲车未当午。
须臾扬沙动地威，万马跑空惊战鼓。
是时余驾方渡河，河水渐来没车辅。
子石粼粼马蹄滑，蹴踏迎风浪花舞。
波涛时涌湿毡裀[2]，伸脚辕间及我股。
前日南风光作恶，酿就泥泞行苦雨。
今日崎岖历万山，明日阴晴不敢数。
夕阳欲落投山店，未解征鞍先闭户。
三间低屋压茅檐，翻飞倏忽生毛羽。
村童邻叟共喧救，伐木持茅与争补。
此地人情何谨愿，为问薪樵贱如土。

嘻吁嚱，京师薪桂三十年，且喜辽左薪樵贱如土。

【注释】①原注：二月二十六日祭永陵，路出东山。按：永陵在今辽宁抚顺新宾满族自治县城西21公里启运山脚下的苏子河畔，是清皇帝爱新觉罗氏族的祖陵。清太祖努尔哈赤的父亲、祖父、曾祖、远祖及伯父、叔叔等皇室亲族的陵墓。　②裀(yīn)：夹衣。

【评析】此诗记载祭永陵途中第一天经历的艰辛。先是过河时被波涛打湿了衣衫，后遇雨道路泥泞，傍晚要投宿山店，又遭遇屋顶被风吹走茅草。天灾无情人有情，所幸的是当地民风朴实，村童邻叟都很热心，况且薪樵的价格特别便宜。

得三獐[1]

白发飘萧兴自狂，擎鹰逐犬布山冈[2]。
题诗报与村夫子，错写真成三弄獐[3]。

【注释】①原注：廿七日。　②原注："鹰"一作"苍"。　③弄獐：为"弄璋"之讹。用以嘲写错别字。典出《旧唐书·李林甫传》：李林甫妻弟得了一个儿子，他手书贺词曰："闻有弄獐之喜！"众人掩口而笑。后人讽其为"弄獐宰相"。古人贺生男说"弄璋之喜"，典出《诗经·小雅·斯干》："乃生男子，载寝之床，载衣之裳，载弄之璋。""璋"是美玉，"獐"则是野兽。

【评析】作者老当益壮，牵黄擎苍布猎平冈，收获了三只獐子。最后告诫那些村夫子，别像李林甫那样，"璋""獐"不分，闹出笑话，给全诗平添了一些幽默色彩。

冰开花[1]

谷深衰草合，脱木矗如麻。

草根冰未解，忍冻开冰花。

【注释】①原注：其色黄，高二寸许，大如钱，十二瓣，双层，娇嫩可爱。

【评析】这是作者在辽北发现的奇特景象，这种耐冻之花因遇上作者的慧眼而幸运。

东　山

西流水作千回折，东望雄峰万岭横。
天作高山原有意，祖宗荒度几经营。

【评析】清王朝的祖陵选在东山，自然有着地理上的考量。这里流水回折，雄峰万岭，无愧天赐宝地。

清明二首

其　一

清明时节万山里，蛱蝶几多满路飞。
尔亦何知寻乐土，冲寒来此弄晴晖[1]。

其　二

寒食海南蝶到迟，边荒偏肯占先期。
莫疑料峭春还浅，深涧藏花人不知。

【注释】①原注：“弄”一作“享”。

【评析】诗题虽为“清明”，但两首诗都实为咏蝶。第一首写满路飞舞的蛱蝶“寻乐土”“弄晴晖”；第二首写蛱蝶不怕料峭春寒，到深涧采花。蝴蝶仿佛是春天的精灵，为人们带来春的信息。

集白香山句

东都添个狂宾客①，蟠木宁争桃李春②。
公事渐闲身且健③，不开口笑是痴人④。

【注释】①"东都"句：语出白居易《将至东都先寄令狐留守》："东都添个狂宾客，先报壶觞风月知。"　②"蟠木"句：语出白居易《自咏》："老龟岂羡牺牲饱，蟠木宁争桃李春。"　③"公事"句：语出白居易《腊后岁前遇景咏意》："公事渐闲身且健，使君殊未厌余杭。"　④"不开"句：语出白居易《对酒》："随富随贫且欢乐，不开口笑是痴人。"

【评析】作者酷爱唐代诗人白居易的诗歌，诗风也与白诗晚年的风格相似。这里所集白诗，表达了作者的轻松之情。春回大地，万物争春，公务减少，身体健康，如此美好，何不笑口常开。

季春集白句

身心安处为吾土①，新睡觉时幽草香②。
斗薮敝袍春晚后③，迟回且住亦何妨④。

【注释】①"身心"句：语出白居易《吾土》："身心安处为吾土，岂限长安与洛阳。"　②"新睡"句：语出白居易《池上夜境》："无人惊处野禽下，新睡觉时幽草香。"　③"斗薮"句：语出白居易《病后寒食》："抖擞弊袍春晚后，摩挲病脚日阳前。"　④"迟回"句：语出白居易《老病相仍以诗自解》："还似远行装束了，迟回且住亦何妨。"

【评析】作者才学兼擅，对于古人的诗句可以信手拈来，抒情言志又十分贴切。这首集句诗表达了心安身即安的旷达，以及随遇而安的闲适。

再集白句

贵贱同趋群动间①,忘名何必入深山②。
草萤有耀终非火③,野鹤虽饥饮啄闲④。

【注释】①"贵贱"句:语出白居易《题谢公东山障子》:"贤愚共在浮生内,贵贱同趋群动间。" ②"忘名"句:语出白居易《咏怀寄皇甫朗之》:"养病未能辞薄俸,忘名何必入深山。" ③"草萤"句:语出白居易《放言五首并序》:"草萤有耀终非火,荷露虽团岂是珠?" ④"野鹤"句:语出白居易《题王处士郊居》:"寒松纵老风标在,野鹤虽饥饮啄闲。"

【评析】贵贱贤愚虽然同处一个大千世界,但是萤火虫终究不是火,野鹤虽饥,饮食时也不失闲雅风度,终究还是"尘归尘,土归土"。

友人送花集白句

莫嫌地窄林亭少①,何处辞丛别主来②。
随分自安心自断③,物华春意尚迟回④。

【注释】①"莫嫌"句:语出白居易《履道居三首》:"莫嫌地窄林亭小,莫厌贫家活计微。" ②"何处"句:语出白居易《移牡丹栽》:"金钱买得牡丹栽,何处辞丛别主来?" ③"随分"句:语出白居易《自咏》:"随分自安心自断,是非何用问闲人。" ④"物华"句:语出白居易《酬南洛阳早春见赠》:"物华春意尚迟回,赖有东风昼夜催。"

【评析】友人送花,作者欣然接受。"随分自安"表面是在劝花，实则是自我心态的写照。

出西郊偶感

不知何地是天涯，簇簇马兰初吐芽。
草屋颓垣一株杏，三春欲尽始开花。

【评析】西郊的春意来得似乎有些晚，马兰刚刚吐芽，杏树也才开花。环境不同，结局也有差异。

老爱东都好寄身，白乐天句也。即以为韵，作七首

其　一

七十四龄衰鬓老，痴愚狂兴未全倒。
东来随分有心情，家具何妨只草草。

其　二

迂直从来世罕爱，侧身天地无拘碍。
边荒共道天苦寒，作息萧然惟善耐。

其　三

倦游自笑任西东，谢却周章乐不穷。
米贱饥人偏独喜，更无一事贮胸中。

其　四

留都未必逊京都[①]，终日从客类野夫。
睡足窗红犹未起，试裁与老相宜无。

其　五

东风妆点乾坤好，消息度关偏不早。
四月冬裘尚挂身，一年春色无人恼。

其　六

宦游老倦身如寄，万里乡园杳难致。

海南海北恰相当，一帆来去樵风易[②]。

其　七

二十年来待漏身，东都未必是沉沦[③]。

公家政事须臾了[④]，胜作辽阳闲散人。

【注释】①留都：古代王朝迁都以后，旧都仍置官留守，故称留都，此指盛京，今沈阳市。　②原注：樵风，见《水经注》“欲东则西风，欲西则东风”。　③东都：本指唐代洛阳，作者经常以长安代指清都北京，这里以洛阳代指沈阳。　④“公家”句：语出黄庭坚《登快阁》：“痴儿了却公家事，快阁东西倚晚晴。”这里是指公务不多。

【评析】这组诗抒写身居东都的感受。作者 74 岁时从北京调任沈阳，这里相对北京而言，是边荒苦寒之地，他的情绪不能不受影响。但是作者能随遇而安，处置若素，从日常生活中发现有益之处，并未沉沦，反而随分自在，心态实为难得。

衙退无事集白句

渐近东来渐少尘[①]，不争荣耀任沉沦[②]。

随宜饮食取充腹[③]，书卷展时逢古人[④]。

【注释】①“渐近”句：语出白居易《赠皇甫宾客》：“轻衣稳马槐阴路，渐近东来渐少尘。”　②“不争”句：语出白居易《闲意》：“不争荣耀任沉沦，日与时疏共道亲。”　③“随宜”句：语出白居易《自咏》：“随宜饮食聊充腹，取次衣裘亦暖身。”　④“书卷”句：语出白居易《不出门》：“鹤笼开处见君子，书卷展时逢古人。”

【评析】此诗借白居易的诗句表达自己淡泊名利，降低物欲，以古人为伴的精神追求。

无 竹

宁可食无肉，不可居无竹。
语传自东坡，避俗如避毒。
谁识辽左人，肉食尽饱腹。
居室邀此君，从古断其族。
有肉独无竹，造物限与俗。
斯意未敢信，购地创官塾。
天子方右文，海内何郁郁。
上既有攸好，风行草偃伏。
习俗转移间，比户使操牍[①]。
奇才能振拔，岂尽甘碌碌。
人定自胜天，耘深谷当熟。
肉食且无妨，何必竹绕屋。

【注释】①比户：家家户户。

【评析】“宁可食无肉，不可居无竹。无肉使人瘦，无竹使人俗。”作者此诗从苏轼的诗说起，中间叙述辽左人食肉的习惯，以及他在盛京购地建设官塾兴学，改变当地习俗的努力，最后却反驳苏轼理论，认为“肉食且无妨，何必竹绕屋”。作者平素爱竹，可以看作这是反语。

挂幔帐集白句

两鬓苍然心浩然[①]，故纱绛帐旧青毡[②]。
荣先生老何妨乐[③]，忧国朝廷自有贤[④]。

【注释】①“两鬓”句：语出白居易《赠苏炼师》：“两鬓苍然心

浩然，松窗深处药炉前。” ②“故纱”句：语出白居易《病后寒食》：“故纱绛帐旧青毡，药酒醺醺引醉眠。” ③“荣先”句：语出白居易《吾土》：“荣先生老何妨乐，楚接舆歌未必狂。”荣先生：荣启期，春秋时隐士，自言得三乐：为人，又为男子，又行年九十。后用为知足自乐之典。接舆：春秋时代楚国著名的隐士。姓陆，名通，字接舆。④“忧国”句：语出白居易《舟中晚起》：“退身江海应无用，忧国朝廷自有贤。”

【评析】此诗借白居易诗句表达身老心闲的心态。作者告诫自己不要担心自己老了不能为国效力，江山代有人才出，朝廷自有贤人在。

无　蝉

六月蝉鸣韵远清，欲高欲歇入风轻。
缘何不识辽阳树，绿叶阴阴无一声。

【评析】夏天蝉鸣是自然规律，久而成习惯。辽阳无蝉，反而不知有夏。

南　天

海关归去路三千①，目极南天家树烟。
咫尺蓬莱惟隔水②，怪他沧海不桑田。

【注释】①海关：此为山海关。 ②原注：余闻唐将军云，画山海图者，谓登州至北岸，止有四百里。又闻水手云，自登到金州，不过四百余里。

【评析】此诗抒发思乡之情。作者家乡属登州，距离任职的沈阳仅一海之隔，直线距离并不算远，但是若走陆路经山海关就很遥远，因此，尾句责怪沧海为何不变成桑田。

夏

此地全无暑，凉颸日日生[①]。
花开矜色艳[②]，瓜熟嚼香清[③]。
散榻惟书史，关门废送迎[④]。
莫愁秋信早，尚未有蝉声。

【注释】①颸(sī)：凉风，疾风。 ②原注：沈阳花木稀少，双片凤仙颜色最佳。 ③原注：甜瓜俗名香瓜，其味果佳于他处。 ④原注：良友隔绝，赏奇析意，绝无一人，中心颇憾此事，然无如何也。

【评析】此诗抒写作者在沈阳过夏天的种种情事。沈阳地处东北，夏天很凉爽，有凤仙花可饱眼福，也有香瓜可饱口福。但是遗憾的是缺少知心的朋友一起赏奇析意，看来，精神上的满足才是真正的满足。

重阳

花开冒雨为佳节，料得晴明花更开。
辽左重阳无雨好，菊花消息未传来。

【评析】此诗写在沈阳过重阳节。菊花未开，又下着雨，作者全无往时的兴致。

九月

九月霜寒节物更，边城天旷入秋清。
千山北眺出晴影，百鸟南飞有去声[①]。
关外交游谁是客，辽中侪辈我为兄[②]。

编篱无竹犹丛菊，闲下茅亭嗅落英。

【注释】①原注：春间北来之鸟，是时尽皆南去。 ②侪辈：同辈；朋辈。

【评析】沈阳寒季来得早，九月份众鸟就开始向南方迁徙。在关外的同僚中，自己是年辈最长的。虽有丛菊，但是无竹编篱，作者的情绪怎能不低落？不过，怨而不怒，正是作者的性情，也是他的诗风。

境闲皆道是东都[1]

其 一

境闲皆道是东都，扪腹逍遥寄兴孤。
坐听笼禽闲弄舌，又看梁上燕将雏。

其 二

境闲皆道是东都，减尽繁文是我徒。
好友相逢惟握手，免教腰折倩人扶[2]。

其 三

境闲皆道是东都，风土相沿近朴愚。
四月清和裘不换，麦秋袖手俱农夫[3]。

其 四

地闲皆道是东都，蜜李甜桃一物无。
馋口渴时何处解，茶坊乳湩是醍醐[4]。

其 五

境闲皆道是东都，触目人情俭朴殊。
夏葛冬裘惟适体，不崇华饰是黄虞。

其 六

境闲皆道是东都，大事模糊细不拘。

处处田苗连锦陌，家家牛马散青芜。

其　七

境闲皆道是东都，谷熟年丰无物无。
辽水鱼肥堪把钓，高粮酿熟好提壶。

其　八

境闲皆道是东都，入馔庖鲜总上腴。
最是先民留旧俗，辽东白豕满街衢。

其　九

境闲皆道是东都，秋到山川别一图。
十月菊花新放蕊，黄金历乱伴衰芦。

其　十

境闲皆道是东都，雪霁云空山影孤。
稳驾耙犁寻胜去，高低冻玉如平铺⑤。

其十一

境闲皆道是东都，物物冬深分外腴。
猎后八义车载满⑥，全家食禄饱天厨⑦。

其十二

境闲皆道是东都，塞外三冬冰满须。
莫道寒威无可解，积薪非桂尽添炉。

【注释】①原注：乐天句。　②倩人：请别人代替自己做事。③原注：地不种麦。　④醍醐：原指酥酪上凝聚的油。佛教指灌输智慧，使人彻底觉悟。　⑤原注：平底冰车无轮。　⑥原注：名大鹿为八义。　⑦原注："禄"借为鹿。

【评析】这一组诗记载了作者在盛京沈阳一年四季的见闻。12首诗描绘了当地的气候、日常生活、农业生产、风俗以及饮食等方方面面的特点。如民风质朴、大小事不拘细节、冬季的交通工具耙犁和平底无轮冰车、称大鹿为“八义”等具有地方特色的事物。作者以新奇的眼光，饶有兴致地以写实之笔为我们呈现了当时东北的社会面貌，可看作是一幅多彩纷呈的东北社会风俗画卷，既有丰富的民俗认识价值，也有重要的社会美学价值。

经　年

沈阳检点经年事，梦里乡园觉后非。
何处看花香泛好，谁家种竹笋生肥。
乍秋万木霜争落，未雪千山鸟不飞，
唯有野牲供旨蓄，貔貅出猎大围归[1]。

【注释】①貔貅(pí xiū)：是中国古书和民间传说的一种凶猛瑞兽，能吞万物而不泄，故有纳食四方之财的寓意，也有赶走邪气、带来好运的作用。古时候人们常用貔貅来作为军队的称呼。

【评析】此诗是在沈阳一年生活的总结。作者在这里生活了一年，已经熟悉了哪里可以赏花，谁家种了竹子。秋冬季节，万木凋落，还可以经常出动军队围山打猎。

寄题儿辈新筑小亭

其　一

瓦阶亭子筑西偏，就简莳花亦有年[1]。
汝更安排添一个，青蓝相校可同前。

其　二

好栽松竹护柴关，更筑高亭木石间。
待我回乡策杖上，摩挲老眼看群山。

其　三

层峦高下小桥通，曲折弯环有化工。
好石几多何处得，可曾日日到山中。

其　四

此处曾留树数株，筑亭点缀也相扶。
约山小匾题诗在，移挂亭中合得无。

【注释】①莳花：栽花。

【评析】从这组诗的第四首看，小亭就是约山亭。作者对家乡儿孙修筑此亭关心备至，出谋划策，规划设计，具体到花木松竹、小桥流水的位置，并叮嘱要经常到山里寻觅好石头，可见作者对园林设计独具匠心。

新　奇

老翁疏放旅边城，触事新奇到眼生。
洒雪扫尘轻且便①，拖犁代步捷还平②。
南窗向日山墙辟③，北户炊烟树窟行④。
最怪余寒冰尚在，嫩花深涧吐黄英。

【注释】①原注：洒水著地即冻，以雪代之甚便。　②原注：谓耙犁也。　③原注：厢房取向阳也。　④原注：烟筒凿木为之，高丈余，出屋上，取不犯风也。

【评析】作者初到沈阳，许多新奇事物令他大开眼界。如当地人们洒雪扫尘、拖犁代步、木制烟囱等。最让他称奇的是，不知名的娇嫩黄花竟能傲冰凌寒开放。

苦　寒

寂寂晴光户自扃①，曾无一客到门庭。

厨娘近灶头常白[2],黔突凝烟雪忽停[3]。
冻舌晨鸡声尽断,当天午日色犹青。
无风刺骨肌生粟,似此寒威老未经。

【注释】①扃(jiōng):从外面关门的门闩。 ②原注:灶上女使,热气着发尽成霜,头常白。 ③原注:突口衔烟,烟去而热气留,即成霜,皆成白雪口。黔突:因炊爨而熏黑了的烟囱。

【评析】此诗刻画沈阳的寒冷。第二、三联通过几个生活细节形象地表现了极寒天气,如厨娘头常白、烟囱口常白、晨鸡报晓声断、当午日色犹青等,令人印象深刻。

戏赠行路人

但是有须皆变白,更无一步可离冰。
停车试问征途客,如此三冬经未曾。

【评析】此诗表现东北的严寒。行人有须皆变白,地上无处不成冰。作者戏问行路人,这样的寒冬是否以前未曾经历过?

甲辰元日,用白乐天自咏老身示诸眷属韵[1]

我今七十五,世事阅万千。
荏苒度岁月,鹤发又增年。
屋陋尚支雪[2],裘温颇胜绵[3]。
乡国三千里,蟾蜍十二圆[4]。
幼孙远随宦,诵诗绕膝前[5]。
坎止委时命,无忧能我煎。
岁酒乡人馈,囊空尚余钱。
何须解组去[6],只此日高眠。

【注释】①甲辰:1724年。②原注:岁除前一日雪。③原注:除日天甚和暖。④原注:余去年正月抵辽,今整一年。蟾蜍:此指月亮。⑤原注:十一孙六岁,能诵老夫诗。⑥解组:组,印绶。解下印绶,指辞去官职。

【评析】作者时年75岁,阅尽人间冷暖百态,又值除夕,虽然远离家乡,客居千里之外,但是有聪明的小孙子为伴,有质朴的乡邻帮忙,因此知足无忧。

元夕前一日①

长安灯火接云霄,剩有余光也到辽。
月在中天杯在手,谁知无地不元宵。

【注释】①原注:沈阳无灯,偶张京灯,灯下走笔。

【评析】又逢元宵佳节,习惯了京城热闹灯节气氛的作者,在无灯的沈阳,按照京城的习惯张灯庆祝,因此说是京城灯火的余光照到了辽左。

元夕无月

清光最数上元奇,况是灯花灿烂时。
云淡风微天酿雪,偏留佳月照人迟。

【评析】元宵节月亮应最好,但是沈阳这年的元宵节偏偏阴云欲雪,难免令人遗憾。

元夕后一日①

风收云净月来奇,月与灯辉本有时。
昨日阴来今日好,天心转处正非迟。

【注释】①原注:是日月甚佳,叠前韵。

【评析】正月十六云静月好,天意难测,好在转变不迟,可令作者赏月之心得到安慰。

四月杏花

江南四月春归尽,几见杏开四月中。
山寺桃花认春入,香山笑未到关东[①]。

【注释】①香山:白居易。白居易有《大林寺桃花》诗曰:"人间四月芳菲尽,山寺桃花始盛开。"

【评析】此诗借调侃白居易的咏桃花诗,表现辽北春天的迟到。

端　阳

也有榴花强自吐,更无龙桨出江浒。
可怜於菟满山林[①],时样何须制艾虎[②]。

【注释】①於菟(wū tú):虎的别称。　②艾虎:是用艾做成的虎。旧风俗端午节佩戴艾虎,认为可以辟邪除秽,流行于中原和江南地区。

【评析】此诗写沈阳端午的风俗。石榴花刚刚吐艳,没有赛龙舟的活动,何况山林里到处都是虎的痕迹,人们也无需再制作艾虎佩戴以辟邪。

喜　晴

江南日日雨连空,海北谁知天亦同。
雨不苦来晴不喜,好花新态笑和风。

【注释】①原注:连雨五日始晴,五月八日。

【评析】江南梅雨连绵,人们已经见怪不怪了,谁知辽东也有连雨天。但是作者心态平和,雨不苦晴也不喜,这正是他在仕途上能荣辱不惊的写照。

蝉　解

辽中长夏皆秋爽,添个蝉声秋若何。
正恐羁人偏入耳,不教边地怨秋多。

【评析】沈阳的长夏像秋天一样凉爽,鲜有蝉声。作者如是解释这种情况:蝉是担心自己的叫声增添羁旅在外人们的秋愁。

秋日茅斋孤坐

窄窄园林簇簇花,茅斋孤坐夕阳斜。
西风愁外青山远,燕子空梁不是家。

【评析】伤春悲秋是古代文学中历来吟咏不断的主题,秋日的傍晚又是最易引起思乡情绪的时节。作者秋日独坐茅斋,夕阳西下,看到燕子归巢,遥望远处青山,此时此景,怎能不勾起乡关之思。

雨　后

饱雨新秋花改颜,娱人景色接眉间。
徜徉放旷君休笑,世上何人博得闲。

【评析】雨后花更显艳,景色娱人,作者徜徉其间,心情舒畅,悠闲自得。

午 睡

盈阶秋色列如屏，新霁遥天一半青。
午睡无人惊梦觉，残云带雨洒窗棂。

【评析】秋日午睡，无人打搅，怎奈残云带雨，惊醒梦中人。

二 载

何处萍踪认作家，东来二载远京华。
常看瓠叶如荷叶①，欲觅梅花借杏花。
栽竹无功甘饱肉，笼鹰有术看撩鸦②。
遣怀随分情何适，不必东陵学种瓜③。

【注释】①原注：亭前种葫芦一株在篱边，叶皆亭亭向上，远望宛似叶荷之形。 ②原注：去年笼鹞能搏白头鸦。 ③东陵学种瓜：典出《史记·萧相国世家》："召平者，故秦东陵侯。秦破，为布衣，贫，种瓜于长安城东，瓜美，故世俗谓之'东陵瓜'。"

【评析】作者远离京师来到沈阳已有两年，他能苦中作乐，随分适运，很快适应这里的一切，这些都取决于他随和自足的心态。

鹞 雏

五月鹰雏求塞外，三冬野鸟萃郊坰①。
解韝挈侣从禽去②，何必霜天放海青。

【注释】①坰(jiōng)：都邑的远郊。 ②韝(gōu)：皮革臂套。

【评析】此诗记载在塞外驯养鹞鹰捕猎的情事。

秋花八月渐次咸萎，菊花独茂，赋此

秋色斑斑灿锦霞，等闲塞外即奇葩。
西风昨夜传霜信，收拾残芳让菊花。

【评析】塞外鲜花的种类本就不多，秋天一到，百花凋零，只有菊花傲然盛开。作者诙谐地认为，是秋风传信给百花，让它们收拾残芳为菊花让位。

别新栽柳

当门栽柳柳条新，灌溉经年护惜频。
想得垂阴数载后，还思初种是何人。

【评析】前人种树，后人乘凉。作者在门前亲手栽种的柳树，经精心呵护长势很好。作者相信，享受柳荫的后来者，定会产生对种树人的怀思。

别菊花(残句)

边方购得篱边菊，半载花畦伴远臣。
别后重阳更相□，□□□□□□□。

卷三

约山亭诗稿·射

出盛京即事

丹诏自天信有凭①,归程不必计崚嶒②。
千山云酿三秋雨,八月雪凝一寸冰③。
百鸟南翔偏矫捷,大川西去转奔腾。
玉关生入还加秩④,老怯君恩报未能。

【注释】①原注:部中文久不至,心疑之,八月十八日始至。②崚嶒(léng céng):高耸突兀,借指高峻的山。 ③原注:廿二日雨后即雪,冰寸许。 ④玉关:即玉门关,汉武帝置,因西域输入玉石取道于此而得名。故址在今甘肃敦煌西北小方盘城,是古代通往西域的要道。典出《后汉书·班超传》:"臣不敢望到酒泉郡,但愿生入玉门关。"此指作者从沈阳回京。秩:官吏的俸禄。

【评析】作者在关外为官多年,今朝终于得到诏书回京,而且加官晋爵,心情自然兴奋无比,因此回程就不怕天寒冰雪,万水千山,大有李白当年"千里江陵一日还"之心态。

白丁香[1]

丁香素质最娟娟，纤蕊簇香枝上传。
仰面看花天影碧，游蜂穿入雪光眠。

【注释】①原注：乙巳。按：1725年。

【评析】白丁香花蕊纤柔，洁白如雪。透过花丛仰看，蓝天衬托白花，游蜂仿佛穿越在白雪之间。此诗的审美角度别出心裁。

喜雀五雏

有雀将雏舞翅新[1]，三三两两往来频。
眼看渐次修毛羽，口腹无忧自在身。

【注释】①将雏：携带幼禽。

【评析】此诗写鸟雀育雏之事，雏鸟三三两两，往来嬉戏，依次修理着羽毛，一派自由自在的景象。

端午纪恩

令节中天化日长，内臣颁赐走趋跄[1]。
茶芜异馤来香尉[2]，飞白清风出上方[3]。
三品同邀欢雀跃，六卿齐拜整鹓行[4]。
自知筋力年来惫，捧谢君恩愧莫当。

【注释】①内臣：指帝王统治时，宫内所使用的官员、太监、护卫官长等，也可专指太监。趋跄：疾行的样子。 ②馤(ài)：香气。香尉：时人对汉代雍仲子的戏称。梁任昉《述异记》卷下："汉雍仲子进南海香物，拜为涪阳尉，时谓之香尉。" ③飞白：飞白是书法中的一种特殊笔法，相传是书法家蔡邕受修鸿都门的工匠用帚子蘸白粉刷字的启发而创造的。 ④鹓行（yuān háng）：指朝官的行列。

【评析】此诗记载端午节皇帝赏赐大臣的情景。分发的赐品有香茶、书法等，在众臣们欢呼雀跃之时，作者则因自己年老而感觉愧对赏赐。

宿松山[①]

两月雨淋道路难，松山胡铺一同看。
往回程计三千里，不放征人寸步干。

【注释】①松山：地名。北方松山有两处，一为今北京延庆一带，一为今辽宁锦州一带。

【评析】此诗写行路的艰难。连月阴雨，道路泥泞，这样的环境和天气对于行旅来说是最不利的，难怪作者抒发不满。

中秋[①]

其一

一年明月今宵多，明月今宵客里过。
来去江湖真面地，云晴无雨且高歌。

其二

一年明月今宵多，一镜中天谁与磨。
赖有故人饷桂饼，客中狂笑舞傞傞[②]。

【注释】①原注：松林沟。 ②傞傞（suō suō）：醉舞忘形的样子。

【评析】此诗写在客乡过中秋节。有朋友馈赠佳节饮食，虽客居他乡，也不妨对月醉舞狂歌，潇洒度过。

齿　问

呼齿问尔齿，尔齿意何为。
行列排整齐，胡乃身如醉。
醉久渐凋零，势欲绝其类。
漱水心先怯，含哺口亦愧。
筋力道路间，所伏惟食饎[①]。
尔舍不自安，反作他人祟。
忆尔往日功，截肉如刀利。
今成臲卼态[②]，前功宁复记。
不如早脱离，豁却动辄累。

【注释】①饎（xī）：熟食。　②臲卼（niè wù）：动摇不安的样子。

【评析】此诗写年老牙齿松动，采用主客问答的形式，作者以主人的语气反问牙齿，为何不能像从前一样锋利好用，并对牙齿现状表达了不满，写得幽默诙谐，充满趣味。

宿枣林候窦王二同事不至

二子连镳岂肯迟[①]，无端相失未相随。
世无荷条问途叟[②]，鸡黍留人可有谁。

【注释】①连镳（biāo）：骑马同行。镳，马勒。　②荷条问途叟：出自《论语·微子》："子路从而后，遇丈人，以杖荷蓧。子路问曰：'子见夫子乎？'丈人曰：'四体不勤，五谷不分。孰为夫子？'植其杖而芸。子路拱而立。止子路宿，杀鸡为黍而食之，见其二子焉。明日，子路行以告。子曰：‘隐者也。’使子路反见之。至，则行矣。”

【评析】久候朋友不至，作者便开始联想：现世已无荷蓧丈人，谁能半路把同事拦住？此诗巧妙使用典故，既把同事比作子路，又显示了自己的幽默。

九凤朝阳山[①]

九凤朝阳屯宝象，二龙乘气抱珠山。
乾坤有意超千古，万派层层冠两间。

【注释】①九凤朝阳山：在河北遵化。清顺治帝陵建在今河北遵化马兰峪西昌瑞山下。到雍正帝时，其陵址开始准备建在九凤朝阳山，但堪舆认为“规模虽大而形局未全，穴中之土，又带沙石，实不可用”，遂废掉。

【评析】此诗概作者为工部侍郎时，到河北遵化的九凤朝阳山考察雍正陵墓所作。诗写朝阳山的地理形势，表现其宝象之地的特点。

退　食[①]

案牍初闲退食回，暂宽野性即眉开。
自来不耐深情貌，鬓发皤然老秀才。

【注释】①退食：语出《诗经·召南·羔羊》：“退食自公，委蛇委蛇。”引申为退休或归隐。

【评析】无官一身轻，退休在家，可以任性而为。

同中堂嵩公家宰孙公过昭德门[①]

家宰冬官并宰辅，同过昭德笑同升[②]。

三人二百廿八岁，可是古称三寿朋。

【注释】①原注：二公与余俱七十六岁。中堂：内阁的首辅大学士以及协办大学士都被称为中堂，即宰相的别称。冢宰：周官名。为六卿之首，也称太宰。或称吏部尚书为冢宰，或为宰相之称。 ②原注：昭德门阶级颇高。按：昭德门，位于午门与太和殿之间。这里设有三门：中为太和门，右为贞度门，左为昭德门。贞度门和昭德门是王公大臣们上朝必经之地。

【评析】三位76岁的老臣，同时经过台阶颇高的昭德门上朝，都显得比较吃力。作者以戏谑的口吻记载了这一仕途趣事。

元日纪恩[1]

元日九重举大酺[2]，老臣醉舞颂无疆。
归来舌本余芬在，三日鼻端酒气香。

【注释】①原注：丙午。按：1726年。 ②酺(pú)：本义聚饮。古指国有喜庆，特赐臣民聚会饮酒。

【评析】正月初一，朝廷举行庆典，君臣共饮，庆颂国运太平。后两句夸张酒香余韵，语显幽默。

正二日纪恩

元正二日召乾清，喜起明良快太平。
珠贯两峰灯绚彩，磬宣六律乐和声。
肴陈聚味香盈殿，优唱遏云响彻楹。
天子一觥亲手赐，老臣饮醉愧恩荣。
蟒衣一袭胜飞鱼[1]，八帙缥缃是异书[2]。
杂佩双貂同一赐，醉归捧出步徐徐。

【注释】①蟒衣:即蟒袍,古代官员的礼服。凡有庆典,百官皆蟒服。飞鱼:飞鱼服,是次于蟒袍的一种隆重服饰。 ②缥缃(piǎo xiāng):指书卷。古时常用青白、浅黄的丝帛作书囊书衣,因以指代书卷。缥,青白色;缃,浅黄色。

【评析】此诗详写宫中宴饮的隆重场面。正月初二,又得皇帝恩赐在宫中饮酒,皇帝不仅亲手赐酒,还赏赐了作者许多礼品。华灯、音乐、舞女、珍肴,描绘了皇宫宴饮的奢华。

正三日纪恩

祭余设筵饷公卿,御榻前边坐列横。
内使传柑得五个,捧归俎豆庆恩荣①。

【注释】①俎豆(zǔ dòu):"俎"和"豆"是古代祭祀、宴会时盛肉类等食品的两种器皿,后指奉祀。

【评析】此诗记正月初三朝廷祭祀之后,再次宴饮亲近大臣之事。内臣还分传每个大臣五个柑橘,作者带回用于家庭祭祀。

过子未弟,归途舆中作

节序推迁又是春,摧颓自笑逐京尘。
长安屈指同年友,惟我弟兄两老人。

【评析】此诗记作者过访朋友。时光变迁,节序轮回,又是一年春天。在京城同年老友中,只剩子未(应指孙勷,字子未,康熙二十四年进士,与作者同榜),物是人非,令人伤感。

退食坐小斋

了却簿书暂得还,肩舆初下任痴顽。

垂帘休放花香出，静坐斋头片刻闲。

【评析】了却公家事，放下了世俗的一切，任随本性挥洒，这是一种多么快意的感受。

从耕田纪恩[①]

皇天扶耒着龙袍[②]，济济从耕首六曹[③]。
纵降伦音分主伯[④]，老臣终亩敢言劳。

【注释】①原注：二月廿四日。 ②原注：上是日宽去龙套，束带服龙袍扶犁。 ③六曹：即六部，是中国古代中央行政机构，分为吏、户、礼、兵、刑、工六部。 ④原注：上以臣年老，或不能毕耕事，命侍郎史助之。

【评析】春耕时节，皇帝亲自扶犁，为百官做表率，并关心作者年老，命侍郎史帮助耕犁，而不服老的作者能够熟练地完成工作。此诗一方面表现了君主对臣下的关爱，另一方面也显示了作者胜任工部侍郎职位的能力。

上命内阁九卿从游圆明园纪恩[①]

其　一

翠华拂烟双桨行，贯鱼三艇坐公卿[②]。
参差台榭穿林出，烂熳桃花夹岸明。
路转峦回千石曲，风清湖碧一篙轻。
仙山缥缈谁经见，荒诞不须话海瀛。

其　二

曲曲林峦天子过，桃开万树随船多。
老臣叨侍从游列，献赋无才咏卷阿。

【注释】①原注:三月七日。九卿:古代中央行政机构的总称,负责协助皇帝处理国家政务,不同朝代所指机构有所不同。 ②贯鱼:串成一串的鱼,比喻众多而有次序。

【评析】这两首诗记众大臣随皇帝游览圆明园赏春。泛舟湖上,风清湖碧,桃花夹岸,参差台榭,堪称人间仙境,为我们再现了当年圆明园的美丽与壮观。

上命七卿从游圆明园看杏花[1]

杏花丛里隐庭除,伴奂宸游淑气舒。
特许鹓行树底坐,风飘花片洒衣裾。
天厨捧出泛君恩,香气直同花气分。
臣子齐欢歌饱德,皇王降旨说乡村[2]。

【注释】①原注:三月十七日。七卿:明代以六部尚书、左都御史为七卿。 ②原注:上命内使传云:"乡村饭,大人们食些罢。"

【评析】此诗还是记载随皇帝游圆明园赏春情事,不过这次随行的人员减少。与前一次在湖上观赏桃花不同的是,这次主要是在陆地欣赏杏花。虽然皇宫的御厨烹饪的饭菜香气袭人,但皇帝谦虚地告知大臣们:"乡村饭,大人们食些罢。"这一情节很耐人寻味,其细节有补史之功。

初 度

七十七年衰鬓叟,又逢初度笑无能。
镜中自验老添否,白尽髭须莫可增。

【评析】此诗是作者为自己77岁生日而作。作者总是以坦然的心态面对年老,此诗自嘲当髭须全白时,就不会再有增加了。

奉上谕送名教罪人钱名世发还原籍[1]

名教宽然着此身，怪伊廉耻尽沉沦。
文词觍面居名士[2]，诗句甘心媚逆臣[3]。
纵使营求阴似鬼，难逃睿鉴照如神。
天恩仁厚宽三尺，留汝人间一罪人。

【注释】①名教罪人：破坏封建礼教的人。此指“名教罪人案”。钱名世，字亮工，江苏武进人，有“江左才子”的美称。康熙三十八年(1699)直隶乡试中举，康熙四十二年(1703)一甲第三名(探花)，任翰林院编修、侍讲学士。雍正四年(1726)，因赠诗而受年羹尧案株连，革职逐返。　②觍(tiǎn)：厚脸皮，亦指惭愧的样子。③逆臣：指年羹尧(1679—1726)，清朝名将，曾高官显爵集于一身。后被雍正帝削官夺爵，列大罪92条，雍正四年赐自尽。雍正二年，年羹尧平定青海叛乱时，钱名世赋诗8首赠之。

【评析】年羹尧失宠被赐死，年党官员俱被革职，钱名世以“曲尽谄媚，颂扬奸恶”获罪，被革去职衔，发回原籍。雍正亲自写下“名教罪人”悬其门，又命385位文臣写诗文声讨其“劣迹罪行”。此诗即作者奉皇帝之命而作。当年这些诗作全由雍正帝审核，有的人因“浮泛不切”发还重作，有的因“作诗谬妄”而发配充军，有的因“文理不通”而被革职回乡。后交付钱名世辑成专集，题为《名教罪人诗》(《御制钱名世》)，用上好的宣纸刻印，刊行全国，史称“钱名世名教罪人案”。

赐医纪恩

丙午四月五日，奏事勤政殿。上问为何面瘦，回奏云：“臣偶患嗽症。”上问：“是寒是热，三仙丸想可疗治此症。”即传命大银台刘公声芳诊视。赐一瓶,贮三仙丸四枚。刘公精于岐黄[1],内庭御医也。上怜恤老臣,垂念肫笃如此[2],感激深切,不知所云,赋此纪恩。

残喘摧颓嗽亦多,敢劳天子问如何。
赐医赐药怜癯瘦,顾复有恩那得过。

【注释】①岐黄:黄指轩辕黄帝,岐指他的臣子岐伯。相传黄帝常与岐伯探讨医学问题,其中的很多内容都记载于《黄帝内经》中。后世出于对黄帝、岐伯的尊崇,遂将岐黄指代中医医术。②肫笃(zhūn dǔ):诚恳笃厚。

【评析】此诗记雍正皇帝对大臣的关怀。作者奏事时皇帝见其消瘦,便问寒问暖,赐医赠药,皇帝对老臣的体恤由此可见一斑。

从上圆明园赏牡丹纪恩[1]

人间第一灿朱栏,富贵花从天上观。
天子家常列簠簋[2],锦云堆里坐千官。

【注释】①原注:四月五日。 ②原注:上亲谕云:"家常饭,尔等食些罢。"簠簋(fǔ guǐ):簠与簋,两种盛黍稷稻粱的礼器。

【评析】此诗记载跟随皇帝游圆明园赏牡丹之事,富贵花丛陪衬着富贵千官,其中皇帝赐饭时所谓的"家常饭"之细节,显示了君臣关系的融洽。

再从上游牡丹台看花归,即走笔赋二章以纪恩[1]

其　一

君王又诏集花台,雨后应知次第开。
一簇舟行未傍岸,微风过处送香来。

其　二

千片赤英添魏紫，百枝采艳绽姚黄[②]。
就中一本丰姿别，粉雪高标灿玉房[③]。

【注释】①原注：四月十三日。　②原注：黄者前此未大开。③原注：白牡丹一株最高大，上尤赏之。

【评析】此诗再记奉随皇帝赏牡丹之事。雨后牡丹开得更加艳丽，微风吹过，香气扑面，万紫千红中，一株白牡丹高标出众，深得皇帝钟爱。

买竹并序

余往于六月廿六日，种竹三五干，有诗记之，去今盖六七年矣。今偶过市中，买竹三竿，植之斋中，恰亦六月廿六也。喜亦记以诗焉，仍用前韵。

六月恰逢廿六日，竹枝重对竹窗明。
晚来云过清风至，疏叶萧萧先有声。

【评析】作者钟爱竹子，经常买来种植，此诗记载种竹时间与六七年前的偶合。

从上圆明园赏荷花纪恩[①]

万顷红衣出水红，枝枝叶叶飐微风。
参差殿阁荷香裹，人在洞天玉宇中。
荷香携得满衣袖，石径又穿憩竹丛。
天子传来降天语，内臣分赐四莲蓬。

【注释】①原注:六月廿八日。

【评析】此诗记随天子圆明园赏荷花。红花绿叶,随风摇曳,香气氤氲,景色醉人。更值得欢喜的是,每人还得到四个莲蓬的赏赐。

夜来香

绿花丛叶绕栏长,偏向月明独放香。
坐久浑忘人意倦,夜凉清露满衣裳。

【评析】此诗写夜赏夜来香。此花只在晚上开放,芳香浓郁,作者赏花投入,浑然忘寝。

庄农获稼

禾稼全收宽眼界,林黄叶染占秋荣。
村村场圃谁家阔,一饱欣然妇子情。

【评析】此诗写农民秋季收获的喜悦。地里的庄稼都收获了,显得视野更加开阔,只有林间的黄叶独占风景。村村场圃,妇孺欢然,一派祥和景象。

过卢舜徒寓舍

千丈石阶磴道峻,三间佛舍一僧庐。
友人恰在比邻住,屋里对山画里居。

【评析】此诗写过访友人屋舍。朋友比邻佛寺而居,门对青山,仿佛置身画中,赞美了其幽静的环境。

重九日，上召群臣入乾清宫赐宴，效柏梁体分韵吟诗纪恩[1]

帝城风日好重阳，盛世乾清举柏梁。
乐作金声天上响，歌依象板曲中长。
酒传桑落百官喜，菊列日精五美香。
七字难成吟始就，君王亲赐一霞觞[2]。

【注释】①柏梁体：又称“柏梁台体”“柏梁台诗”，是一种句句用韵的特殊的七言诗体。柏梁诗最早出现于汉朝，是联句诗的一种。据说汉武帝筑柏梁台，与群臣联句赋诗，句句用韵，所以这种诗称为柏梁体。　②霞觞：即霞杯，常借指美酒。

【评析】重阳佳节，皇帝召集群臣宴饮，并效仿前朝分韵赋诗。作者的这首诗并非每句都押韵，可见这里只是模仿柏梁台赋诗的形式，并非联句。

从祀南郊

隐隐钟声出紫微[1]，泰坛香满袭朝衣[2]。
六龙夙驾銮舆到[3]，灵鹫银山雪正霏[4]。

【注释】①原注：驾出钟鸣，定制也，宫中去天坛约十里，钟竟远闻。是日，百官群集坛内候驾，忽闻钟声，知驾出矣。　②原注：坛上去西门约有里许，百官入西门内，香烟扑鼻，衣袖皆香。　③原注：上敬天诚笃，驾最早临。　④原注：十一月廿九日冬至，是日大雪。上祀毕，降旨谕诸大臣云：“此真瑞雪也，丰年之兆，今日卜矣。”韩琦《壬子十一月二十九日时雪方洽》诗云：“欲知灵鹫银为界，试陟高楼一望看。”

【评析】此诗记载冬至节气皇帝到南郊天坛祭祀之事。天坛是明清两代帝王祭祀皇天、祈求五谷丰登的场所。这天恰逢大雪，所以皇帝降旨称“丰年之兆”。

雪狮并序

丙午腊月十三日，浓云垂垂，大是欲雪。至十四日，渐渐云薄，无风而晴。适余退衙，见家僮将庭前积雪攒簇成狮。十一孙有诗云：“天上狻猊降帝畿，冱寒时节体初肥[1]。奋髯圆目仰其鼻，怖象跳熊好作威。”余见之而喜，信口即其韵和之。以九岁之孩稚，咏物赋诗，而年近八旬之老翁，率笔而和，不倾鄙俚，不禁掀白须而大笑也。

只道玉铺千里畿，雪狮阶下未添肥。
伏身蹲足安然卧，瞪目仰天多少威。

【注释】①冱(hù)：水因寒冷而冻结。

【评析】仆人堆雪狮，9岁小孙咏歌之。作者读孙子诗后欣然赋诗唱和，不失童真童趣。同时，作者年近八十，却唱和幼孙诗韵，也显出他对孙子诗才的骄傲。

客岁，上赐茶偶饮之，追赋纪恩[1]

勖臣圣训洵无加[2]，帝典王谟古泛夸。
甫降纶音恩又至[3]，梅花瓶内六瓶茶。

【注释】①原注：丁未元正。按：1727年。　②勖(xù)：勉力，勉励。　③甫：刚刚，才。

【评析】此诗感谢皇帝赐茶。君臣关系自古以来就是十分微妙的分寸关系，作者多年伴随在皇帝身边，先后服侍了康熙和雍正两位皇帝,仕途没有太大的起伏,并时常能得到皇帝的特殊恩典,在封建君主时代,实为难能。

十一孙咏春雪之作,余笑用之,以取儿童之笑

六花到地故藏声[1],屋瓦映窗也倍明。

莫笑伸毫无好句,老于诗律不求精。

【注释】①六花:雪花。雪花结晶六瓣,故名。

【评析】小孙子作诗咏雪,作者唱和。尾句"老于诗律不求精"可作多解,或指作者经常作诗,对于诗律已经很老练了,不需专注于韵律的工整;或指老来厌倦诗律对创作的束缚,崇尚随意。

赐茶纪恩[1]

节近清明天日晴[2],内庭赐坐论升平。

中官捧出莲心荈[3],香溢海棠怯手擎[4]。

参差宫殿映晴霞,冠佩趋跄入月华[5]。

坐久帝因寒食到,酴醾厌酒赐莲茶[6]。

【注释】①原注:前三月十日。　②原注:时十四日清明。③荈(chuǎn):指晚采的茶。　④原注:赐莲心茶叶一瓶,瓶如海棠式,甚重。　⑤月华:原注:养心殿门名。　⑥酴醾(tú mí):原注"《卢氏杂记》:寒食内宴赐酴醾酒"。厌酒:原注"上恶旨酒,尝戒群臣嗜饮"。

【评析】此诗记载皇帝清明前赐茶之事。君臣在内廷讨论天下大事,因谈论时间久长,加上临近寒食和清明,皇帝戒群臣嗜酒,所以就赐茶代酒。

玉兰再开

丽质参差玉作胎，无端六月绽香来。
想因春色忙中过，特地放花两次开。

【评析】玉兰两次开花，作者对其再开的原因作一猜想：认为玉兰花是因为自己太忙无暇赏花而再次开放，体现了他的幽默。

夏日雨后即事

暑雨初收云影残，庭除丛翠坐中看。
鸾坡俦伍甘称老[①]，鸠杖班联久恋官[②]。
茉莉花开真借玉，夜来香泛暗争兰[③]。
偷闲领得狂滋味，愁外逍遥天地宽。

【注释】①鸾坡：翰林院的别称。俦伍：同等之人，同类之人。②原注：余一年余即杖朝期也。按：杖朝，年龄的代称，指男子80岁，意思是年过80岁就可以允许撑着拐杖入朝。出自《礼记·王制》："五十杖于家，六十杖于乡，七十杖于国，八十杖于朝。"鸠杖：又称鸠杖首。所谓"鸠杖"，就是在手杖的扶手处做成一只斑鸠鸟的形状。鸠杖在先秦时期是长者地位的象征，汉代更是以拥有皇帝所赐鸠杖为荣。班联：朝班的行列，借指朝官。 ③原注：向友人索兰，只贻茉莉、夜来香。

【评析】再过一年，作者就80岁了，在朝臣中年岁最长。因为还没有退职，所以偷闲享受一下夏日雨后茉莉和夜来香的芳香，的确令人感觉逍遥自在。

集圣教序字题王烟翁画册[①]

其　一

山色重重翠岭深，况多岩寺引探寻。
高人真有烟霞趣，策杖迟迟进茂林。

其　二

雨后山光作态奇，湿云欲灭故迟迟。
排空野况真难得，问向世人知不知。

其　三

重重山现翠，万岭霞光满。
石骨露根奇，人踪到眼罕。

其　四

云影静无声，微霜叶上寄。
群山皆是秋，策杖有人至。

其　五

无穷山外山，山岭塞天宇。
借问山几重，山深不可数。

其　六

旷焰满天霞，霞光烘林木。
群山不见人，流水出深谷。

其　七

苍松得地茂，高岸野云收。
一叶随波稳，中流自在游。

其　八

云收雨意岩中净，天出晴容岭外披。
卉木随风先洗叶，山空境旷露清奇。

其 九

岭外有云飞，松风到耳微。
幽人静世虑，栖息印禅机。

其 十

林深磴道幽，古寺远荒野。
作者妙通微，烟云飞笔下。

其 十 一

无数烟光累远山，谷云齐起自闲闲。
几多瓦舍何人住，栖息常依林木间。

其 十 二

雪后静晴天影微，万山寂历少云飞。
凝华一叶崖前住，戴笠披寒何处归。

【注释】①王烟翁：即王时敏，号烟客，朋友也称其烟翁。详见《题画》注⑦。

【评析】这一组诗题写明末清初著名画家王时敏的绘画。王时敏与王鉴、王原祁、王翚被称为清代“四王”，王时敏擅画山水，从作者诗中描写的苍山、茂林、烟霞、幽人、古寺、流水、松石等内容看，这是一组山水画。作者突出了王画旷远的意境和尺幅千里的特点，可见他深得中国传统山水画的精髓。

蒙恩归里杂诗六首

其 一

颓败残躯筋力微，微诚未献戴珊归。
圣慈天子怜衰老，收拾从前奏对衣。

其 二

白尽须眉恋帝畿，凌晨趋走暮投归。

不知岁月历多少，手植藤根大几围。

其　三

高卧林泉齿更加，笨才羞向里人夸。

杖鸠惟对山川笑，八十有人阅岁华。

其　四

眼暗看书霾雾中，齿摇呞饭与牛同①。

东山料得无丝竹，免使痴人叹耳聋。

其　五

世情蕉鹿总成虚②，检点浮生万事疏。

忽忽守真历岁月，平头八十一年余。

其　六

还家车马去辚辚，回望燕京几丈尘。

渐缩羊肠偏促客，故山无语宛迎人。

【注释】①呞(shī)：牛反刍。　②蕉(qiáo)鹿：蕉，同"樵"，柴。比喻把真事看作梦幻。典出《列子·周穆王》卷三："郑人有薪于野者，遇骇鹿，御而击之，毙之。恐人见之也，遽而藏诸隍中，覆之以蕉，不胜其喜。俄而遗其所藏之处，遂以为梦焉。"

【评析】这一组诗记自己致仕归乡。其一写年老告归，其二回顾在京城晨走暮归的仕途奔波生活，其三、其四感叹眼花耳聋齿落的老态，其五总结世情人生，其六写车马踏上回乡路程。

移菊偶题

街头市菊向谁赊，篱畔披离干欲斜。

笑我空斋无计觅，不妨得趣一盆花。

【评析】此诗写买菊花装点斋室。一件小事，却反映了作者的生活情趣。

望昌乐山不见[①]并序

自长安归里，长途弥漫平衍，最为苦人。往素过蒲台[②]，即遥见昌乐山，辄为狂喜，今来为雾所障，竟日不见。赋此。

日日思山观面难，平衍千里闷征鞍。
山灵想怪归来晚，面目收藏不与看。

【注释】①昌乐：今潍坊市县名，宋以后改此。 ②蒲台：旧县名，明洪武元年（1368）属滨州。雍正十二年（1734）属武定府。1956年3月并入博兴。

【评析】从京城回胶东故乡，路途漫长。往日回乡，过了蒲台就可望见昌乐山，便觉家乡就在眼前。而现在山被雾气遮蔽，作者想象大概是山灵责怪他归来晚了，故意收起面目不让作者看见。这样的幽默自然可以为寂寞的旅途解闷。

抵寒亭[①]

强支筋骨恋彤廷，宦辙崎岖应熟经。
千里乡园不是梦，驱车也许到寒亭。

【注释】①原注：十一月十六日，寒亭为赴京赴省之分途，过此而东，路行颇易，故喜之。寒亭：即潍县，明清时直属青州府。

【评析】寒亭一到，家乡就不远了，这里是作者的熟路，显示了他归心似箭的心情。

大风雪[①]

才过寒亭乡路近，长途渐缩旅愁宽。

谁知快意偏多拂，急雪挟风寸步难。

【注释】①原注：十八日。

【评析】过了寒亭又走了两天，家乡渐行渐近，可是天不遂人愿，疾风暴雪让人寸步难行。作者行旅的艰难可见一斑。

风雪止[①]

放归田里远丹廷[②]，故路多年如未经。
只道雪埋无住手，晨星留夜月亭亭。

【注释】①原注：十九日，用前韵。②丹廷：此指朝廷。

【评析】大风雪终于停止了，但是雪埋道路，茫茫一片，虽是故路，也难以辨识。

集圣教序字题董文敏画册[①]

其　一

广水际远山，轻舟浮波上。
几株林木疏，宇宙自空旷。

其　二

云上青山云下寺，烟深林屋净无尘。
几根横木河流上，雨后行人不问津。

其　三

偶来长松下，箕踞任日终。
时听悬布落，飞响入松风。

其　四

岿然特出一高峰，山下清流净水容。
垂钓寄情尘世外，小舟风递隔山钟。

其 五

山水有情原不秘，清和天气出新容。

疏林野屋依然是，笔下清姿化旧踪。

其 六

莲出绿波凭者净，飞尘不得污其叶。

想当握笔运思时，慧意静中隐相接。

其 七

情与山水契，心同造化游。

笔机参妙会，清远罕其俦。

其 八

同云散白是谁为，高下齐平不自知。

雪压繁枝偏触目，应从初霁立多时。

【注释】①原注：戊申正月。按：1728年。董文敏：董其昌（1555—1636），字玄宰，号思白、香光居士，明代书画家。万历十七年（1589）进士，授翰林院编修，官至南京礼部尚书，卒后谥文敏。

【评析】这是一组为明代著名书画家董其昌所作的题画诗。董其昌对清代画家如“四王”等影响很大，他的书法也深得康熙、乾隆的推崇偏爱。作者对书画深有研究，这一组题画诗着重评价了董画的意境，体现了“诗中有画，画中有诗”的交融境界。第七首则纯用议论语，是评价董其昌绘画的创作规律及其风格，具有总结绘画理论的意义。

看梅花①

一树梅花一放翁，可能分体逐花丛。

我只盆植孤梅树，十日相看十不同。

【注释】①原注:正月。

【评析】南宋有陆放翁咏梅花,流传千古。作者的梅花虽然只有一盆,但是每天赏玩,也都有不同的观感。

牡 丹[1]

牡丹丈二高难并,果擅人间第一名[2]。
周子爱莲纵有说,众中谁强许多情。

【注释】①原注:舍四弟牡丹盛开,高径丈余,率笔赋此。此痴愚故态,老不自检,不顾人之笑也。 ②原注:皮日休诗云:"人间第一香。"

【评析】作者四弟家的牡丹花高有丈二,花开无与伦比。虽然周敦颐的《爱莲说》久负盛名,但是百花争艳,各有千秋,难分伯仲。

偶 成[1]

早起萧闲日曙,幽窗不闻人语。
黄鹂怪却无声,疑是山童惊去。

【注释】①原注:荒斋寂静无事,黄鹂好音不绝,古人云:黄鹂相识。不虚也。是日晨起,杳然无声,心颇疑之,亦闲人不吃紧,无事寻事也。

【评析】黄鹂每日好音不绝,已成为作者闲居生活的一部分。此日晨起,不闻其声,若有所失,怀疑是被儿童惊扰离去。

栽 松

山中取土筑盆栽,别就墙阴汲水来。
三月山童无歇日,看松计日几千回。

【评析】盆栽小松,爱护有加。担心儿童们顽皮破坏,每天看望多次,足见作者关切之殷勤。

洋绣球[1]

千枝花簇一花枝,艳嫩齐头变态奇。
不道花开历多月,凭君谩数落花时。

附录十一孙缵祚步韵

盆中开得几花枝,多历朝昏变化奇。
日日几前供笑赏,夏秋总是看花时。

【注释】①洋绣球:天竺葵,别名洋绣球。

【评析】这是祖孙二人唱和咏洋绣球花。洋绣球虽不属于名贵花种,但在作者眼中,依然有奇特之处,它历时多月的花期可供人尽情欣赏把玩。

凌霄花[1]

一树古槐屋角边,凌霄攀上体蹁跹。
摩挲老眼疑蝴蝶[2],不见此花十六年。

【注释】①凌霄花:凌霄花是紫葳科,属攀援藤本植物。②摩挲:抚摩,抚弄。

【评析】屋角的古槐上,凌霄花正攀援盛开,十六年未见,作者昏花老眼竟把花错看成是蝴蝶。

六月廿二夜,梦中作兰花诗二句,因足成之

山亭习懒一方床,日对盆花百事忘。

品贵孤标香静远，风微淡月入昏黄。

【评析】作者梦中偶得咏兰花二句，醒来完善成诗。其中，“品贵孤标香静远”写出了兰花的品格精神。

中　秋[①]

清光怕坠西岩头，何事云遮雨未休。
看破今宵随处得，高天月好即中秋。

【注释】①原注：戊申，是日雨。

【评析】中秋下雨，无月可赏，这对于爱好吟诗的作者来说确实遗憾，但是他心态平和，认为只要高天月好就都是中秋。

盆栽小松

栽松一似画松树，细领天然画不如。
小石更添堆白玉，天台桥畔想扶疏。

【评析】作者盆栽的小松，加上白玉般的小石陪衬，自然天成，比画松更有韵致。

八　十[①]

八十年来瞬息间，蹉跎老境任宽闲。
常关小栅防麋佚，坐盼斜晖待鹤还。
不揣梦魂犹恋阙，堪怜筋力谢登山。
偶然对镜几前立，羸丑龙钟笑朽颜。

【注释】①原注：冬至五日作，八十新岁止少三十余日耳，故称八十云。

【评析】作者年近八十，回忆蹉跎岁月，仿佛瞬息之间。老境宽闲，不恋官阙，量力而行，不去登山，坦然面对自己的老态。

咏腊梅

未到春风二月天，邀梅作伴共争先。
娇开玉蕊檀心晕，巧孕金胎磬口悬。
傲性独矜常自得，澹妆不喜受人怜。
东坡有梦寻花去，我亦闻香失醉眠。

【评析】春天未到，腊梅凌寒傲然开放。中间两联刻画腊梅的形态和品格，娇艳的形象，孤傲的品性，令爱花的作者失睡难眠。

除日

八十行年未觉徐，从前回忆总成虚。
余生日月还多少，过隙流光又岁除[①]。

【注释】①过隙：比喻时间短暂，光阴易逝。语出《庄子·知北游》："人生天地之间，若白驹之过隙，忽然而已。"

【评析】八十多年如白驹过隙，一晃而过。作者自知岁月有限，又逢除日，怎能不感叹时光易逝。

题戴文进秋江图[①]

秋色松涛杂水淙，舟过触凫去声咙[②]。
行来驴背人称便，何似轻舠稳渡江[③]。

【注释】①原注：除日。戴文进：戴进（1388—1462），字文进，号静庵,又号玉泉山人,浙江杭州人,明代画家。　②哤(máng):语言杂乱。　③舠(dāo):小船。

【评析】此诗题写明代画家戴文进的《秋江图》。图中的松涛声,潺潺流水声,凫鸟的叫声,都是绘画所画不出的,经作者的题诗,深化了画面的意境,真所谓"诗是有声画,画是无声诗"。

元　日[①]

平头八十是今年[②],筋力强支也类前。
天到转元天亦喜,作成晴局养春烟[②]。

【注释】①原注:己酉。按:1729年。　②平头:用在数字前面,表示整数。　③原注:是日晴爽,料不复连绵雨雪也。

【评析】过了春节,作者就整整八十了,体力与前相比,并未感觉有太大的变化。转元之际,天气晴朗,也是可喜之兆。

偶遇乡人话

我别乡中久,里邻笑语亲。
不因询父祖,未识是何人。

【评析】作者久别故乡,偶遇乡人,如果不询问对方父祖的名字,就不认识对方。此诗与唐代诗人贺知章《回乡偶书》"少小离家老大回,乡音无改鬓毛衰。儿童相见不相识,笑问客从何处来"的意境相似,不过后两句意思恰好相反。

邀增公弟食鸨肉即代柬[①]

总角几时今已老[②],白须相对倍加欢。
不嫌村酒无兼味,肃羽猎归过我餐。

【注释】①鸨(bǎo):一种鸟,比雁略大,背上有黄褐色和黑色斑纹,不善于飞,而善于走,能涉水。②总角:指十一二岁至十三四岁的少年,古代儿童将头发分作左右两半,在头顶各扎成一个结,形如两个羊角,故称。

【评析】作者以诗代请柬邀请朋友到家里来享用猎获的鸨肉。两人是儿时的伙伴,现在都已白发年老,更珍惜在一起的时光,所以有福必同享。

正月寒甚常雪

怪他石砚结冰澌,一月雪飘无歇时。
每恨春光归去早,者番来钝定归迟[①]。

【注释】①者番:这番。

【评析】正月天气异常寒冷,飘雪一月不晴。作者期望,春天来得这样晚,归去的时间一定也迟。

花朝大雪[①]

风掠鬓丝雪扑面,今朝恰好是花朝。
烟花泼眼莫嫌少,万树妆成梅蕊娇。

【注释】①花朝:花朝节,俗称"花神节""百花生日""花神生日""挑菜节"。汉族传统节日,流行于东北、华北、华东、中南等地。农历二月初二举行,也有二月十二日、二月十五日举行的。节日期间,人们结伴到郊外游览赏花,称为"踏青",姑娘们剪五色彩纸粘在花枝上,称为"赏红"。

【评析】花朝节遇大雪,树木被雪花点缀,别有一番风味。

清　明

一年虚度负清明，老步寻春不耐行。
赖有梅开香满室，笑听蜂入绕花鸣。

【评析】清明踏青，作者年迈体衰，有心无力。幸好室内有梅花，花香盈室，招蜂引蝶，别有趣味。

绝　句

步与杖相左，寻花竟不果。
惜春谁恼春，八十老翁我。

【评析】作者虽然老迈，但是盼春寻花不甘寂寞，只是春来得太迟，所以惜春变为恼春。

初　度

今日恰逢初度日，大书寿字舞孩童①。
蹉跎我本非着意，人道高年八十翁。

【注释】①原注：十一孙书一大寿字粘当门壁。

【评析】80岁生日，作者最钟爱的十一孙书写了大大的“寿”字，为祖父贺寿，令作者十分得意。

赏四弟牡丹二首

其　一

不是接椿压众芳①，天然国色过墙妆②。
疑从琼岛飞来种，老眼人间有李赏③。

其　二

日逐北风花放柔，韶光珍重为春留。
于今莫恨春归早，看赏牡丹尚薄裘。

【注释】①原注："压众芳"原作"故压栏"。　②原注：此句原作"天然莫作等闲观"。　③原注：此句原作"老眼摩挲仰面看"。李嵩年八十赏东孝里牡丹，享年百岁零九。

【评析】作者四弟家的牡丹花盛开，每年大家都去观赏。今年春归较晚，所以赏花时还穿着薄裘。

咏牡丹长句

暮春已过绿萋萋，杰出名花檐与齐。
叶密原非贪众爱，枝高讵肯向人低[1]。
蕊妆红玉香山笔[2]，采艳洛阳永叔题[3]。
不是慈恩山寺里[4]，也须烂醉日平西。

【注释】①讵：岂。　②香山：白居易。　③永叔：欧阳修，北宋时期政治家、文学家、史学家和诗人。字永叔，号醉翁、六一居士。　④慈恩山寺：慈恩寺有多处，西安、沈阳、浙江天台山、湖北大洪山都有。从赏牡丹花推测，概指今西安的大慈恩寺。

【评析】此诗还是咏四弟家牡丹。前两联写其花枝高大，与屋檐相齐。后两联借白居易、欧阳修两位前贤咏牡丹事，衬托自己的咏花之作。

题盆内松石

其　一

古松老虬干，苍翠傍石间。

石皱浑灵壁，不妨一面山。

其　二

石与树欲语，树与石相依。
相得不言外，可人静入微。

【评析】作者有很多咏松的诗歌，这两首侧重咏松与石的和谐搭配。第二首写松与石相偎相依，将其人化，充满情趣。

积有碎石，闲适时随材布置，皆就款式，戏赋绝句

横岭侧峰山不同，东坡到处品题工。
我从句里因材得，片石也归位置中。

【评析】"横看成岭侧成峰"，这是苏东坡咏庐山的名句。本诗作者独具慧眼，将一些碎石因材布置，造出横岭侧峰，可见作者独特的审美眼光。

竹　花①

东园丛竹茂如麻，贝草结花著笋牙。
是瑞与否评未确，顿新老眼向人夸。

【注释】①原注：形同贝草。

【评析】东园的竹子开花，不管祥瑞与否，这一罕见的现象就能新人耳目，值得夸耀。

仲夏赋洋绣球①

何来洋国奇葩种，细簇芳华号绣球。
谢却浮花都尽日，伴人几案到深秋。

【注释】①原注：此花不耐烈日，当午置之案前，过未则出之，开可三月，余名曰奇葩，洵足以当之也。

【评析】洋绣球开花周期特别长，春天的百花都凋落了，惟有它花开依旧，作者称其为奇葩，实在是当之无愧。

梆子腔戏

村笛莫惊听者聪，山歌舞态复懵懵。
香山犹恨浔阳僻①，幸我眼昏又耳聋。

【注释】①浔阳僻：白居易《琵琶行》："浔阳地僻无音乐，终岁不闻丝竹声。"

【评析】对于在京城生活多年的作者而言，梆子腔这种地方戏属于下里巴人，就像当年白居易贬谪浔阳时感叹当地音乐一样："岂无山歌与村笛，呕哑嘲哳难为听。"因此，作者的眼花耳聋此时反成好事。

鱼　缸

莫嫌无沼水波微，闲傍鱼缸静掩扉。
山远不逢萍断影，苔鲜也照石添衣。
游鳞穿藻云中见，野鹘盘霄地底飞。
到眼景新人自得，会心多处尽天机。

【评析】此诗写鱼缸给作者带来的感悟。中间两联写景细腻，对仗工整。门旁的大鱼缸不仅可以填补风水上无水的缺憾，还可以涵蓄天空中的一切。尾联总结心得，会心处尽得天机。

桂　花

火流已过转天凉，菊蕊乘秋叶有光。

坐待月明良夜迥，桂花开放一枝香。

【评析】夏去秋来，菊花、桂花开始绽放。秋夜漫长，桂花飘香，令作者心旷神怡。

剥　枣

枣林田畔郁丛丛，树树如珠累累红。
奴橘千头何足羡，持杆捧筥走儿童[①]。

【注释】①筥(jǔ)：指竹篾编织的圆形筐。

【评析】枣树郁郁葱葱，硕果累累，儿童捧筐持杆扑枣，奔跑在枣林之间，一派喜人的收获景象。

中　秋[①]

一年明月今宵多，聚首今宵欢若何。
兄弟七人皆白发[②]，清光齐照醉颜酡。

【注释】①原注：己酉。按：1729年。　②原注：六弟居东村未来，故称七人。

【评析】中秋佳节亲人团圆，兄弟七人都是白发老翁，人生几何，不醉更待何时！

重阳即事，用东坡和秦太虚梅花韵[①]

佳节苍颜幸未槁，颓乎颠狂期醉倒。
但使有酒须尽倾，不醉言归古所恼。
菊花灿烂满庭中，恰好非迟亦非早。
霏微夜雨沾草木，门外盆松湿更好。

朝云纳风旋复晴，登高狂兴不全扫。
归来兄弟座满堂，有须皆白谁甘老。
停杯含笑语重阳，了局莫嫌只草草。
阴阳有数卜冬温[②]，天民自恤眷有昊[③]。

【注释】①秦太虚：秦观，字太虚，又字少游，北宋文学家，“苏门四学士”之一。　②原注：俗以重阳占冬晴。　③原注：苏诗“民是天民天自恤”。

【评析】此诗写作者与兄弟们共庆重阳佳节。兄弟们年龄虽大，但身体还康健；前夜微雨，但不影响登高。有菊有酒，兄弟满座，阴阳调和，天自恤民，何不自足常乐！

初　晴[①]

高岭夜来雪，那知到地轻。
气暄天有意，苗壮麦无声[②]。
细草沾云湿，遥峰隔树明。
阴晴似各得，年谷自丰成。

【注释】①原注：九月廿日。　②原注：今岁麦苗大盛。

【评析】瑞雪兆丰年，尚未入冬，便降大雪，加上今年麦苗长得旺盛，来年丰收一定有望。颈联写景细腻清新。

题四十五岁行乐图

八十年来岁几更，旧吾乍看昧平生。
若教图里能言语，应向今吾唤老兄。

【评析】80岁的作者面对自己45岁行乐图的画像，感觉有些陌生。最后两句奇想突发，语极幽默。

题　画

人家俱有小舟乘，春䒽湖泥秋采菱[①]。

三十年前常见此，依稀风景宛吴兴[②]。

【注释】①䒽(nǎn)：原注：弱竹也。　②吴兴：今浙江湖州。

【评析】这首题画诗不像以往全力描摹画面意境，后两句则是回忆30年前自己在吴兴的生活，是典型的对画境生情。

留　梅

常因花放知时换，老我流年不耐增。

愿款梅花作钝态，先春莫显十分能。

【评析】梅花应时而开，告知人们季节在变换。作者年老，不希望时间流逝太快，所以今年盼望梅花迟钝，晚一些开放。

其　二[①]

每惊花发辨时来，余岁还堪增几回。

寄语梅花且少待，岁前切莫尽情开。

【注释】①原注：首前“能”字似太尖，因换其韵，今并存之。

【评析】此诗因前一首用韵太尖，重新换韵再作，表达的意思完全相同。

梅　答

造物无私许占先，添人岁月实天然。

耄期上寿群称瑞[1],谁说增年是减年。

【注释】①耄期:八九十岁。

【评析】此诗承上两首而作,假以梅花作答,认为岁月流逝是增年而非减年,表达了作者顺其自然的乐观心态。

拾　句

老却心机不耐思,眼昏耳重更兼之。
有诗拾得成佳句,多在向眠未梦时。

【评析】此首说明自己创作诗歌的规律。作者因为年老,加上眼花耳聋,作诗不愿过多苦思,偶有佳句,多为将睡未睡时所得。此诗也揭示了一条普遍的创作规律,即自然天成的作品,往往不是靠苦苦琢磨得来的,多是灵感的产物。

和曲松庵北上口占诗

庸医售艺岂成风,科第由来注命宫。
天困芸窗七十载[1],龙头应属老英雄[2]。

【注释】①芸窗:书斋。　②原注:陆放翁诗:"庸医司性命,俗子议文章。"

【评析】此诗为唱和曲松庵(事迹不详)而作。虽有"庸医司性命,俗子议文章"之说,但从内容看,概为作者鼓励朋友参加科举考试。

元　日[1]

其　一

山村乡老尽衣冠,岁序更新又履端。

好是春回几半月②,晴和不作旧时寒。

其　二

正元旭日得晴天,风暖云收迥别前。

果是太平真有象,田园准拟庆丰年③。

【注释】①原注:庚戌。按:1730 年。　②原注:腊月十七日立春。　③原注:庚戌元日,自子至巳,天清气和,大是丰年之兆,余遂以诗记之。过巳则天阴欲雪,虽未盖地,而飘洒未绝。元旦有如此之朝气,后阴无害也。余故不毁前诗,因存之。

【评析】其一写大年初一早晨,山村老少都打扮一新,庆祝新春。天遂人愿,也晴朗温和。其二写初一的天象预示着丰年。古人有根据春节天气变化预测年成的习俗。

梦出猎

壮心不揣睡酣时,信马逐禽越岭驰。

迤逦行来忘却远,梦中轻便梦中知。

【评析】此诗记梦中打猎。作者年轻时经常骑马出猎,现在年纪老大,却是老骥伏枥,壮志不减。

题六十二岁行乐图二首

其　一

暗里无言岁月迁,隙驹倏过怅从前。

今吾披画两相照,纵有白须也少年。

其　二

已过古稀十一载,苍颜非换年年改。

莫嗟面目不同前,黄发龙钟身自在。

【评析】作者对比自己62岁时的行乐图画像，觉得那时即使有白须也还是少年。现在81岁高龄了，气度容颜虽大不如前，但依然身体健康，心态自在。

示诸孙赴西村观剧

世事饱经八十秋，谁能寡过信无尤。
人生大是逢场局，口实莫留乡党羞。

【评析】作者总是能利用生活中的一点一滴，对后代进行春风化雨般的教育。这次诸孙要去西村观戏，作者借此教育诸孙做人的道理：人生如戏，要谨言慎行，不要留下口实被乡亲们耻笑。

正月三十日大雪，再用东坡韵

春回期苏草木槁，不道雪深压树倒。
轻云淡荡载阳天，厚簇阴浓天亦恼。
盈尺呈瑞卜丰年，何不三冬降之早。
昨日濛濛飞细烟，益以霡霂古云好[1]。
飘风起处动地威，和旭融融忽全扫。
梅花强项竹枝低，无数青山一夜老。
缘甍冒栋着眼迷[2]，难觅萌芽阶下草。
天心转处定非迟，阳春布德仗有昊。

【注释】①霡霂(mài mù)：小雨。《尔雅·释天》："小雨谓之霡霂。" ②甍(méng)：屋脊。

【评析】此诗描写春天一场盈尺深的大雪。从时序上看，如果这场雪能在三冬下会更好一些，但是作者还是很满足，认为这是上天阳春布德。其中，"无数青山一夜老"语极绝妙，将青山一夜之间被大雪覆盖变白的情状表现得淋漓尽致,又富有意趣。

二月三日春分雪晴,仍用东坡韵

沿村柳色非全槁,欹枝晛消曾未倒①。
烂漫百花会有时,春甫过半何须恼。
光辉万物等是春,何事区区争迟早。
喜看朝旭吐东山,檐霤排列明珠好②。
群峦依旧在眼前,万叠青山谁为扫。
层层松猬郁葱葱,倔强青虬不服老。
呼童除雪露新芽,茁然阶前有小草。
天心转变一时间,普物无私惟彼昊。

【注释】①晛(xiàn):日光,引申为明亮。　②霤(liù):屋檐下接水的长槽。此指在屋檐下结的冰柱。

【评析】大雪过后,大地茫茫一片。即便如此,也阻挡不住春的脚步,未枯的柳色,雪下小草的新芽,都预示了这一切。

题盆石

海滨得一石,收玩颇多时。
我别斋中久,石亦漫贮兹。
品题非卧鹿①,仿佛类蹲鸱。
添植数茎草,丰姿别样奇。

【注释】①原注:人有石似鹿者,东坡画竹易之。

【评析】作者以前从海滨偶得一石,造型像一只蹲着的鸱鸟。因为自己久别家乡,放置多年,随意保存着,现在给它配上数株小草,竟然别有风姿。

清明三首

其　一

自笑老翁不量才，凌晨微雨踏青来。
三分春色仅余一，怪向杏花问未开。

其　二

不是百花偏促杏，寻芳老眼喜新葩。
从来东海春常晚，看过杏花才看花。

其　三

去年蜂闹绕枝鸣，今日云阴未有声。
百计莫如帘不卷，梅花坐对送清明。

【评析】 清明时节，作者冒雨踏青，可惜春意不浓，连最早的杏花都未开放。虽然家乡近海，春来常晚，但是今年蜂蝶不闹，冷清异常，作者只好在家里坐对梅花送清明了。

哭亡十首

其　一

今古不知人往处，魂归究亦无凭踪。
那堪四岁无知女，还认慈亲卧被红。

其　二

偕老同期皆白首，如宾爱敬主饔飧。
那知琴瑟忽然碎，长别伤心无一言。

其　三

随我吴兴系一官，慈帏弃世盼凭棺[1]。
稔知老母最怜汝，相见呼名代禀安。

其 四

上事双亲孝可传，儿孙俯育信无愆[②]。
泪流回忆生前事，整整和平六十年。

其 五

家计从来我不闻，一丝一粒尽凭君。
短长敬戒浑闲事，常鄙闺中逞辩分。

其 六

一棺相隔亦无多，地下人间可奈何。
八十浮生讵昧此，断肠愧读鼓盆歌[③]。

其 七

焚罢纸灰招尔魂，孑然老叟一身存。
莫愁泉下无人侍，两子相扶更有孙[④]。

其 八

京邸相从二十年，留都东去已华颠。
病躯不死海关外，两载故乡却猝然。

其 九

无疾而终传此语，谁知突尔到无端。
死去脱然长已矣，呼天莫救子孙难。

其 十

茫茫天地问何辜，老泪无多眼欲枯。
八十已过终有限，相从亦只俟须臾。

【注释】①慈帏：也作“慈帷”，旧时母亲的代称。 ②无愆：没有过失。 ③鼓盆歌：本意指敲瓦罐子，代指丧妻。典出《庄子·至乐》：“庄子妻死，惠子吊之，庄子则方箕踞鼓盆而歌。” ④两子：原注：谓师泌、师潜。孙：原注：谓广祚。

【评析】这是一组悼亡诗，为亡妻而作。作者夫妇相敬如宾，琴瑟和鸣，共同生活了60年，可谓长寿夫妻。妻子跟随作者一生，南到吴兴，北到沈阳，又从北京回到故乡，两年后无疾而终。作者深情回忆了妻子的贤良品德：上孝事双亲，下抚育儿孙，恪守妇德，独担家务，是一个典型的贤妻良母。全诗情感真挚，感人至深，与古今悼亡名篇相比，毫不逊色。

初度悼亡

其一

有鸟双栖丰树林，相亲相逐弗相侵。
南经苕霅北辽海[1]，易视百年痴结心。

其二

年年初度逢兹日，平拜双双摺锦襟。
忍泪今朝还右顾，茕茕老叟一孤禽[2]。

【注释】①苕霅(tiáo zhá)：苕溪、霅溪二水的并称，在今浙江湖州境内。辽海：此指沈阳。 ②原注：余尝语夫人云："我与汝皆大年人，汝切不可先去，我先去，汝与儿妇、孙妇、女儿、孙女共处，亦不甚觉。汝若先去，撇我似一孤燕儿，出入无着，其何以堪。"今果然矣，伤心哉。

【评析】作者又逢生日，往年此时，夫妻双双平拜，相敬相亲，如今只剩自己孤独一人。回想妻子一生跟随自己走南闯北，以及生前两人的生死约定，更令人黯然神伤。

春恨

绚烂花开锦绣妆，无端转瞬竟飘扬。
何不挽春同久住，四时长互好风光。

【评析】春天美好，可惜转瞬即逝，令人惋惜。后两句既表达了作者对春天的留恋，又体现出他的天真。

春　解

东皇着意早调梅，殿后牡丹更不催。
休恨春光情已断，一年一别一年回。

【评析】此诗承前一首《春恨》而作，因为有恨，所以需要解恨。春天虽短暂易逝，但是四季轮回，今年别后，明年再回，作者十分明白这一道理。

松根草花①

盆栽纤石任欹斜，野趣领收觉过奢。
试看虬枝松影下，何人细簇小梅花。

【注释】①原注：近得野草种之盆松下，叶类虎耳，但纤小尔，吐百余干，干如针，俱长三寸许，开小白花，五瓣，楚楚可爱，赋此。

【评析】作者很有园艺的眼光，看似普通的小草，经他种植与松石等搭配，就显出别致之美。

赏四弟牡丹折三枝而归

老而益茂亦奇哉，烂漫花光泼眼来。
折取数枝分遗客，酥煎浓艳不须猜。

【评析】作者四弟家的牡丹越老越茂盛，亲朋好友前来赏花，还可以折取数枝带回家。

晓　起①

晓起晴光曙色新，葱葱林木倍精神。
石门怪得老宋旭②，难说与人画与人。

【注释】①原注：余所存石门山人宋旭画，题有"因君问我山中事，难说与君画与君"之句。　②宋旭：明代画家，字初旸，号石门、石门山人，湖州人，为"苏松画派"先声，系吴门派支流。

【评析】此诗写作者晨起，看到早晨清丽的景色，美丽如画，借明代画家宋旭的题画语表达眼前难写之景。

闻旨谢恩

恩旨传来降自天，困鳞涸辙冀生全①。
一家老幼齐稽首，共祝吾皇万万年。

【注释】①困鳞涸辙：原指鱼困在干涸了的车辙沟里，后喻穷困的境地。典出《庄子·外物》。

【评析】此诗记载接到皇帝圣旨时，一家老少顿首感谢的场景。只是不详所为何事。

赴都面圣谢恩

老臣衷曲望谁消，念阙涕零诉圣朝。
天子沛恩遍宇内，无枝岂忍一鹪鹩①。

【注释】①鹪鹩(jiāo liáo)：一种小型、短胖、十分活跃的鸟，又名巧妇，善于筑巢。

【评析】此诗以鹪鹩自喻，感谢皇帝肯给予一枝栖息的恩典。

别亡柩

八十一耄叟，还堪任载驰。
口开心欲碎，不敢毕吾词。

【评析】面对死亡，每一个生人都会很伤感，更何况一位80多岁的老人。所以作者面对亡灵，心碎无语。

过寒亭

东山归卧远螭廷①，万里君门瑞霭青。
念阙戴恩情倍切，肩舆今又过寒亭。

【注释】①东山归卧：比喻隐居不仕，生活安闲。东晋谢安坚决辞去官职到会稽附近的东山隐居。典出《晋书·谢安传》。螭廷：代指朝廷。

【评析】此诗大概上承《赴都面圣谢恩》，作者到京城谢恩又经过寒亭而作。

记梦

堪叹摧颓态，远近村莫分。
何物巧充耳，风雨一人闻。
昨夜入黑甜①，复又华胥行②。
逢人聚话处，细语听分明。
又梦飞蝇过，挥手得之牢。
嘴角与须翅，明足察秋毫。
浮生真梦耳，逆旅寄此身。
况复梦中梦，泡影难可真。

怪我痴愚性，自笑恨懵懵。
愿长留此界，置我聪明中。

【注释】①黑甜：酣睡，俗谓睡为黑甜。后因称睡梦中的境界为黑甜乡。华胥：指代做梦。典出《列子·黄帝》：(黄帝)昼寝，而梦游于华胥氏之国。

【评析】此诗记写梦境，前一部分主要是写梦中之事，最后转归现实人生，全诗真与幻交织，梦与现实并举，似梦似醒，揭示了人生如梦、梦如人生的实质。

附录侄婿高荃字又树和作

华胥风土果然奇，一缕心烟任所之。
梦里那知身大耋，聪明依旧少年时。

【评析】此诗是作者的侄婿高又树唱和作者的《记梦》之作。

店壁西山墙小孔

墙山一穴穿，西日照无边。
夺目明光远，窦微亦得天。

【评析】此诗写作者从店家西山墙壁上的一个小孔观景的小事。墙孔虽小，却别有洞天，说明了以小见大的道理。

近都望西山

神京拥护数层峦，千里龙蟠几许弯。
闻道凤凰集麓下，房山今日是岐山[①]。

【注释】①原注：传闻今春凤凰集房山界。岐山：位于陕西西部，宝鸡境东北部。《国语》载“周之兴也，凤凰鸣于岐山”。岐山是周文化的发祥地。

【评析】此诗写作者临近京城，远望郊区的西山所见所感。这里层峦耸翠，龙盘虎踞，又听说凤凰集于此地，所以用周朝兴国比大清王朝。

路旁荷花

茅舍数间古路旁，荷蒲间错满池塘。
不须更待莲房出，细细微风叶亦香。

【评析】此诗写行路所见荷花。路旁池塘的荷花还未开放，但是作者从茂盛的荷叶上已闻到了清香。

抵　家

老躯衰惫强难支，两月往回溽暑时[1]。
来到迎门谁候我，四龄稚女一空帷。

【注释】①溽暑：暑湿之气，指盛夏。

【评析】作者这次到京城谢恩来回历时两个月，正值酷暑时节，加上年纪老迈，疲惫之苦可想而知。更令他伤感的是，妻子去世后，在家里迎接等候他的只有不谙世事的小女儿和空空的房间。

喜　雨[1]

好雨几时至，谁能造化争。
山从高岭没，竹作偃枝鸣。
瞻稼依田起，披蓑促伴行。

老农相遇处，惟是笑歌声。

【注释】①原注：七月二日。

【评析】好雨知时节，农民关心庄稼，结伴冒雨到田里查看，从他们的欢声笑语中可以知道这场雨的重要性。

喜 晴

前朝正快雨滂沱，扫净湿云杲日过。
雨不十分晴不喜，晴时不愿雨来多。

【评析】当雨则雨，当晴则晴，天遂人意，令人欣喜。

三日后复雨，忧之[①]

吾地山村傍一河[②]，人家夹岸尽秋禾。
连阴似泻天河水，水涨侵山没入波。

【注释】①原注：七月六日。②一河：辛安河。

【评析】第一场雨量正合适，是喜雨，第二场雨量一过，就成灾了。作者村子的辛安河水已经溢上两岸，秋禾遭灾，令人担忧。

快 晴[①]

淋淋秋雨是秋天，共信溪流灌百川。
不道今朝红日出，浓云收去贮何边。

【注释】①原注：七日。

【评析】作者一向十分关心阴晴风雨，因为这关系着农民一年的收成。所以连绵秋雨之后出现的晴天，让他怎一个“快”字了得！

题绵祚孙载来兰花二首

其　一

粤西船带两盆兰[1]，万里囊空剩一官。
知我对花原有癖，汝心惟冀老心欢。

其　二

萧然行李一帆悬，载有兰花故里还。
王者之香评有定，老怀宽处可延年。

【注释】①粤西：广东西部地区的简称，在清朝雍、乾之际，这里就已经开发，成为广东的粮食基地。

【评析】绵祚孙从粤西回乡，知道祖父爱兰，特意捎回两盆兰花，作者欢喜异常：一面表扬孙子做官清廉，一面表扬懂得老祖父的心愿；并欢喜地表示，兰花的王者之香让自己可以延年长寿。

和宋玉伯别扇诗

玉伯宋君，余昔年老友也。有《别扇诗》云："与君握手艳风流，何事梧桐报早秋。几度挽君君不往，独怜君去使人愁。"玉伯殁已五十余年，增公弟偶能颂之，余因作扇答词，以次其韵，茫茫大块，终无穷期，凄怆在言表矣。

光阴客过捷如流，四季行时不独秋。
一岁辞君一岁至，能多几日不须愁。

【评析】此诗是作者和已故老友的诗作。扇子是一个季节性很强的物件，在古代象征着时序的交替，也由此让人产生时光流逝之感。老友宋玉伯的《别扇诗》较为消极伤感，而作者的这首和作心态则较平和。

题盆内竹石

其 一

珠宫海石与波居,竹叶石边翠自舒。
怪得东坡绘丑石[1],此君有石倍萧疏。

其 二

莫羡渭川竹有林,萧萧细叶涤繁襟。
正如五柳抱琴日[2],识趣不须弦上音。

【注释】①东坡绘丑石:苏轼善画竹石图,在他的笔下,石头通常又瘦又丑。 ②五柳抱琴:五柳,指陶渊明,他曾作《五柳先生传》,因称。梁萧统《陶渊明传》:“渊明不解音律,而蓄无弦琴一张,每酒适,辄抚弄以寄其意。”

【评析】竹与石,似乎是天生的绝配。此诗其一用苏轼画丑石的典故衬托自家竹石;其二用陶渊明弹无弦琴的典故说明竹子不需多,能寄意就好。

桂 花

桂花折插胆瓶内,坐久人眠月上东。
花在榻前人在梦,清香细细有无中。

【评析】折枝桂花插放床头,香气袭人,不仅醒时可赏,睡时也可伴梦香。

重阳即事,仍用东坡韵

乍看远近青山槁,扶杖登高未怯倒。

人生阅历惯春秋，四时之变何须恼。
黄菊吐芬似有知，趁未流霜开占早[1]。
仰瞻天宇群雁过，前后相呼情相好[2]。
天公有意爱重阳，前日白云今日扫。
弟兄欢饮喜皆健，笑倩正冠杜陵老[3]。
山村僻处远市城，有酒无肴真草草。
九日无雨一冬晴，野农量课信彼昊。

【注释】①原注：十三日霜降。　②原注：子侄辈宜细心玩此。按：以雁群前后照应相呼教育后代要和睦相亲。　③杜陵：位于陕西西安三兆村南。杜甫自称少陵野老，此指杜甫。

【评析】此诗写重阳与家人一起登高。作者虽然年寿已高，但是依然能扶杖登高，并就眼前景象抒发人生感悟：天朗气清，大雁南归，他以雁群教育子孙。弟兄健康，顺应四时，尽管乡村酒食不丰盛，也应知足常乐。

偶读茅鹿门游西湖诗[1]

载酒西湖荡水滨，鹿门八十七龄人。
东山笑我浑无兴，不向先生步后尘。

【注释】①茅鹿门：即茅坤，明代散文家、藏书家，字顺甫，号鹿门。归安(今浙江吴兴)人。

【评析】茅坤87岁仍能泛舟西湖，如今作者也八十有余，却没有如此雅兴，似乎有些自嘲。

附和高又树步韵

岂必摇舟向水滨，人间别有谪仙人。

山林笑傲无穷乐，龙马精神迥出尘。

【评析】此诗是高又树和作，表达人生乐趣无限，不必非得泛舟湖上才叫谪仙，笑傲山林也可具备龙马精神。

送绵祚孙回任

嚼断菜根方是官[1]，匪躬报国惟心安。
圣明天子知劳瘁，微秩大僚一样看。

【注释】①嚼断菜根：比喻能吃苦，方能做大事。

【评析】此诗是作者向回任的孙子绵祚传授为官之道。他勉励孙子，做官就要能吃苦，只要为国出力，做到问心无愧，不管身居何职，最终都能得到皇帝的赏识。

得山石置瓦盆松内

瓦盆植老树，孤立自亭亭。
觅伴山中得，小峰出险径。
藓多绘石古，翠积浮松青。
岭顶可人甚，水晶点数星。

【评析】竹石搭配，松石搭配，这是作者的当家本行。为避免盆中老松孤独，从山上寻觅到一款好石头，这块石头多藓古雅，最可人之处就是它顶部星星点点的水晶。

除　日[1]

隙里过驹年又尽，添人岁月肯徐徐。
明知去日来新日，大造何如终不除。

【注释】①原注:庚戌。按:1730年。

【评析】年老之人每到年关,总不免感叹岁月无情。不过作者多以调侃之语面对这一现实,让人读后感觉十分轻松。

元旦纪事[1]

其　一

连朝风雪迷山孤,彻骨寒威冻欲枯。
天到改元真是改,晴和大地云片无。

其　二

天公有意布和亨,八十二龄新入正。
此日就农占百谷,安排扶杖看西成。

【注释】①原注:辛亥。按:1731年。

【评析】新春改元,天气也变好,晴和大地,万里无云,根据农人此日占百谷的习俗,这是丰年的好兆头。

见货郎担口占

山远乡村大是奇,太平妆染不需时。
两三村女响箫鼓,童稚沿街拈转儿[1]。

【注释】①拈转儿:一种儿童玩具。

【评析】此诗记走村串乡的货郎售货。货郎一到,村里就热闹起来,三两村女、满街童稚是最高兴的。

正七日纪事

雪舞风迴天倒开,寒威入骨自何来。
小伻奉使来城市[1],门外相喧铁岭回。

【注释】①伻(bēng):使者。

【评析】此诗记天寒地冻的正月初七,有自城里来的使者访问。

元宵见榻前所挂灯

买个灯儿挂榻前,燕山回首十三年。
今朝扶病狂犹在,莫笑老翁未忘颠。

【评析】又到元宵节,作者买了一个灯笼挂在榻前,虽然扶病在身,却不减癫狂好玩的本性。

风枝雪[1]

著树六花余腊寒,风过寸片无留残。
旋花旋落杳无影,天地古今一瞬看。

【注释】①原注:二月朔日,飞雪扬扬着枝,风即吹散,赋此。

【评析】"人生到处知何似,应似飞鸿踏雪泥。泥上偶然留指爪,鸿飞那复计东西。"这是苏东坡的诗句。作者此诗承继此意,写雪过无痕,揭示天地古今都不过一瞬的哲理。

不开花迎春

不知春去几多时,何事迎春尚俟之[1]。
最是虬盘千百折,苍皮不用着花枝。

【注释】①俟(sì):等待。

【评析】迎春花本应迎接春天而开放,作者栽种的这棵迎春有些特别,春天已经过去,它似乎还在等待。好在它枝干苍皮虬曲盘折，即使不开花也别有韵味。

寒食用白香山寒食野望韵

今日寒食日，病余难堪哭。
家家墓前飞纸灰，遥拟西南山色绿。
垅头历历青松树，知是死生隔断处。
两月病来未出门，沉迷持杖谁扶去。

【评析】寒食本应到墓地祭奠亡灵，但是作者病体初愈，只能在家里遥望坟头挺立的青松，生死相隔，更添伤感。

春　遣

岁时刁忘暖风亲，病起强支未损神。
汤煮芋羹依陆款[①]，酒浇梅蕊踵苏尘[②]。
燕非旧燕巢俱得，山是故山色一新。
满目晴烟旭日霭，老人又占载阳春。

【注释】①“汤煮”句：按照陆游的方法做芋羹汤。陆游《书怀》有“芋羹豆饭元堪饱”诗句。　②“酒浇”句：是说学习苏轼用酒浇梅。

【评析】春来病愈，作者精神尚好。新燕筑巢，青山依旧，满目春光，学着前代雅士的方法做做汤羹，侍弄梅花，消遣时光。

贱日到小斋[①]

萧然四壁一空屋，茕孑老翁扶杖来。
辜负玉兰似有意，殷勤冷寂向人开。

【注释】①贱日：谦称自己的生日。　②茕孑(qióng jié)：孤单。

【评析】此诗写小斋中没有人气的冷寂，只有一树玉兰寂寞地开放着。妻子去世后，作者形单影只，茕茕孑立，特别是在生日这样的日子里，更感孤独。

题东斋园中大石[①]

其　一

西山埋没几年中，巉峭崚嶒骨欲雄[②]。
一到溪边寓目得，写篁易石笑苏公[③]。

其　二

苍色杈丫通体斑，一团生气不须删[④]。
客来相背还多事，灵壁也只一面山。

【注释】①原注：石出沟头山涧中，余一见得之，移置园中。②巉(chán)：山势高峻。崚嶒(léng céng)：高耸突兀。　③“写篁”句：苏轼有《书画壁易石》。安徽灵壁出产石头，但多数是一面可观赏。苏轼看好一块两面都可以观赏的石头，就画了一幅《丑石风竹图》与石头的主人交换。第二首诗的尾句也用此典。　④原注：李郡司马谓此石一片生气。

【评析】作者爱好园林景观的经营布置，自然就离不开奇石。此诗记东斋园中大石头的来历、特点，以及朋友对它的赞誉。用苏轼爱石的典故十分贴切，既表明了自己的爱好，也含蓄地赞美了自己的这块大石头。

亭　子

策杖上亭子，缓步意闲闲。
亭敞虚倚徙，树末见南山。

南山草木色，深浅自斑斓。
侧闻读书声，老面欲开颜。
明知非善计，舍此欲何攀。
羡彼百啭莺，飞去复飞还。

【评析】此亭大概即约山亭。作者登亭望远，南山历历在目，加之耳旁传来的琅琅读书声，悦目又悦耳，因此，心情也飞扬起来。

戏题扇头画仙

香山不肯住瑶岛，归即便归兜率天[①]。
君领二童试幻法，问君是佛是神仙。

【注释】①兜率天：梵文 Tuṣita 的音译，意译为妙足天、知足天、喜足天、喜乐天，为欲界六天的第四层天。意思是受乐知足而生欢喜之心。

【评析】此诗是以扇面上的仙人图为议论对象，作者用诙谐的语言表达了自己对凡俗世界的肯定。

对　松[①]

松植盆中只自悦，蓊然错落含情别[②]。
狷枝虬干孰安排，我欲问松松不说。

【注释】①原注：余性最喜松，不萼不花，可冬可夏。空斋静对青翠，接人眉宇，心乎爱矣，莫能名言，为赋短章，聊寄狂兴，老而不改云。　②蓊（wěng）：茂盛。

【评析】松树在古代文化传统中与君子的品格相照应，成为文人雅士喜爱的物象之一。作者在自注中说明了他喜爱松树的原因,在诗中则是用游戏的笔法与松对话,表现出诗性的天真趣味。

望 雨

忽南忽北任风还[1],布局安排天亦难。
习惯因循真少术,雨师袖手自闲闲。

【注释】①原注:俗以南风后北风对之,即不雨。

【评析】此诗记载了民间总结的一条气象规律,即先刮南风再转北风,往往没有雨。所以作者调侃雨师袖手自闲。

附录高又树步韵

断云飞去不知还,涓滴于今何太艰。
怪尔雨师真懒甚,恨他风伯不曾闲。

【评析】此诗是高又树唱和作者的《望雨》而作,也是以诙谐之笔调侃雨师和风伯。

喜雨三首[1]

其 一

八十二龄陟岭巅,仿人祷雨沂山前。
敢云老朽邀神顾,自古天民天解怜。

其 二

细雨旋收云欲残,三更雷动隔窗看。
纵然薄宦田非广,就食邻家也不难。

其 三

两月朝朝人怨风,乾坤何事郁爞爞[2]。
谁知生气连阡陌,惟见前村禾黍中。

【注释】①原注：六月十四日。　②爞爞(chóng chóng)：热气熏蒸，形容气候炎热。

【评析】此诗第一首写作者以82岁的高龄到山上祈雨，因自己属于天民，所以得到老天的怜悯，真的就下雨了。第二、三首写作者对雨量的关心以及这场雨对庄稼的重要性。

附和高又树步韵

其　一

祷雨坡翁才下巅，乱云将雨到山前。
老龙岂为尚书分，一寸诚心天自怜。

其　二

平畴禾黍半凋残，赤日如焚讵忍看。
一夜一犁甘雨足，天心转处果非难。

其　三

奋迅雷车雨挟风，片时沛泽及昆虫。
朝来扶杖柳阴望，万象都归生气中。

【评析】此诗是高又树对作者《喜雨三首》的和作。第一首恭贺作者祈雨成功，认为龙王不是因为作者是工部尚书的特殊身份才降雨，而是因为作者的一份诚心感动了上天。第二、三首描写这场喜雨给禾黍等万象带来的勃勃生气。

苦　雨[①]

弥望平畴类浅滩，大河两岸涨波澜。
朝朝时泄天河水，不信天河尚未干。

【注释】①原注：六月廿一日。

【评析】天旱祈雨盼雨，雨大又成涝灾，从六月十四日作者祈雨成功，到二十一日大雨下个不停，看来老天是把天河之水全部泄到了人间。

附和高又树步韵

其 一

河流淼淼接长滩，怒走蛟龙起壮澜。
两月旱干才得雨，谁知一雨不能干。

其 二

不辨平原与海滩，并将雨点作狂澜。
莫教泄尽银河水，地苦沮洳天苦干[①]。

【注释】①沮洳(jù rù)：低湿之地。
【评析】此诗是高又树对作者《苦雨》的和作。

中秋诸兄弟月下饮酒仍用东坡韵

草木秋迟不即槁，豪兴不浅樽欲倒。
万事过眼幻里看，郁郁攒眉枉自恼。
今岁雨旸勒百花[①]，桂蕊谁家香放早。
惟我八昆皆白须，世间无此风味好。
恰天有意作中秋，万里片云净一扫。
月下霜飞尚有期，蒹葭白露未苍老。
举杯各邀皓魄光，珠幌无声墙头草。
人生得意须狂歌，披襟放怀对穹昊[②]。

【注释】①旸：日出。 ②穹昊：指苍天。
【评析】此诗记中秋节兄弟八人月下饮酒的场景。作者兄弟们都已高寿,又值风清月朗,桂花飘香,何不放怀狂歌,尽兴豪饮。

梅　叶

几日千林树色黄,阶前脱木认微霜。
山童扫得梅花叶,烹荈有无梅气香①。

【注释】①荈(chuǎn):晚采的茶。

【评析】此诗写秋来万木凋零,家童收拾梅花落叶,作者用于煮茶之事。

附和高又树步韵

灿灿东篱正泛黄,林间谁染着清霜。
扫来梅叶煮新茗,细嗅烟藏玉蕊香。

【评析】此诗是高又树对作者《梅叶》的和作。

留梅叶

老去谁堪岁物迁,移新换故任天然。
明知叶脱花随发,争奈催花又一年①。

【注释】①争奈:怎奈;无奈。

【评析】人老不堪岁月流逝,但是四季更替轮回,自古天然。道理虽懂,作者还是免不了伤感,这大概就是情与理的矛盾。

附和高又树步韵

似水流光暗自迁,盆梅脱叶意萧然。
愿教百卉青常在,万古千秋一大年。

【评析】此诗是高又树对作者《留梅叶》的和作。

有狼伤人，捕得志快[1]

射虎南山屏毒虫，樵夫厄运入林中。
儿曹鼓勇藐风雪，生搏豺狼傲武功。

【注释】①原注：辛亥冬日。

【评析】南山的野狼伤了砍柴的樵夫，威胁到了百姓的生命，村里的年轻人冒着风雪将其捕获，实在是大快人心，因此以诗记事。

足　梦[1]

遇来真境侵人骨，奇情正不拘林樾[2]。
风静无声碧水天，清江一曲蛾眉月。

【注释】①原注：梦中得诗，末二句亦不知所由来，梦中遂口吟不绝而醒，醒后追忆其景成之。　②林樾（yuè）：林木；林间隙地。

【评析】此诗是作者梦中得到的灵感，醒来成诗。最后两句虽说不知所由，但是写景十分清丽，堪称佳句。

冬　至[1]

八十二年岁若奔，谁鞭曦御促归辕。
今朝宫线初添日[2]，且喜乾坤又履元。

【注释】①原注：廿四日。　②宫线：古代皇宫中用线量日影以计时。

【评析】82 年弹指间，到了冬至，一年又将过去，作者不悲反喜，这种达观的人生态度就是他长寿的最大秘诀。

三弟盆竹猪食之，余墙阴吉祥草被鸡食尽，笑而赋此

村舍疏慵不闭门，堪怜竹卉饷鸡豚。
遥知三古田家宅，桑外想无花草根。

【评析】此诗记日常生活琐事，三弟家的盆竹被猪吃了，作者种的吉祥草被鸡吃了。因此想象上古时代没有任何约束，田家可能根本就留不住花草。此诗生动地反映了当时农村生活随性自然的风尚。

信心偶句自箴

错旧不知那是是，翻新难认谁非非。
试问信心坦白处，筮卜无凭卦可挥①。

【注释】①筮(shì)卜：筮，古代用蓍草占卦。卜，用火灼龟甲，推测行事的吉凶。

【评析】世间万事，纷纷扰扰，谁是谁非，众说纷纭。只要问心无愧，便无疚无悔。作者自箴之语，实乃至理名言。

题　画

其　一

老树茅檐相次，幽人自乐幽致。
小桥村径可通，应有人来问字。

其　二

春气濛濛细，不霖亦不霁。
非关霾雾天，盖自阳和致。

其 三

几株乔木丛山曲，山后几株远不数。
蹬道高楼临断崖，溪流略彴清如玉[1]。

其 四

红叶占新秋，山深岚气浮。
参差杂丛薄，树杪一高楼。

其 五

淡荡云浮山，水流抱岸闲。
高人栖隐处，门设自常关。

其 六

秋深烟景素，红叶疏林树。
我爱时态新，悲秋何必赋。

【注释】①彴(zhuó)：横木渡水。

【评析】这一组题画诗很少涉及画法和技巧，而是专注于描绘所画之物。这些山水画经作者品题，画面的意境更见幽远。

邀诸弟食鲫鱼赏腊梅

老人对火共相围，天欲同云雪未霏。
帘护腊梅香满室，举杯戒又鲫鱼肥。

【评析】天寒欲雪，作者弟兄几位都是白发老翁，一起围炉闲话，品尝着鲫鱼美味，欣赏着馨香的梅花，真是优哉游哉。

了不得[1]

了不得时何时止，了了不了只在尔。
了与不了须臾分，欲了即了便了矣。

【注释】①原注：四弟口头常曰："了不得。"心疑忧之。余作四语，戏以解之。

【评析】此诗是作者为其四弟的口头禅解谶。四弟疑虑自己的口头禅"了不得"成谶语，作者作此诗帮他解忧。

冬遣二首

其　一

砚池傍火结冰澌，冻鹊缩翎栖矮枝。
不是寒威催腊去，阳和肯到亦迟迟。

其　二

默默乾坤暗里传，四时不告人推迁。
莫愁风雪弥川壑，瞬息阳春别有天。

【评析】寒冬漫长，暖春迟迟。但是作者坚信四时推迁的自然规律，第二首后两句表现出积极乐观的人生态度。

卷四

约山亭诗稿·御

元日纪事[1]

岁除通夕结阴云，平静无声雪未雰[2]。
朝日是元天有意，片时徐卷出晴曛[3]。

【注释】①原注：壬子。按：1732年。元日：农历正月初一，即春节。 ②雰（fēn）：霜雪很盛的样子。 ③晴曛：也作“晴熏”，日光照射。

【评析】除夕一夜云结雪飘，大年初一天气逐渐晴明，似乎天知人意。诗中表现了作者的喜悦心情及对新一年的期盼。

读文徵明诗[1]

八十三龄过隙虚[2]，衡山老兴孰争如。
先生风雅今犹在[3]，笑我齿同羞后车[4]。

【注释】①文徵明：原名壁，字徵明，号衡山居士，世称“文衡山”，明代画家、书法家、文学家。 ②原注：原句。 ③风雅：风流雅致。　④齿:代指年龄。后车:后继之车。此处指后辈。

【评析】读衡山之诗而思其为人,慕其风流。作者此时也83岁,逸兴不减,与衡山可谓隔世知音。

早　春

是风是雪已曾经,阳旭也临山里亭①。
造物百年原一瞬②,余生八十又三龄。
遥峰迎眼浑成碧,堤柳藏烟欲放青。
且啸且歌习惯久,襟怀何处问劳形③?

【注释】①阳旭:旭日。这里指春天。　②造物:指自然。③劳形:身体劳累、疲倦。

【评析】风雪之后,又是阳春。造物之功,百年如同一瞬。作者在对人生的感叹中更添几分闲趣。遥峰成碧、堤柳藏烟,全诗从侧面运笔,着眼于一个“早”字,而春光春景如在目前。

题　画

凑船买得鱼偏美,踏雪沽来酒更香①。
此是江南诗景好,吾乡冰冻无渔航②。

【注释】①原注:原画即此二句。凑船:即搭船。　②渔航:渔船。《广韵》:“航,船也。”

【评析】踏雪沽酒,搭船买鱼,这是江南风景,也是画中情趣。作者地处北方,对此情此景的艳羡之心表现得真率自然。

复　题

雪深酌酒酒偏酽①,冰底得鱼鱼更甘②。

我自敲诗觅句子，兴酣何必数江南。

【注释】 ①酽（yàn）：酒味醇厚。 ②甘：鲜美。《说文》："甘，美也。"

【评析】 此诗接上一首。雪天饮酒更觉酒香醇厚，冰底之鱼味道更鲜美，作者原本对江南的艳羡之心被无边的诗兴冲淡，认为在北方也同样能享受闲逸旷达。

步又树韵并序

三月三日，天和昼永，偶尔假寐，又树、耿光二佳客过我看梅，余未觉也。起而有句云："春日昼长无一事，放翁有句睡相宜。款门正值问花者，客到未迎去始知。"尚未录教，又树已有诗矣："和风大块正吹嘘，好友清谈薄醉余。携手园亭拟问字，尚书几坐入华胥。"余遂步韵，兼以谢过。

生平耻悬人吹嘘，检点从前似睡余①。
长日假眠梦笑梦②，非关傲客过华胥③。

【注释】 ①检点：查点，回顾。 ②此句似指人生如梦，而不自知。 ③华胥：本指神话传说，此处指梦境。

【评析】 朋友来访赏梅，作者午睡未醒，有些慢待客人，因此以诗表达歉意。诗中除谢访之外，还有一番对人生梦幻的况味。

觉衰

松映盆石，三步即不分明，花似雾中，洵不诬也，慨而赋此。

摧颓默坐算浮生，老去流光岁几更。

吐语难真惟自哂[①]，策鸠不力仗人行[②]。
客谈耳畔听皆远，松傍石棱看弗明。
堪叹衰翁惫已甚，痴顽犹是少年情。

【注释】①哂（shěn）：微笑。　②策鸠（jiū）：拄着拐杖。策，拄着。鸠，原是鸟名，古人拐杖常为鸠鸟之形，后用来代指拐杖。

【评析】作者根据自己说话、拄拐、听语、看松等生活细节描写身体的衰老疲惫，真实生动。然而他身老心未老，态度十分达观，验证了"老当益壮，宁移白首之心"的古话。

初　度[①]

其　一

虚度光阴忆我生，古稀寒暑十三更[②]。
澮宁居内邀天顾[③]，霅水桥边恋子行[④]。
覆载容时歧路稳[⑤]，君亲报处此心明。
此身检点无他事，不敢随人浇薄情。

其　二

初度又逢无可言，蹉跎岁月任乾坤。
今朝笑向乡人道，莫认龙钟是达尊[⑥]。

其　三

人事纷纷纵复横，门前车马寂无声。
几多过眼总成幻，懒向炎凉问世情。

【注释】①原注：此首用前韵。初度：指生日之时。　②古人以70岁为古稀之年，诗人此时83岁，故曰"十三更"。　③原注：先帝于是日引见，即放佥都御史。　④原注：余令吴兴时，两大人必过是日，然后行。　⑤覆载：指天地。　⑥达尊：显达尊贵。《孟子·公孙丑下》:"天下有达尊三:爵一,齿一,德一。"

【评析】这三首诗写于作者83岁生日。第一首怀念从前,君王的知遇、父母的疼爱、自己的努力和厚道都一一道来。第二、三首写自己如今已经老迈,豪华不再,门前寂寂,充满对过去的留恋以及对世态凉薄的感叹。

题万字寿星图[①]

寿星南极位[②],寿衣锦绮织。
寿顶秃而光,寿面生色粹[③]。
寿须飘随风,寿眉长掩鼻。
寿耳听远聪[④],寿目日月比。
寿履踏瑶池[⑤],寿带拖地坠。
寿髻仙人冠[⑥],寿药葫芦糒[⑦]。
寿桃熟千年,寿手亲捧嬉。
寿鹿衔灵芝,寿蝠眼前至。

【注释】①原注:命继祚书其上。 ②寿星:星名,为福、禄、寿三星之一,又称南极老人星。此处指中国神话中的长寿之神。③粹:美好。 ④聪:清楚。详见《庄子·外物》:"耳彻为聪。"⑤履(lǚ):鞋子。瑶池:古代传说中昆仑山上的池名,西王母所居。⑥髻(jì):盘在头顶或脑后的发结。 ⑦糒(bèi):干粮。

【评析】此诗从衣着、外貌、神态、祥瑞等多个角度对图画中的寿星老人进行描绘,观察细致,描写巧妙。读后,一幅完整的万字寿星图如在眼前。

初见燕[①]

三春欲尽见天晴[②],寒食已过半月程[③]。

蛰燕山中鲜历日[4]，无人传语语清明。

【注释】①原注：三月廿三日。　②三春：春季三个月。农历正月称孟春，二月称仲春，三月称季春。　③寒食：即寒食节，也称“禁烟节”“冷节”。一般指清明节的前一天。　④原注：今岁颁历最迟。蛰(zhé)：蛰伏。此处指燕子蛰伏未出。

【评析】三春将过，寒食已近，燕子方出。作者以燕子晚出喻今年颁历最迟，表现出对颁历之事的关心。

东园看李花二首[1]

其　一

泼眼花飞香满枝[2]，光纷银海总披离[3]。
弗因扶杖寻花去，失却春光漫不知。

其　二

我从树底入瑶宫，遥数悬枝冰雪同。
怪得三冬山不白，原留散布小园中。

【注释】①原注：三月廿六日。　②泼眼：满眼。　③披离：分披、散乱的样子。

【评析】其一直笔写李花洁白如银，光彩披离，春光烂漫。其二曲笔比喻，用瑶宫、冰雪比拟李花，想象奇特。作者惜春看花的喜悦神态宛在目前。

无雨憾[1]

如此空天不贮云[2]，东风一夜尽堪闻[3]。
老农共道天将雨，三日阴浓无一分。

【注释】①原注:三春无雨,四月初四、五、六三日,阴云密布不雨,赋此志憾。 ②贮(zhù):储藏,积累。 ③东风:东方刮来的风,常是下雨的前兆。《楚辞·九歌·山鬼》:“东风飘兮神灵雨。”

【评析】三春一直无雨,四月初连阴三日,并且一夜东风,按照农谚应该下雨,却不见雨丝。作者对此充满惋惜之情。

叠前韵[①]

漫空三日布阴云,欲下还留总不闻。
料是天公愁无法,从今愁局与天分。

【注释】①原注:初七日。

【评析】此诗接上首意思。天气连阴不雨,作者无奈之余,想象天公也正为此发愁,体现了作者对雨水的期盼和对农事的关怀。

凌晨雨有数点,仍叠前韵[①]

二事在天风与云,憾天有句亦应闻。
我知变计天心转[②],今日甘霖定十分[③]。

【注释】①原注:初九日。 ②变计:改变主意,变化。 ③甘霖:久旱后下的雨,及时雨。

【评析】凌晨落下几滴雨,作者十分激动,渴望上天能够听到他的热切期盼,回心转意,普降甘霖。

移时天晴,仍叠前韵

千顷生烟正望云[①],云归三叹不曾闻。
彼苍自古称仁爱[②],未信于今狠百分。

【注释】①千顷生烟:形容田地干旱到极致。　②彼苍:苍天。

【评析】千顷田地干旱生烟,正是作者盼雨的缘由。而云归不雨,作者不愿相信一向仁爱百姓的苍天会如此无情。作者虽然年迈,却依旧关心民生疾苦。连续几首望雨诗运用叠韵的手法,将作者的祈盼、愁闷、欣喜、愤慨等心情展现得淋漓尽致。

夜雷惊喜[①]

年来许久不闻雷,谁料穿窗掣电催[②]。
夜半茫然惊起坐,涛声挟雨一时来。

【注释】①原注:十七日。　②掣(chè)电:闪电。

【评析】春来一直无雨,也不闻雷声。从月初到十七日已经半月,作者天天盼雨。这天夜里突然电闪雷鸣,风雨大作,后两句正写出作者亦惊亦喜的心情。

看牡丹[①]

凌晨曳杖看花来[②],高下迎人锦作堆[③]。
满酌玉觥根底注[④],酬花七十朵齐开。

【注释】①原注:四月十八日。　②凌晨:迫近天亮的时光;清晨。凌,迫近,逼近。　③锦:比喻色彩鲜艳华美。此处指牡丹花。④玉觥(gōng):玉制的酒杯。

【评析】作者清晨拄杖去查看牡丹,牡丹繁花如锦,迎人而开,未辜负主人的一片爱惜之心。为酬谢花开,作者又为花根浇水施肥,尽显惜花之情。

题 画

其 一

春到梅边绿草芽[①]，荷锄农子力新畲[②]。

山中亲见此风景，十里香传百姓家[③]。

其 二

春妆景物浩无涯，不领春风负岁华[④]。

荡桨中流访隐士，情殷还许问桃花[⑤]。

其 三

山邃无纤尘[⑥]，高人坐水滨。

觅舟我欲往，添我作三人。

其 四

纵目看江泻，高楼城隅下。

掠江风满天，桅橹何曾驾。

其 五

古刹深山里，层层松顶云。

老僧栖隐处，一任世纷纷。

其 六

烟树低垂水，雨余峦翠起。

小舠何处来，坐钓云山里。

其 七

夏长最爱重阴树，策杖携琴缘细路。

我试问君何处来，切须缓步过桥去。

其 八

世事崎岖路，山中嚣杂休。

谁家居卜此[⑦]，门闭见高楼。

其　九

幽人相隔几多程[8]，好友忘形断送迎。
来熟不知山路远，岭头恰见策鸠行。

其　十

舟横月在天，更有夜行船。
鼓枻乘风利[9]，树梢帆影悬。

其十一

黄叶萧疏初著霜，葭芦两岸共苍苍[10]。
一江秋色遥天净，停舻垂竿坐夕阳[11]。

其十二

何处高山峻，雪峰天与齐。
峰巅悬塔影，丛木隐招提[12]。

【注释】①绿：此处作动词，使……绿。　②新畬（shē）：开垦了两三年的熟田。　③原注：吴兴西园有十里梅花。　④领：接受。此处引申为珍惜。　⑤殷：深厚，恳切。　⑥邃（suì）：深远。⑦居卜（bǔ）：居住，居处。　⑧幽人：指幽居之士。　⑨枻（yì）：船桨。　⑩葭芦：蒹葭、芦苇。此处泛指水草。　⑪舻（lú）：船头。⑫招提：民间私造的寺院。

【评析】这是一组题画诗，分春夏秋冬四季描绘了农人耕田、隐士访幽、古刹老僧、渔翁垂钓、远山送行等画面，熔景物描写和人生哲理的体悟于一炉，着重表现了遗世慕隐的悠闲主题。

将赴烟霞，途中过村庄有感，步又树韵[1]

何处放怀可寄闲，废兴多少任人间[2]。
萧条村落今非昔，惟有东南无数山。

【注释】①烟霞:疑指位于山东烟台牟平昆嵛山西北隅的烟霞山。这里有烟霞洞,此洞原为自然造化所成,后人工略加雕凿,洞口向南,上方镌"烟霞"二字,洞内供奉着"七真人"雕像。　②废兴:盛衰,兴亡。任:由着,听凭。

【评析】从作者的家乡解甲庄到昆嵛山正好是向东南走,从诗中"东南无数山"推断,作者此行是到昆嵛山游览。诗写途中所见,村落萧条,今非昔比,感叹世事变迁。

游烟霞

自笑颓然老漫侵[①],杖朝亦复杖山林[②]。
高峰雨过偏留响,山鸟云深自听音。
白雪枝繁暗近远[③],清风亭旷供登临[④]。
此间佳胜难枚举,三十年来违素心[⑤]。

【注释】①颓(tuí)然:衰老的样子。侵:渐近。　②杖朝(cháo):《礼记·王制》:"八十杖于朝。"指80岁可拄杖出入朝廷。③原注:山树有白花者,余名为四月雪。　④清风亭:昆嵛山景点之一。　⑤原注:余不到烟霞几三十年矣。素心:本心,素愿。

【评析】此诗写游览昆嵛山烟霞洞。烟霞洞不仅有金元时期全真七子留下的修炼遗迹,风景也十分宜人。山泉留响,山鸟留音,壑谷幽邃,松柏掩映,登上清风亭观景更令人心旷神怡。作者三十年前曾来此地,现在以八十多岁高龄故地重游,感慨自然很多。

观童仆登南天门,笑而赋之

痴笨山童事壮游[①],穿松越涧兴偏稠[②]。
探奇欲陟高峰去[③],直到天门最上头。

【注释】①痴笨：本指迟钝，不灵活。这里指山童憨厚可爱。壮游：远游。　②稠：浓，浓厚。　③陟（zhì）：登高，登山。

【评析】此诗还是写登昆嵛山。童仆毕竟年轻，一直登上山的最顶峰南天门，他们穿松越涧，寻奇登高的兴致可笑又可爱。作者在对山童的描写中充满着爱怜之情。

月　食[①]

皓月当天何处归，移时伫望暗无辉[②]。
蟾娥未被云遮住[③]，应是深藏入绣帏。

【注释】①原注：五月十六日，偶出观月，正值月食，既尽如晦。老废山居，世事无闻，初不知也，故尔云云。　②移时：一会儿，经过一段时间。　③蟾娥：即嫦娥，古代传说中的月中仙子。

【评析】作者习惯赏月，恰好赶上月食。以往在京城朝廷供职，都能预先获知，现在赋闲在家，消息就不灵通了。但是凭自己的经验，很快就判断出月食的现象。此诗后两句想象新奇，对月食现象作了十分浪漫的解释。

望胪孙归里，步又树早行韵

朝朝东有启明星[①]，仆叹途艰耳倦聆。
知汝归鞭心倍切[②]，执经思对一灯青[③]。

【注释】①启明星：即金星，天亮前后出现。此处形容起程之早。　②归鞭：古人远行乘车马。归鞭指归来。　③灯青：本指灯焰显出低暗的青蓝色。这里形容夜已深沉。

【评析】此诗先想象孙子归路的艰难以及归心之切，一片关爱之情自在言表，后写作者执经独坐，夜深灯青，对孙子的思念和盼望之情尽在其中。

望胪孙不至，再用前韵

吴歌唱处夜瞻星①，更有画眉镇日聆②。
尔恋江南景色好，远峰可似故山青。

【注释】①吴歌：泛指吴地歌谣。瞻星：往上或往前看。此处指仰望星辰。 ②画眉：鸟名，能仿效多种鸟的叫声，还会学人话。镇日：整天，从早到晚。

【评析】江南景色虽好，故乡山水更值得怀念，何况还有老人朝夕盼望。作者对儿孙们的牵念之情，典型地代表了千百年来长辈盼望在外游子归家的感情。

连日盼胪孙不至，仍用前韵

别来虽弗频移星①，鸿信归期全未聆②。
多是尔翁官况味③，艰难行李菜根青④。

【注释】①移星：星象变化，代指时间过去很久。 ②鸿信：指书信。古人认为鸿雁可以传书，由此得名。 ③尔翁：你的父亲。官况味：居官的境遇。 ④行李：出行所带的东西。这里指路费、盘缠。菜根青：比喻为官清廉。

【评析】作者连日盼望，却不见孙子归来，不免猜想到儿子为官清廉，或许是路费不足。辛酸之外，亦见自豪。

望胪孙不至，回念其父，仍用前韵

江南公事似繁星①，望尔归传渴欲聆②。
但使上官知清况，白云破处露天青。

【注释】①“江南”句：用繁星形容儿子公务繁忙。②归传：指归程。传，古代驿站上所备的马车。

【评析】由想念孙子到想念儿子，这就是老人的心事。儿子在江南公事繁忙，并且为官清廉，作者为其仕途操心，盼望上司能了解儿子的情况。

午睡忽闻胪孙至，仍用前韵

梦中念尔正驰星①，忽报归来睡耳聆。
何日扬帆渡京口②，隔江回望万山青。

【注释】①驰星：即星驰，比喻兼程而行。②京口：今江苏镇江，京口地处长江下游，其地为江南运河的北口，过长江与江淮运河相连。

【评析】作者午睡时，他一直盼望的胪孙终于回乡，让他喜出望外，在嘘寒问暖中，流露出温暖的亲情。作者这几首叠韵诗善于用小事写深情，笔法细腻，抒情含蓄，颇见功力。

场圃闲步①

呼仆扶鸠暂掩扉②，闲行场圃探苗肥。
隔林远听驱牛出，循径时看戴笠归③。
山鸟穿林连影动，新蝉离树带声飞。
老农际此农为侣④，未许乡人指少微⑤。

【注释】①圃（pǔ）：农家种菜蔬和收打作物的地方。②扶鸠：拄着拐杖。这里指搀扶。扉（fēi）：门，门扇。③循径：沿着小路。笠（lì）：用竹篾或棕皮编制的遮阳挡雨的帽子。④际此：此时。际：当，适逢其时。⑤少微：星名。也代称处士。

【评析】作者在仆人的帮助下,闲步场圃察看苗情。到处都是一片农忙景象,农民驱牛而出,戴笠而归。作者此时身同农民,不愿意乡亲把自己看成是高士。然而他不同于农民之处就在于善于欣赏林间飞鸟、梢头新蝉。此诗颔联对仗精切,清新流丽,是难得的佳句。

观打麦

禾黍芃芃横亩生[①],顺成不必问三庚[②]。
老人静息无些事[③],来听田夫打麦声。

【注释】①芃芃(péng péng):形容植物茂盛。 ②顺成:风调雨顺,五谷丰收。三庚:中国农历中划定三伏天开始的标准,"夏至三庚便数伏"。

【评析】禾黍长势旺盛,肯定是一个好收成。作者闲来无事,观赏农夫打麦,自成闲趣。

山亭休夏[①]

盆植虬松矗石间,漫挥羽扇自休闲。
邻家删却重阴树,露出西南墙上山。

【注释】①山亭:概指约山亭。

【评析】此诗写在约山亭消夏的惬意。作者欣赏着松石,轻摇着羽扇,邻居把遮挡视线的树枝也砍伐了,可以远望墙外的南山,十分怡然自得。

叠前韵

亭子三间木石间,观鱼饷鹤几曾闲[①]。

闲人要作忙人事，又坐檐前看大山。

【注释】①饷(xiǎng)鹤：用食物喂鹤。饷，同“飨”，本指用酒食等款待。

【评析】亭子三间，闲人不闲，要观鱼喂鹤，还要观看檐前大山，作者的忙事也悠然。

山亭夜坐

夜静山亭坐未央①，满天星簇灿光芒。
隔墙树色苍苍暗，露坠无声百合香。

【注释】①未央：未半，未尽。

【评析】满天繁星如簇，隔墙树色苍苍。亭闲夜半，露坠花香，此情此趣，非闲适之人不能领略。

老仆昆调戏占口号

老翁未减少年狂，昆调苍头试旧长①。
道字弗真我耳重②，风过声韵自悠扬。

【注释】①昆调：也称“昆山调”，即昆腔。苍头：指奴仆。②道字：吐字。耳重：重听，听觉迟钝。

【评析】老仆善唱昆腔，作者也非常爱听。如今一个吐字不清，一个耳重听不清，自嘲之中，伴随着悠扬的声韵，尽显旷达情怀。

懒　遣

流光迅驶又初伏，前日雨过未种竹。

开卷数行倦读书，松阴树下看锄菊。

【评析】时光荏苒，又到初伏，未种竹、倦读书、看锄菊，几件小事把作者的懒散表现得淋漓尽致。

雨晴各得志，喜用庚韵[1]

其　一

传家农事惟苗生，回忆我生初降庚[2]。
历数从前均若此，今春鸿雁无哀声。

其　二

一雨即苏庆禾生[3]，初庚不必虑余庚[4]。
浓云渐退人皆喜，天上应闻欢笑声。

【注释】①原注：五月廿八日雨，廿九日晴。　②原注：《离骚》："惟庚寅吾以降。"余亦庚寅。　③苏：植物复苏，更生。　④原注：廿五日入伏，即得雨。

【评析】作者生于庚寅年，而每逢庚年都会风调雨顺，禾稼茂盛。今年又到初伏庚日，雨晴都如人意，作者的喜悦之情不言而喻。

咏独剪兰花

兰花海滨吝剪行，径抛丛叶对群芳。
纵然纤干标孤格，芬气袭人王者香。

【评析】海边风俗本来很少修剪兰花，作者却修剪使之纤干独标，令其芳香袭人。我们从中似乎也能体味到作者清高特立的秉性。

望雨问[1]

十雨五风原有期[2]，天公自昔人咸知[3]。

今朝旧雨从头计，何事兼旬故作迟[4]？

【注释】①原注：六月十八日。　②十雨五风：十天下一场雨，五天刮一次风。指风调雨顺。期：规定的时间，这里指风雨有时。③自昔：往昔，从前。　④兼旬：20天。10天为一旬。

【评析】十雨五风，本自有常，天意不测，兼旬不雨。作者忧心田亩，所以不免牢骚抱怨。

其二叠庚韵

丰亨已就乐民生[1]，忘却前庚与后庚。

雨师敛迹归何处，炎暑曾无涓滴声[2]。

【注释】①丰亨：丰收。亨，顺利。　②涓滴：指雨水，雨滴。

【评析】云师敛迹不知所归，炎热暑气不见滴雨，作者不禁批评苍天不爱惜生民，对百姓的关切可见一斑。

喜雨叠庚韵

连朝云散竟浓生，信得从今不数庚。

雨弗艰难人弗德，彼苍巧为作仁声。

【评析】久旱之后终降甘霖，作者欣喜之余，感到这正是苍天为了获得仁德的声望而巧为安排。第三句中也蕴含着愈是难得愈是珍贵的生活道理。

雨不止且大风叠庚韵[①]

雨后晴明稼始生，夕阳几欲盼长庚[②]。
淋漓何故无时歇[③]，风吼拥云大作声。

【注释】①原注：廿一日。 ②长庚：本指启明星，这里代指天晴日出。 ③淋漓：形容雨势之大。

【评析】旱亦愁，雨亦愁。作者对待晴雨的情绪变化，都与农民的期望息息相关。他虽然年老归乡，却能以百姓之乐为乐，以百姓之忧为忧，其怀抱如此，令人钦敬。

喜晴叠庚韵[①]

风雨连朝潮涌生，千村万落准呼庚。
那知隔夜阴晴变，满处欢声笑怨声。

【注释】①原注：廿三日。

【评析】从六月十八日盼雨到廿三日晴天，作者这几天一直关注着天气的变化。在农耕时代，百姓靠天吃饭，天气的阴晴关乎着民生的温饱。作者曾为工部尚书，管理屯田、水利事务等的职业习惯，使他对晴雨旱涝情况尤为关心。

咏洋夹竹桃[①]

有花叶似柳，来路自洋中[②]。
名借此君重，色骄西府同[③]。
参差开不谢，错落蕊成丛。
疑彼分根处，瑶池王母宫。

【注释】①洋夹竹桃:一种夹竹桃科的常绿灌木或小乔木。因为茎部像竹,花朵像桃,因而为名。 ②洋中:西洋,海外。 ③西府:疑指西府海棠,为蔷薇科苹果属的植物,小乔木,为中国特有植物。西府海棠在北方干燥地带生长良好。

【评析】夹竹桃叶子似柳,花开如桃,又似海棠,参差错落,玲珑可爱,无怪乎作者会咏叹赞赏,疑为瑶池之物了。

玉兰秋开

有枝鲜叶玉兰花,峭厉春风谁与遮[1]。
想为老夫嫌寡助[2],者番添叶出新葩[3]。

【注释】①峭(qiào)厉:料峭尖利。形容寒风或寒意。 ②寡助:指帮助的人很少,这里指无聊。 ③者番:这番。葩(pā):花。

【评析】玉兰花本在春季开放,作者看到秋天开花的玉兰,多情地想象玉兰是为了安慰自己孤独而开花。

双穗谷连蒂瓜

乐事田园弗厌奢,天公私笃力农家[1]。
西郊双穗百余干[2],东陌还生连蒂瓜[3]。

【注释】①笃(dǔ):忠诚,专心。 ②双穗(suì):两个穗头。③原注:此诗未敢以示人,榜后观之,竟成诗谶。存之以俟后日,但未识老人能否待之。

【评析】谷生双穗,瓜连并蒂,这自然是田园乐事,也是天公对勤勉农家的奖励。据作者此诗原注,盖家中有中榜喜事。

题徐文长画卷①

其 一

世人爱圆熟②，神品丰规独③。
点墨自萧闲④，落落毛锥秃⑤。

其 二

英雄托足真无地⑥，块磊胸中郁莫遂⑦。
笔峰著此寸幅间，千古横才见一斑⑧。

其 三

葛索泥中紫⑨，双螯如戟起⑩。
草缚不得伸，绝代淹才子⑪。

其 四

书罢黄庭才满纸⑫，笼鹅归去右军矣⑬。
杜诗黄氏四娘家⑭，千载人知刘道士⑮。

【注释】①徐文长：即徐渭，字文长，明代文学家、书画家、军事家。 ②圆熟：这里指葡萄圆润光莹。 ③丰规：崇高的楷模。 ④萧闲：潇洒。 ⑤原注：葡萄。毛锥秃：墨笔变秃，喻笔力雄健。 ⑥托足：指立足，安身。袁宏道《徐文长传》："其胸中又有勃然不可磨灭之气，英雄失路托足无门之悲。" ⑦块磊：即"块垒"。指有才华得不到施展。此二句感叹文长怀才不遇。 ⑧原注：荻舟。横才：盖世奇才。 ⑨葛(gé)索：捆缚。葛，用葛草做的绳子。泥中紫：代指螃蟹。此句用草绳缚住螃蟹起兴，象征英雄无用武之地。 ⑩双螯(áo)：螃蟹变形的第一对脚，形状如戟。 ⑪原注：蟹。淹：同"湮"，湮没。 ⑫黄庭：指《黄庭经》，道家经典。 ⑬右军：王羲之，曾官右军将军，故世称"王右军"。这两句写王羲之"写字换鹅"的故事。 ⑭杜诗：杜甫有《江畔独步寻花》诗，其六曰："黄四娘家花满蹊，千朵万朵压枝低。”　⑮原注：右军。

【评析】作者选取徐文长的四幅画来品题。第一幅是画葡萄，作者以圆熟的葡萄反衬徐文长的特立独行；其二是画荻舟，作者以行舟来突出徐文长的横世绝代；其三是画螃蟹，以螃蟹来显示徐文长的怀才不遇却坚毅不屈；第四幅画王羲之换鹅，表现徐文长才华横溢而又洒脱飘逸。作者通过画品写出人品，赞美了徐文长的才气人格。

重　阳

知趣菊花真有意，黄英齐放满山房。
登高帽落归来早，特向花前醉一场。

【评析】重阳佳节，菊花遍野，登高望远，花前留醉。作者虽老，兴致依旧。

九日大喜菊盛开

重阳原属菊花节，不先不后博人悦①。
衔杯含笑问菊花②，菊花无言似有说。

【注释】①博：获得。　②衔（xián）杯：口含酒杯。多指饮酒。

【评析】菊花似乎懂得人们的心意，在重阳佳节，恰逢其时地盛开。作者衔杯问菊，相对相悦，洋溢着节日的欢乐气氛。

集虞紫芝字咏雪①

无风尽是同云色②，落落此君乍作花。
山鸟不言天有意，悠悠来去识谁家。

【注释】①虞紫芝：唐末道士，为宣宗制仙药，致宣宗身亡。懿宗即位后被杀。 ②同云:指云同色,降雪之征。《诗经·小雅·信南山》:"上天同云,雨雪雰雰。"

【评析】天云一色,山鸟不鸣,渲染了一场铺天盖地的大雪的景象。

题画册美人

其一

浓阴绿柳树,树底影清渠。
香阁浑无事[①],偶来闲数鱼。

其二

新秋霜色满晴空,孤坐无聊对落枫。
检点胸怀多少事,闲愁都付碧箫中。

其三

月琴虽在抱[②],意懒自停之。
孤坐默无语,知他心恨谁。

其四

长垂玉箸残妆脸,肯为金钗露指尖[③]。
东坡未识何人句,偶尔拈来画上添。

其五

几树梅开风力恬[④],满空香雪乱加添。
新诗吟就刚伸纸,多恐飞花碍笔尖。

其六

读书难字过,此味古人独。
不道一蛾眉,眉峰对书颇[⑤]。

【注释】①浑(hún):全。 ②在抱:抱在怀里。 ③玉箸(zhù):玉做的筷子。常用来指代思妇的眼泪。这两句引自苏轼

《过潍州驿，见蔡君谟题诗壁上云：绰约新娇生眼底，逡巡旧事上眉尖。春来试问愁多少，得似春潮夜夜添。不知为谁而作也？和一首》诗。　④恬：安静，安然。这里指风轻柔。⑤蹙(cù)：本指额头横向皱纹。此指皱眉头。

【评析】这六首诗是题在美人画册上的。作者一一描摹了画中美人闲来数鱼的天真，坐对落枫的闲愁，月琴在抱的慵懒，玉箸长垂的相思，飞花碍笔的才情，蹙眉读书的娇憨，形象生动地再现了六幅画面中美人不同的情态。

出猎荆山寺

其　一

古寺墙边坐荒草，山僧启户饷茶来[1]。
几番要问山中事，耳重口迟不欲开[2]。

其　二

八十三翁羡少年，披裘驱马过山前[3]。
苍鹰耸臂真轻疾[4]，猎得山禽带笑还。

【注释】①启户：开门。　②原注：寺僧年来遭事。③裘(qiú)：皮衣。　④耸臂：直立在手臂上。

【评析】此诗记作者打猎。第一首写猎前过访寺僧，作者本想关心询问遭遇事情的寺僧，却因自己听力减弱作罢。第二首写打猎的过程，83岁的作者依然豪气不减，披裘驱马，擎苍带犬，猎得山禽而还。

附录高又树步韵

其一

人惊矍铄真称健，八十三龄行猎来。

偶过荆岩下马坐，山僧煮茗寺门开。

其 二

豪致何曾减少年，扬鞭策马到山前。

擎苍牵犬坡翁兴，卷过千岗薄暮还。

【评析】这两首是高又树步作者《出猎荆山寺》写的和诗。诗中通过山僧煮茗和山中行猎称赞作者的强健和豪致，且以苏东坡《江城子·密州出猎》中“左牵黄，右擎苍，锦帽貂裘，千骑卷平冈”意境作比，突出作者的豪迈旷达。

雪竟日夜

雪从何处至，作态自轻斜。

暗淡沉朝日，冥濛乱暮鸦[①]。

有窗皆贮月，无树不飞花。

晨起觇天宇[②]，茅斋玉屑遮[③]。

【注释】①冥濛(míng méng)：幽暗不明。形容天气阴沉。②觇(chān)：看，观测。天宇：天空。 ③玉屑(xiè)：比喻雪末。

【评析】雪花轻盈飞舞，下了一天一夜，雪光如月，树若飞花。早晨起来观雪，茅斋全被大雪铺盖。此诗用月、花、玉形容雪态，形象而浪漫。

题画册美人

其 一

何处一佳人，沿栏立草次[①]。

盈盈有所思[②]，未省缘何事[③]。

其　二

家室无些事[4]，消闲自适尔[5]。
女伴约邻家，同行采芣苢[6]。

其　三

几多心事与眉逢，曲曲幽肠入闷丛[7]。
欲寄弦音难尽诉，擎腮默付不言中。

其　四

风露满天静，桐梢上月时。
月琴终在抱，难遣是秋思。

其　五

抱得月琴来此歇，梧桐衬月穿光白。
此景人间称绝佳，孤坐胡为无一拍？

其　六

芭蕉傍石绿阴舒，坐对瓶花执古书。
妙得于心味在手，轻轻膝上拍罗裾。

【注释】①草次：草间。　②盈盈：形容举止、仪态美好。　③未省（xǐng）：不知。省，知觉，觉悟。　④家室：住宅，房子。这里指家中。　⑤尔：语气助词，无意义。　⑥芣苢（fú yǐ）：即车前草，多年生草本植物。《诗经·周南·芣苢》："采采芣苢，薄言采之。"　⑦闷（mèn）丛：指愁怀。

【评析】这六首题美人画的内容与作者前面的另六首相似，只是角度不同。其一写美人盈盈倚栏，其二写与女伴同采芣苢，其三写擎腮不语，其四写抱琴秋思，其五写抱琴独坐，其六写傍阴读书。展现画中美人的日常琐事，意态自出。

送春牛

一握粗泥莫笑犓[1]，春王正月古传留[2]。

爱羊自昔有端木[3]，谁不今朝喜土牛。

【注释】①一握：一把。輶（yóu）：古代一种轻便的车。 ②春王正月：语出《公羊传》："元年，春王正月。"阐明君位继承的原则，要求天道、人道和谐一致。 ③端木：端木赐，字子贡，孔门七十二贤之一。典出《论语·八佾》："子贡欲去告朔之饩羊。子曰：'赐也，尔爱其羊，我爱其礼。'"

【评析】此诗记载古代春天送春牛的仪式。春牛是古代用土制成的象征农事的土牛，后改作苇或纸扎成。旧时风俗，立春前一日有迎春仪式：地方官行香主礼，由人扮"句芒"鞭土牛，表示催耕迎春。此诗用孔子学生端木赐建议取消用活羊祭祀的典故，说明用土牛的由来。

即事有感[1]

圣明天子御玑璇[2]，颁历有期阳月天[3]。

非是松间眠未醒，尚书临岁不知年[4]。

【注释】①原注：十二月廿一日。 ②御：指封建社会上级对下级的治理。这里指掌握、使用。玑璇（jī xuán）：指北斗星。喻权柄。 ③颁历：颁布下年新历。 ④尚书：作者自称，他曾官至工部尚书。

【评析】天子将要颁布新历，作者已经赋闲归乡，不再关注这些。这既是对人世沧桑的感叹，也体现了一种闲适的态度。

除　夕

俄见宜春惊岁迁，几朝荏苒又新年[1]。

莫缘守岁愁沽酒[2]，我自囊中有十千。

【注释】①荏苒(rěn rǎn):时间在不知不觉中渐渐过去。②沽(gū)酒:买酒。

【评析】除夕之夜,全家团聚,作者感慨时光飞驰。后两句打趣自己尚有钱买酒守岁。

元日纪事[①]

昨夜云蒸暗欲横[②],今朝和霭倍晴明[③]。
天公有意属元日[④],豫兆年丰示太平[⑤]。

【注释】①原注:癸丑。按:1733年。　②云蒸:云气升腾。③和霭(ǎi):天气和煦。霭,云气。　④属(zhǔ):同"嘱",嘱咐,托付。　⑤豫兆(yù zhào):预先显示。

【评析】昨天夜里风起云蒸,大年初一却和煦晴明,这是老天的有意安排,预示着今年太平丰收。作者对太平年景的美好期待尽在其中。

正朔十日尚未颁历[①]

煌煌凤历遍普天[②],何事山中独不前?
解得唐人旧诗句,非关隐者自忘年。

【注释】①正朔:一年第一天开始的时候。正和朔分别为一年和一月的开始。　②煌煌(huáng huáng):显耀,盛美。凤历:指皇历。普天:天下。

【评析】皇历遍行于天下,时至正月初十,作者还未得到。由此想到唐人诗句,并非是隐者忘年,言外之意是被世间遗忘了。

颁历至正月十五日

午门颁朔列千员[①],诏许亲王亲手传。
今捧新书尊圣主,山中寒退也知年[②]。

【注释】①午门:紫禁城的正门,位于紫禁城南北轴线。此门居中向阳,位当子午,故名午门。颁朔:即颁历。 ②寒退:指冬寒渐退。

【评析】正月十五日作者终于得到朝廷的颁历。前两句是回忆当年在朝中任职时颁历的情景。后两句写现时作者捧着新历如同面对圣主。对赋闲退归的人而言,得到颁历其实是一种精神的荣耀。

元 宵

弟兄聚首饮灯前[①],月淡风微薄薄烟。
满地落花铺锦彩,儿童箫鼓庆丰年[②]。

【注释】①聚首:碰头,聚会。 ②箫鼓:箫与鼓。泛指乐奏。

【评析】元宵花灯,丰年箫鼓;儿童欢笑,兄弟聚首。淡淡的月色中,充满了浓浓的节日气氛。

春 遣

春光向暖日迟迟[①],百物无声各自知。
呼仆储粮饲舞鹤,筑池蓄水待潜螭[②]。
放回鸟去惟笼雉[③],招得人来常看棋。
莫笑老翁劝静息,天公原不禁人痴。

【注释】①日迟迟：太阳缓缓升起的样子。　②潜螭(chī)：即潜龙。螭，古代传说中一种没有角的龙。　③原注：耳重不闻鸟鸣，止养雉以娱目。雉(zhì)：野鸡。

【评析】春日迟迟，万物都按规律自然生长，作者也忙着该做的一切：呼仆喂鹤，筑池蓄水，放飞笼鸟，招人围棋，乐哉悠哉。

读元人醉歌行，即书于后

其　一

日月如梭往复奔，古今销尽几多魂。
任君撞破天门诉，多恐彼苍不纳言[①]。

其　二

乌兔奔驰不肯休[②]，催推铸就古今愁。
由来不独君言此，试问穹苍听也不[③]？

【注释】①纳言：本是古代官名，主管出纳王命。这里指听取倾诉。　②乌兔：古代指日月，比喻时间。神话传说日中有三足乌，月中有玉兔，故合称日月为乌兔。　③不(fǒu)：同“否”。

【评析】古往今来，天长地久，而人生短暂，这是作者与古人的同感。不仅如此，人生更有许多不如意处，又有谁肯听其诉说？

清明日戏赠迎春[①]

春色二分去已陈[②]，黄英才向枝头新。
因名错问春消息，应改汝称曰送春。

【注释】①迎春：即迎春花，木犀科落叶灌木花卉植物，因其在百花之中开花最早，花后即迎来百花齐放的春天而得名。　②陈：旧，指春天即将过去。

【评析】清明时节,春色已将过去,迎春花才迟迟开放。因此,作者戏将"迎春"改名为"送春"。

迎春答

两月寒威不住侵,徐徐暗里簇黄金[1]。
非因怯冻储精锐[2],那得花繁泼眼深。

【注释】①簇黄金:比喻黄花渐吐,如锦如簇。 ②怯(qiè)冻:害怕寒冷。精锐:指精华。

【评析】此诗承上一首而作,模拟迎春口气回答作者改名的戏俏:冬天寒冷,如果不是暗中慢慢储蓄精华,哪有现在的繁花满眼?诙谐中不乏生活哲理。

即事有感

高廪积成冀充腹[1],斗斛铢铢轻骨肉[2]。
上世力田九岁耕[3],余三应不苦官谷[4]。

【注释】①高廪(lǐn):高大的米仓。 ②斗斛(hú)铢(zhū)铢:指数量微少。斗、斛和铢都是古代的计量单位。 ③力田:努力耕田。泛指勤于农事。 ④官谷:指田租。

【评析】这是一首反映农民耕作辛苦和租税繁重的悯农诗,在约山诗中实为珍贵。作者一向性情温和,很少批评当朝政事,此诗体现了儒家温柔敦厚的传统,写得很含蓄。

北园闲步

荒园散步喜晴天,长日熬人避昼眠。
矗矗草根随杖绿[1],春光又到杏花边。

【注释】①矗矗：重叠的样子。此处指草芽丰茂。

【评析】杖下草绿，眼前花发，园中既有如此春色，作者自然会选择散步而放弃昼眠了。

雨憾[1]

黄昏濛雨细如烟，雨吝一春今补前[2]。
谁料三更梦觉后，隔窗听雨月娟娟[3]。

【注释】①原注：三月廿日。②吝(lìn)：吝惜。指雨少。③娟娟：婵娟，月光皎洁。

【评析】黄昏时候，细雨蒙蒙，作者盼雨的心愿终于满足。但是三更梦醒之时，月色却异常皎洁，怎能不叫人失望？

初度

八十四龄初度日，摧颓惟有娱田园。
扪怀幸际升平世[1]，扶杖优游无可言。

【注释】①扪(mén)怀：平心而论。扪，按，摸。

【评析】作者为自己84岁生日而作。虽然如今老迈，只能享乐田园，但是幸逢太平盛世，扶杖优游已很满足。

散步东园后戏咏

春暮天晴日正暄，消闲散步到东园。
少年群聚避尊长，老字于今不欲言。

【评析】春暮天晴，闲步东园，群聚玩耍的少年见到作者，都纷纷避开。可见作者自己虽不愿言老，但是尊长的身份是无法改变的。

赏牡丹[1]

老叟对花应自羞，从前曾阅几多秋。
古人赏后百九岁，廿载重开有我不[2]？

【注释】①原注：四月一日。 ②廿(niàn)载：20 年。

【评析】岁岁花开相似，年年赏者不同。牡丹向来被称为是富贵的象征，所以作者对花自羞。古人赏牡丹有活到 109 岁的，作者不禁问牡丹，20 年后重开，自己还能来赏花吗？诗中古今之慨，死生之叹，可谓深长。

牡丹答

富贵佳名称未羞，自开自谢任春秋。
光阴廿载须臾事，放蕊对君君笑不？

【评析】此诗承上拟牡丹口吻作答。花开花落是自然规律，20 年只是须臾瞬间，届时定能对君再次开放。此诗表现了作者对待生命的达观。

雨后[1]

雨后到园耳目新，枝枝叶叶傍人亲[2]。
颇怪化工真狡狯[3]，一时在在与精神。

【注释】①原注：四月三日晨起。 ②傍(bàng)人：靠近人，亲切。 ③化工：造化之力。狡狯(jiǎo kuài)：多变，灵动。

【评析】雨后园中的一切都生机勃勃，充满灵气，令人耳目一新。作者不能不感叹造化之力所赋予万物的精神。

戏咏蒿①

对花检点即称朋，略放丛茅昔未曾②。

墙角偏留蒿一杆，中元欲待炷香灯③。

【注释】①蒿(hāo)：一种草本植物，叶如丝状，有特殊的气味，开黄绿色小花，可入药。　②丛茅：指野草。　③原注：京都七月望，收蒿一株，挂香其上燃之，名曰香灯。中元：中元节，阴历七月十五日，俗称鬼节、七月半，佛教称为盂兰盆节。炷(zhù)：烧，燃香。

【评析】以前因为对花的喜爱而忽略了墙边的野草。如今野蒿也有了用处，留待中元节挂香灯，物各尽其用。

漫　兴

何处宽闲闷可消，山园一亩供逍遥。

莺儿奏响来高树，鹤子梳翎立小桥①。

【注释】①原注：时筑小桥成。梳翎(líng)：指鸟类梳理自身羽毛。

【评析】园中小桥初成，作者徜徉其中，听莺儿清啭，看鹤子梳翎，怡然自得。

绝　句①

萧散老翁窄窄屋，架签信手抽书读。

遥瞻濛雨盖山来，且唤山童补种菊。

【注释】①原注：四月十二日。

【评析】作者正在书斋中悠闲地读书，看到山雨欲来，忙招呼童仆抓紧机会补种菊花。

晨起即事

光阴迅驶比长江，堪笑狂痴尚未降。
展卷明知眸力短[①]，新凉又复到书窗[②]。

【注释】①眸力：视力。 ②原注："新凉"一作"晨凉"。

【评析】作者明知年老视力不济，却还是孜孜不倦早起读书。光阴如长江逝水，所以倍加珍惜。

雨憾二首[①]

其　一

芃芃麦秀满田畴[②]，正要晴明盼麦收。
零雨其濛三昼夜[③]，麦秋直欲入深秋。

其　二

过犁禁雨是丰年，况值麦秋悬眼前。
我欲叩天问曦驭[④]，日光收贮付何边？

【注释】①原注：五月一日。 ②田畴（chóu）：泛指田地。 ③零雨其濛：雨连绵不断。 ④曦驭（xī yù）：羲和驭车，指太阳运行。

【评析】田里的麦子即将成熟收获，正是需要阳光普照的时候，但是三天三夜的雨使得天气像是进入深秋一样。作者担心丰收的年景成为泡影，所以才质问羲和，盼望快些晴天。

憾雨口占[1]

乍云乍雨合难堪[2]，十雨五风成妄谈。
不是江南梅雨节，因何风景似江南。

【注释】①原注：五月五日。　②乍云乍雨：时云时雨。难堪：难以承受。

【评析】麦收时节天气非阴即雨，风调雨顺已成妄谈。作者不禁质疑，不属于江南的北方，怎么也像江南一样有梅雨季节呢？

喜　晴[1]

向晚薄云红岭西，黄昏犹自雨凄凄。
朝来看起池边水，笑测浅深未过堤。

【注释】①原注：初六日。

【评析】昨天傍晚雨仍淅淅沥沥下个不停，早晨起来天气已经晴朗。更让作者高兴的是积水并没有漫过堤坝，看来对庄稼的影响还不太严重。

鱼缸水影光

鱼缸阶下小鱼池，穿树朝晖初上时。
射影梁檐光不定[1]，何人画出无声诗？

【注释】①射影：投影。

【评析】晨光穿过树隙，投射在清可见底的鱼池中。屋檐和梁柱的倒影也在水中飘摇不定，如同一幅清丽灵动的绘画一样美丽。

再咏水光

溪光遥射动檐前，若大乾坤难笔诠[①]。
凡影地收水影上，如何海影不摇天？

【注释】①笔诠(quán)：指用言语描绘。诠，解释。

【评析】此诗再次表达由水光倒影引发的思考。大自然的奥秘是难以解释的，作者看到溪光能摇动檐影，就联想到大海与天空影子的关系。

海 答

荡洋此性本无方[①]，凭仗檐楹射彩芒[②]。
若安大厦覆渤海[③]，初日照来大有光。

【注释】①荡洋：同“荡漾”，水面起伏波动。无方：指变化无穷。 ②凭仗：倚仗；凭靠。檐楹(yíng)：屋檐下厅堂前部的梁柱。③覆(fù)：遮盖。

【评析】此诗承上一首的疑问，以大海的口吻作答。变化无穷、无所不包的大海，要想涵住天影，也需要太阳的光芒和檐楹的反射。人生不也是如此吗？很多时候，成功需要充分的外在条件。

喜得画眉

留心鱼鸟任浮生，何处画眉到海城。
剌剌巧音啼不已[①]，如逢旧识话离情。

【注释】①剌剌(là là)：象声词，指画眉啼叫声。

【评析】作者一生喜爱鱼鸟，得到可爱的画眉，欣喜万分。听着画眉婉转的啼叫声,仿佛听老朋友话叙离情。

雨　后[①]

雨后全抛俗累襟[②],甘霖谁料涤泉林[③]。
青山作色遥天出[④],诗料供人不用寻[⑤]。

【注释】①原注:六月一日。　②俗累:世俗的牵累,烦冗的杂务。　③原注:"泉林"二字音同义别,东坡用之。　④作色:山色的晦明变化。　⑤诗料:作诗的材料。此指富有诗意的景物。

【评析】雨后的林泉一片清新,山色衬托出远处的天空。俗累尽抛,诗意无限,雨后的情致,岂一个"清"字了得!

遣兴即事有感

能平万境问心期[①],随处帖然随处宜[②]。
百不营营从笑懒[③],一无事事任呼痴。
马兰贱质终抛涧[④],龙种鳞奇已到池[⑤]。
惟羡园中双白鹤,长鸣引吭类埙篪[⑥]。

【注释】①平万境:对各种处境能平等看待,指波澜不惊。②帖然:妥当,安然。　③百不营营:与下句"一无事事"都指安闲无事。　④马兰贱质:马兰,一种草本植物,因为常见,所以被视为普通。　⑤原注:江南有鱼名龙种,适得此鱼。龙种鳞奇:龙种是南方一种珍贵少见的鱼。　⑥引吭(háng):高鸣或高声吟唱。埙篪(xūn chí):皆为乐器。引申为谐和、和顺。旧时比喻兄弟和睦。

【评析】作者历经沧桑,看透世事,因此老来乐得安闲,以鱼鸟为乐。初得龙种鳞奇,又有白鹤引吭和鸣,凡此种种,足以愉悦耳目了。

龙庙赛祝[1]

报赛北岗去，马应怯整鞍[2]。
稚孙问杖履[3]，村犬吠衣冠[4]。
雨润苗俱秀，人稠山失宽。
只缘终岁计，艰苦入盘餐。

【注释】①原注：六月旬三日，相传为龙庙初诞，余亦随祝。②原注：久不乘也。整鞍（ān）：安放马鞍。 ③稚（zhì）：幼小。杖履：对老者、尊者的敬称。 ④原注：久不著衣冠，乍著犬吠可诧，亦可喜也。吠（fèi）：狗叫。

【评析】龙庙赛祝，是农村祈求风调雨顺的庙会，作者不辞老迈，也去参加。马怯整鞍、孙问杖履、犬吠衣冠等细节描写极具意味，表现作者已经久违了此类活动，过着自在的安闲生活。中间两联属对工稳，叙事写景生动贴切。

听　曲

新月当天百合香，老人抚景问宫商[1]。
那知重听耳非旧，吐字依稀笑一场[2]。

【注释】①抚景：对景，览景。宫商：古代音律中的宫音与商音，后泛指音乐。 ②依稀：含糊不清。

【评析】新月当空，百合飘香，对此良辰美景，作者不禁产生听曲的兴致。但是耳重非旧，吐语依稀，老来况味，亦足可笑。

村　居

吾村无异姓，比屋皆昆弟[1]。

策杖时过从[②],稼穑量晴霁[③]。
纵谈无古今,间一及文艺[④]。
寄情山石间,花木商酌制[⑤]。
相对都白须,乐事得真际。
过眼付之天,荣枯非所计[⑥]。
惠然常过我[⑦],欢聚事非细。
南村素心多[⑧],未敢与之媲[⑨]。

【注释】①比屋:屋舍相邻。昆弟:兄弟。　②过从:来往。③稼穑(jià sè):指农事。　④间一:偶尔,有时。　⑤商酌(zhuó):反复仔细地商量。　⑥此句意为:死生祸福都不计较。⑦惠然:友好的样子。　⑧素心:本心;素愿;心地纯洁。　⑨媲(pì):比,匹敌。

【评析】此诗写邻里之间淳朴的关系和友情。村里没有杂姓,因此都是本家兄弟。大家和睦相处,谈古道今,寄情山水,任其自然,不计荣枯,陶然自得。诗中"策杖时过从,稼穑量晴霁""纵谈无古今,间一及文艺""相对都白须,乐事得真际"等语,淳厚澹然,最得陶诗意趣。

山　松

松之种类颇多,皆名曰松。而吾乡松林遍山谷,人咸贱之。鄙怀偏爱此,为植数盆,赋以赠之。

松树名多不胜穷,成山遗种自秦中[①]。
昔人所指苍髯叟[②],定属南山岭上丛。

【注释】①秦中:或指历史上的秦代,或指地理上的秦国,皆通。 ②苍髯(rán)叟:指松树。

【评析】松树遍布家乡的山林,不被乡人重视,而作者最偏爱松树青葱古直的品格,种植了不少,经常吟赏。

腰折自笑二首

其 一

五斗尽堪腰自戆[1],三升欲就步还回。
也曾六列班联内[2],九级捧章上玉台[3]。

其 二

筋力从教暗里消,强支举步亦逍遥。
到今识得古人意,授杖原期扶老腰[4]。

【注释】①五斗:此指俸禄。典出《晋书·陶潜传》:"吾不能为五斗米折腰,拳拳事乡里小人邪。"戆(zhuàng):刚直。 ②六列:即六卿,吏、户、礼、兵、刑、工六部尚书称六卿。班联:朝班的行列。③玉台:指朝廷、宫室。 ④原注:"期"一作"缘"。

【评析】其一写作者由腰折一事,想到自己当年位列朝班,曾经有过的荣耀。其二写折腰后举步不便,要依靠拐杖行动。虽然是自嘲,但是叹老忆旧,感慨无限。

露榻晚憩用前韵

眼看炎暑自潜消,雨后风恬云影遥。
攲枕匡床谁是伴[1],半规新月露松腰[2]。

【注释】①原注:"匡床"一作"黄昏"。攲(qī)枕:枕头歪斜。匡(kuāng)床:安适的床。一说方正的床。 ②半规:半圆形。此处借指月亮。

【评析】炎暑渐去,风静云遥;攲枕黄昏,月露松腰。一幅安谧闲适的画面宛在眼前。

自嘲聋耳戏作

其 一

我自罔知人视褎[①],是非不闻佯遮救[②]。
五官司一尔何司,杂响阴雷彻夜昼。

其 二

闲邀邻里会堂前,彼此口开我默然。
堪笑乡人多谀语[③],竞谈耳重享高年。

【注释】①罔(wǎng)知:不知。褎(yòu):盛服。出自《诗经·邶风·旄丘》:"叔兮伯兮,褎如充耳。"原指服饰与德行不相称,后用作塞耳不闻的意思。 ②佯(yáng):假装。遮救:掩饰。 ③谀(yú)语:奉承话。

【评析】耳重是作者年老后惟一的不便,所以经常作诗提及此事。这两首诗再次议论耳聋,虽然有乡人对他的恭维,但是在邻里们谈笑时,他因耳聋不能参与而独自默然,自嘲中也有自悲。

久雨得晴狂喜二首[①]

其 一

一月阴淋到处蛙,今朝且缓问桑麻。
天公知我颇情况[②],特放晴明养菊花。

其 二

当事诸公俱祷晴,莫惊多耳禾头生[③]。
西风端送晴光出[④],遍野腰镰听刈声[⑤]。

【注释】①原注:七月廿九,小尽。按:小尽,指夏历小月。30日为大尽,29日为小尽。 ②情况:情趣,兴致。 ③多耳禾头生:即禾头生耳。庄稼顶部出芽,此为灾年的征兆。禾头,农作物的顶端;耳,耳状物,指谷物经雨而长出的芽。 ④端:开始。 ⑤刈(yì)声:收割庄稼的声音。

【评析】此诗抒发久雨天晴后作者的兴奋。其一多情地表示天公了解自己的兴致,天晴正好种菊养花;其二表示不需担忧多雨导致的禾头生耳的现象,并预计会有一个好年成。

憾夜雨[①]

万里烟云尽底收[②],人欢净扫老农愁。
那知堤损天河漏[③],泄出余波半夜流。

【注释】①原注:八月一日。 ②尽底:彻底,全部。 ③天河:即银河。

【评析】长时间阴雨后放晴一天,老农的愁绪刚刚扫尽,没想到半夜又下雨了。作者不禁抒发奇思异想:大概是天河的堤坝损坏了,半夜向人间泄出余波吧。

中秋赏月

中秋月好谁所呼,知天高高有意无?
但见长空照陵谷,普天率土共欢娱[①]。
前月天公洗眸子,费尽银河一月水[②]。
想为此夕添晶莹,万里之外举似此[③]。
招我弟兄聚举觞,座中嘉客共徜徉。
有弟兴高豪大饮,三举玉觥映月光。
丝竹吹彻松影遮,呼仆移坐就银华[④]。

俯仰徘徊看不足，只应危坐待西斜[5]。
莫笑老翁独陶陶[6]，一年明月数今宵。

【注释】①普天率土：整个天下，四海之内。《诗经·小雅·北山》："溥天之下，莫非王土；率土之滨，莫非王臣。" ②原注：东坡有"谁洗眸子"之句。七月淋雨一月。 ③原注：东坡谓贾客云："中秋月，万里之外皆同。" ④就银华：靠近月华。 ⑤危坐：古人以两膝着地、耸起上身为"危坐"，即正身而跪，表示严肃恭敬。后泛指正身而坐。 ⑥陶陶：陶醉。

【评析】中秋之前下了一整月的雨，中秋夜晚天空格外清明，月华如水，万里普照。兄弟团聚，开怀畅饮。作者为了尽情欣赏月色，跟随月影不断移座相从，看似痴顽，实则是出于对月光的喜爱和陶醉。

计年自笑

茫茫大宇宙，轮转如旋磨。
造物岂有私，运行须看破。
古昔多圣贤，谁非一瞬过。
我今八十余，堪笑何所作。
孙列群峰在，兄事无一个[1]。
乡里众相钦[2]，徒说年齿大。
自今惟放颠[3]，余年不虚货[4]。
养鱼跃天机，松卉闲中课[5]。
老旺痴顽罪[6]，不辞我乎坐。

【注释】①此句谓儿孙满堂，却无兄长。 ②相钦（qīn）：恭敬，尊敬。 ③放颠：放纵癫狂。 ④虚货：指虚度。 ⑤课：从事。此指以种养花草为乐。 ⑥眊(mào):眼睛看不清楚,引申为糊涂。

【评析】茫茫宇宙运转不息,天地无私,人生短暂,即使古代圣贤,一样要经历生死。自己已经80多岁,得到乡里的尊重。何不珍惜余年,纵情鱼鸟草木,顺应天性呢!

喜天将雨①

菊花九日对霞觞,篱畔未经大放黄②。
我识天公真有意,淋浪催菊作重阳③。

【注释】①原注:九月六日。 ③未经:还没有。 ③淋浪:流滴不止的样子。

【评析】诗人往往多情。重阳将至,微雨淋浪,作者猜想:上天是有意安排雨水,催促菊花九日开放,为自己增助赏花雅兴吧。

重　阳

共快今朝醉菊觞,菊花如豆未绽香。
向读苏诗得妙策①,菊花开放即重阳。
重阳落帽宜登高②,挈壶择地饮村醪③。
俯瞰川原平野阔,贴天雁阵声嘈嘈。
天心有意舒冬暖,不放狂风帽不遭④。
有兔爰爰草际出⑤,苍鹰初拳试第一。
兔起突奔人一呼,即去即擒得弗失。
举杯再酌酒未干,量浅薄醉已醺然⑥。
偶见蜻蜓寒翅歇,我亦整鞍带笑还。
归来一语向花吐,趁未履霜兼好雨⑦。
最是佳晨不可虚,今日已过明日补。

若更蹉跎甘落后，我笑陆放翁，
九月已过移床就[8]。

【注释】①苏诗：即苏轼的诗。苏轼在《〈江月五首〉并引》中说："菊花开时乃重阳，凉天佳月即中秋，不须以日月为断也。" ②落帽：典出《晋书·孟嘉传》，后以"落帽"代指重九登高。 ③村醪（láo）：村酒。醪，本指酒酿，引申为浊酒。 ④原注：俗以重阳风雨占冬晴阴。 ⑤爰爰（yuán yuán）：舒缓貌。 ⑥醺然：醉酒的神态。 ⑦履霜：原注：十五日霜降。好雨：原注：初六日雨。⑧原注："过"一作"逾"，立冬后放翁有"一床移就菊花畦"之句。放翁：即陆游，号放翁。

【评析】此诗写重阳节登高望远饮酒兼打猎的乐事。重阳佳节，虽然菊花未放，但是不妨登高畅饮。看平川辽阔，听雁声嘈嘈，有兔爰爰，苍鹰初试，何等豪壮！举杯量浅，整鞍归来，对花笑语，今日已矣，明日堪惜。

扫径二首

其 一

僻处山村门掩柴，依林山鸟自喈喈[1]。
空斋独坐无人到，落叶纷然坠满阶。

其 二

随扫随飘落叶稠[2]，几番废扫恨难收。
鹤唳一声风扫净[3]，山童拥彗不须愁[4]。

【注释】①喈喈（jiē jiē）：象声词，禽鸟鸣声。 ②稠：厚密。③鹤唳（lì）：鹤鸣；又指风起。④彗（suì）：扫帚。

【评析】柴门静掩，空斋无客，山鸟喈喈，落叶纷纷。山童何愁扫径，自有秋风净扫。一片山秋景象，无限幽闲意味。

鱼影

秋水镜光竟不差[1]，日中恰喜少云遮。
游鱼鼓翅纷晴影，下上从容一倍加[2]。

【注释】①秋水镜光：指秋水如明镜一样清澈光亮。 ②从容：悠闲舒缓，不慌不忙。语出《庄子·秋水》："鯈鱼出游从容，是鱼之乐也。"

【评析】秋水如镜，日丽天晴，游鱼鼓翅，从容留影。水中之鱼如此悠闲，赏鱼的作者何尝不怡然。

评诗感

诗派递更变[1]，排讥真若讼[2]。
性情各自抒，不必论唐宋[3]。

【注释】①递更变：依次演变。 ②排讥：互相排斥讽刺。讼：打官司。 ③原注："论"一作"说"。唐宋：明清诗坛有宗唐、宗宋两派之争。

【评析】此诗表达了作者的诗学观点。诗歌本发乎性情，性情自抒，风格各具，不应分宗结派，互相诋毁。

黄楝红叶[1]

约山亭子外[2]，一树叶叶红。
老步寻幽至，秋归丛薄中[3]。
东山黄楝干，便是吴江枫[4]。

【注释】①黄楝(liàn):即黄楝树,别名黄连木,落叶乔木,树皮暗褐色。 ②约山亭:作者所建山亭,其诗集即以此命名。 ③丛薄(bó):茂密的草丛,深草曰薄。 ④吴江枫:吴淞江边的枫树。

【评析】秋至山亭,黄楝叶红,正如吴江的枫树。作者曾在吴江为官,其儿孙也有在吴江的。这一树红叶或许勾起了作者对儿孙的思念和对往事的回忆。

十月六日大雪

俄惊竹卉尽攲斜[1],到地雪深三尺遮。
想为菊畦颜色少,特添冰玉衬黄花[2]。

【注释】①攲斜:歪斜不正。 ②原注:荒园白菊原少。冰玉:指雪花。

【评析】忽降三尺大雪,竹木被压倾斜,而黄色的菊花经洁白积雪的映衬,则更显明艳美丽,令作者称奇。

庸言示儿孙辈[1]

居家切莫恃聪明,过用聪明苦众情。
凡百须留人住脚[2],痴聋从古养和平[3]。

【注释】①庸言:平常的言语,家常话。 ②凡百:凡事。住脚:歇脚;暂住。这里指留有余地。 ③原注:古云:"不痴不聋,难作家翁。"

【评析】这是一首家训诗。齐家之道,贵在谦让宽容,如果事事较真,就难致和睦。此诗语如家常,而理益深刻,谚语的化用更饶有趣味。

白洋茶[1]

长安昔见水红色[2],归看山斋朱又加[3]。

今日六花飘满砌[4],隔窗与雪斗无瑕。

【注释】①白洋茶:类似白茶花,花色桃红并嵌合白色条斑或白花瓣上嵌合红色条瓣。 ②水红色:一种介于鲜红和玫瑰红之间的色彩。 ③朱:红色。 ④六花:雪花。雪花结晶六瓣,故名。

【评析】白洋茶开花,颜色比作者当年在京城所见还要艳丽,与窗外的白雪交相辉映,景色更加迷人。

水红洋茶

山茶异域有奇容,葱草点脂绿叶秾[1]。

细认花光生气足,不须更拟叶公龙[2]。

【注释】①秾(nóng):花木繁盛。 ②叶公龙:语出汉代刘向《新序·杂事五》"叶公好龙"故事。这里似指画洋茶。

【评析】草色点缀,花叶茂盛,来自异域的水红山茶新奇可爱,自然用不着只在画卷中欣赏其美了。

再咏洋茶

识得洋茶接干栽,乘风航海渡江来。

雪窗伴我经时久,不是残花昨日开。

【评析】寒冷的雪天,远自海外而来的洋茶花,陪伴着作者,花开历时不衰,最是令人欣慰。

耳　怪

人犹是也，耳犹是也，而不灵若此，焉是可怪也，作耳怪。

大声觌面若远①，默默含笑侧冠。
两耳峙然并立，九思惟听独难②。

【注释】①觌(dí)：见，相见。　②九思：《论语·季氏》："君子有九思：视思明；听思聪；色思温；貌思恭；言思忠；事思敬；疑思问；忿思难；见得思义。"后泛指反复思考。

【评析】此诗记作者耳重。让作者困惑的是，人还是那人，耳还是那耳，为何会变得如此不灵？听音时，即使贴面大声说话也像远音不清，所以只能对人默默含笑。听之难，由此可见。

再咏白茶花有感，用前韵

素质从来崇本色①，纷纷藻采不须加②。
化工有意付精白，通体全无半点瑕。

【注释】①素质：白色质地。　②藻采：文采，辞采。这里指艳丽的色彩。

【评析】素质本色，洁白无瑕，白茶花正是因为没有任何杂色藻饰，而现其纯净之美。

白茶花玩赏不已，复用前韵

人间何卉号奇葩，今睹瓣光叠层加。
含笑窗前我欲数，冰姿难觅一丝瑕。

【评析】作者栽种的白茶花,冰清玉洁,花瓣层层叠叠,不愧为花中奇葩,令他赏玩不已。

拾 芝

东坡自云食肉芝[①],诗篇留录到今时。
山童拾得芝一干,五指高标遇风旗[②]。
坡翁元是仙班人,仙品应谙仙味真[③]。
我非蓬壶瀛海客[④],不学坡仙不及宾。

【注释】①肉芝:道家称千岁蟾蜍、蝙蝠、灵龟、燕之属为肉芝,认为食者可长寿。也指形类人参的灵芝草之属。苏轼《石芝诗并引》:"顷在京师,有凿井得如小儿手以献者。臂指皆具,肤理若生。予闻之隐者曰:'此肉芝也。'与子由烹而食之。" ②此句指灵芝的五指高高耸起,就像被风吹起的旗帜。 ③谙(ān):熟悉,精通。④蓬壶瀛海:古代传说中的海中仙山。晋代王嘉《拾遗记·高辛》:"三壶则海中三山也。一曰方壶,则方丈也;二曰蓬壶,则蓬莱也;三曰瀛壶,则瀛洲也。形如壶器。"

【评析】作者喜得灵芝,想到苏轼当年咏石芝的诗篇,自我解嘲,认为自己毕竟不是蓬壶瀛海之客,不能像东坡一样位列仙品。

腊朔日迎春花[①]

又送春光消息来,丛枝也盼早春回。
想因春半更名丑,特地先春一月开[②]。

【注释】①腊朔日:腊月初一。朔:农历每月初一。 ②原注:余旧有改称送春之句。

【评析】作者以前曾嘲戏自己种的迎春花开得晚,今年的迎春花则提前一月开放，他因此想象：大概是花识人意，早开是以避改名送春之丑。诙谐之外，尽是自得和喜悦。

腊旬喜晴

云蒸间有雨丝飞[①]，栗烈收藏有日晖[②]。
堪笑乡人拘俗议，天心仁爱恤无衣[③]。

【注释】①原注：三九连日皆阴，间有濛雨。 ②栗(lì)烈：凛冽。形容严寒。栗，同“溧”。 ③原注：今岁棉花缺，价盖昂甚。恤(xù)：救济。

【评析】三九腊月，却时常下雨。作者猜测，或许老天是眷顾今年棉花短缺，棉衣价贵，所以收敛酷寒，让百姓过个暖冬吧。天公仁爱，作者也心怀仁爱之想。

绵孙自松江寄历至，喜赋

煌煌颁朔普天该，村僻谁知斗柄回[①]。
莫道山中春不到，春风今泛大江来。

【注释】①斗柄回：指斗转星移，时间推移。斗柄，指北斗星。

【评析】山远村僻，颁历不到，春秋不晓，绵孙从松江寄历回家，仿佛春风一缕，吹散了作者的苦闷。

岁除日

岁时欲别不踌躇[①]，更促光阴又履初[②]。
共道换新风日美，余年能耐几回除？

【注释】①踌躇(chóu chú)：踯躅，徘徊不进。 ②履初：

新年。

【评析】岁月不待人，新年本是喜庆和美的，而作者感到的是余年无几。新来旧往，自然之理；死生大事，悲固宜然。

元日立春四首

其　一

宜春帖子为更元，或后或先春入门。

纵使化工无舛错[①]，人间时日自留痕。

其　二

斗杓谁使建寅回[②]，葭管恰飞太簇灰[③]。

省事天公真有意，新春新岁一同来。

其　三

乡老衣冠群贺岁，条风谁召绕人过[④]。

天心似厌两番事，画一整齐布太和[⑤]。

其　四

三日之前雨雪飞，平铺三尺压荆扉[⑥]。

天为元旦逢春喜，收拾同云放日晖。

【注释】①舛(chuǎn)错：差错，不正确。　②斗杓(sháo)：即斗柄，北斗星。建寅：此指到了甲寅年，1734 年。　③太簇：亦作“太蔟”。十二律中阳律的第二律。古人将十二律与十二月相配，太蔟配正月，因此为农历正月的别名。　④条风：东北风。一名融风，主立春 45 天。　⑤太和：天地间冲和之气。　⑥原注：廿七日雪，廿八、廿九日阴。

【评析】这组诗咏甲寅年春节。春节恰逢立春，融风时来，晴辉初照，天地太和，天公之喜也是作者之喜吧。

正朔二日雪

正元和旭快晴天①,三白且迟让日先。
不信昨朝为兆瑞,试看一夜变山川。

【注释】①和旭:天气温和明丽。快:高兴,欢喜。

【评析】正月初一风和日丽,第二天却雪满山川。虽然正月下雪是丰年瑞兆,却不免影响庆年的好心情。

腊　梅

放帘无所事,斗室日初迟。
静对腊梅干,漫开三五枝。

【评析】腊梅漫开三五,作者闲来无事,静对梅花,一片聊赖之情。

元　宵

元宵月上无风晴,寒薄侵人月倍明。
野调鲜腔歌且舞,村童箫鼓太平声。

【评析】元宵佳节天朗气清,月光倍明,野调村腔的歌舞声中,自有一片太平和乐景象。

梦

正月十四日,增公弟晨起,尚未出门,忽然昏晕。家中见其如辞世状,惊皇无措,环侍久之,移时方苏。余问之,云:“不识不知,其景况滋味,与梦境无异。”余因作是诗焉。

人生一梦死还梦，修短不同梦是同①。
持此梦谈推大造，海枯入梦笑天空②。

【注释】①修短：长短。指人的寿命。 ②原注：一作："试问乾坤梦醒不，梦回入梦笑天空。"

【评析】每个人的生命长短不同，若和宇宙自然相比，不过都是一场幻梦。大海尚有干枯的时候，更何况人呢！因此，对待生死需要达观。

二月朔日迎春①

春遣韶光到眼前②，迎春早放占花先。
花开花谢无多日，羡尔偏留六十天。

【注释】①原注：腊朔余有诗，今花尚存十之三四。 ②韶(sháo)光：美好的时光。常指春光。

【评析】迎春花早于众花开放，是春天到来的标志。今年的迎春花不仅早开一个月，而且久开不谢，令作者叹赏不已。

迎春臆对①

天地流光未暂休，过期谁道不含羞。
今朝努力偿前失，春到伴春一月留。

【注释】①臆对：以臆想之事回应。

【评析】此诗是作者模拟迎春花口吻所作。光阴飞逝，已过花期，迎春花仍然开放不谢，大概是为了补偿以前迟开的遗憾吧。

仲春即事口占①

山亭曝背移方床②，和旭偏归雨后廊。

坐久不知身是旅[3]，日长惟认睡为乡。
投林鸟疾丛遮影，过树风微花赠香。
燕子未来春已半，老人又占美时光。

【注释】①原注：二月十六日。仲春：春季的第二个月，即农历二月。口占：作诗文不起草稿，随口而成。　②曝(pù)背：以背向日取暖。　③旅：寄旅，指人生如寄。

【评析】山亭日暖，天长欲睡，丛遮鸟影，风送花香，这样的美好春光，对于暮年的作者来说是倍加珍贵的吧。中间两联写景明理，对仗精美。

清明即事有感

节届清明旭日晖，谁招燕子觅巢归。
羡他软语双栖稳[1]，梁上移时并翅飞。

【注释】①软语：燕子相对，轻柔鸣叫。

【评析】清明时节，燕子来归，寻觅旧巢，双栖双飞，愈现作者的孤单。诗中蕴含着对已逝妻子和亲人的深切怀念。

剪迎春花枝走笔咏之

花开元占百花先，开谢因时任自然[1]。
整顿繁枝君莫恨[2]，长留春色到明年。

【注释】①因时：遵循时序。　③整顿：指修剪。

【评析】此诗记作者修剪迎春花枝时与花的对话。花开花落，任其自然，修剪繁枝，是为了来年开得更好。

过三弟看杏花二首

其一

曳杖小斋坐片时，隔墙老杏放奇姿。
东风何处觅来粉，淡润胭脂压雪枝。

其二

春到杏边景色融，香山老兴赵庄中[1]。
策鸠欲别回头望，不让寻常十里红。

【注释】①香山：指白居易，号香山居士，曾作《游赵村杏花》诗。

【评析】此诗记作者到三弟家赏杏花事。其一写杏花娇艳，作者认为是春风觅粉，点缀雪枝，想象可谓新奇。其二以白居易托喻，香山老兴，欲别回头，更见作者流连难舍之情。

大红洋茶

其一

有花因叶亦名茶，海外簇丹厚转加[1]。
似鄙春风纷丽草[2]，空将浮艳向人夸。

其二

层叠丹砂灿锦霞[3]，西洋万里来奇葩。
凭谁寄语赏花客，较似牡丹若个嘉[4]。

【注释】①簇丹：积淀红色。　②鄙(bǐ)：轻蔑，看不起。这里有幽怨之意。　③丹砂：此指红花。锦霞：色彩鲜艳的云霞。　④若个：哪个。嘉：善，美。

【评析】此诗夸美红色山茶花。红山茶灿若锦霞，艳质不让牡丹,其美丽只有作者这样爱花懂花之人才能真正领略。

白洋茶[1]

应笑春风木芍药[2],要将真色斗生枝[3]。
斩新一朵含风露[4],洗尽铅华见雪肌。

【注释】①原注:偶阅苏诗因集句。苏诗:指苏轼的诗。集句:辑前人诗句以成篇什。　②语出苏轼《次韵杨公济奉议梅花十首》其七:“应笑春风木芍药,丰肌弱骨要人医。”　③语出苏轼《再和杨公济梅花十绝》其七:“洗尽铅华见雪肌,要将真色斗生枝。”　④斩新:即“崭新”。语出苏轼《再和杨公济梅花十绝》其六:“斩新一朵含风露,恰似西厢待月来。”

【评析】这是一首集句诗,借苏轼诗句来赞咏白茶花。白色茶花洗尽铅华,洁白无瑕,深得作者喜爱。

初度用东坡次景文路分上元韵[1]

宦辙应自羞,颂颜尚书府[2]。
生平饱痴顽,遇艰亦笑舞。
荏苒几岁月,遂至八十五。
筋力怯送迎,衣冠怜步武[3]。
卷帘放炉烟,默坐对天宇。
二亲厌世久[4],彩衣痛未睹[5]。
好友师太上[6],不享无烦吐。
万事付一笑,小子勿鸣鼓。
家室崇俭素[7],旧衣未添缕[8]。
惟当面南山,笑对苍髯父[9]。

【注释】①苏轼有《次韵刘景文路分上元》诗。次韵:依次用所和诗中的韵作诗,也称步韵。 ②頞(è)颜:頞,鼻梁。此盖指皇帝赐尚书府匾额。 ③步武:很短的距离。 ④厌世:去世。死的婉辞。 ⑤彩衣:指孝养父母。 ⑥太上:道教最高最尊之神之名前常冠以"太上"二字。这里代指学道。 ⑦俭素:俭省朴素。 ⑧添缕(lǚ):指添补衣物。 ⑨苍髯父:指南山松树。

【评析】此诗是作者为自己85岁生日而作。俯仰人生,回忆仕宦,作者感慨自己更加衰老。怀念早去的父母,遗憾未能尽奉养之孝。惟有默对天宇,静看南山,忘却世俗烦恼,才能安享晚年。

喜新得盆石

碎簇崚嶒色同蜜[①],细润孤标矜素质[②]。
作石山中是几时,书窗几上有今日。

【注释】①崚嶒(léng céng):高耸突兀。 ②矜(jīn):自尊,自夸。

【评析】作者新得到的山石突兀孤标、细润如脂,欣喜地摆在书斋的几案上赏玩。山石从山中到了作者的书几上,命运从此发生了根本改变。

附录高又树步韵

太古有蜂亦酿蜜,偶留岩底结奇质。
崚嶒光怪几千年,拂拭品题乃今日[①]。

【注释】①品题:品评玩赏。

【评析】这是高又树的一首步韵和诗。诗中称美奇石别致,能得到作者的观赏题咏,也是山石的幸运。

四弟新得山石

素品画家斧劈皴[1]，今朝真见石痕新。

峰岚截断无雕琢，应赚米颠拜揖频[2]。

【注释】①斧劈皴(cūn)：中国画皴法的一种。指用笔如斧削木。　②米颠：北宋书画家米芾的别号。米芾，字元章，以其行止违世脱俗，倜傥不羁，人称“米颠”。

【评析】此诗咏作者四弟家新得的山石。山石天然形成的纹理，宛如画家笔下的斧劈皴，如此浑然天成的神品，恐怕倜傥不羁的米芾也要称服。

闲居二首

其　一

手翻经史遣闲居[1]，寻味得心数卷书。

静掩山斋无客到，古人相对乐何如。

其　二

简编翻阅快闲居[2]，磨墨数行又作书。

掷笔寻签还再读，倦来支杌乐谁如[3]？

【注释】①经史：经史之书。　②简编：指书籍。　③支杌(wù)：坐下休息。杌，小凳。

【评析】此诗抒发读书写作之乐。作者漫读经史，挥墨写作，与古人相期，如此闲居，确实自得其乐。

漫　兴

别人春色去如驰，四月寻春已觉迟。

草乱铺花呈细巧[①],石粗作款斗参差[②]。
大造无私原自阔,小园有兴不妨痴。
胸怀放处无拘碍[③],遇事斤斤何所为[④]。

【注释】①草乱铺花:即“花铺乱草”的倒装。 ②参差(cēn cī):不齐的样子。 ③拘碍:束缚阻碍。 ④斤斤:形容明察,引申为琐碎细小。

【评析】此诗抒发作者欣赏晚春的兴致。大造无私,纵然春色将阑,小园里花乱草铺、粗石参差,也足以放怀诗兴。闲适之中,自见旷达。

四弟邀看牡丹

牡丹丈二迥离尘,泼眼高低锦逼人。
八十五翁鼓掌笑,一年一见一回新。

【评析】四弟家这棵一丈二尺高的牡丹,赚足了作者的诗兴。年年赏花,年年不同,“一年一见一回新”,是对牡丹的赞美,也是对人生的赞美。

恒侄孙借玩古尊二首[①]

其 一

商周法物远难信[②],饕餮云雷锈欲无[③]。
阅世几经千百主,深藏应笑世人愚。

其 二

古器得来莫当真,世间传递如邮频[④]。
明知主客浑难定[⑤],且认今朝作主人。

【注释】①古尊：即古樽。古代的酒杯。　②商周法物：商周时代的遗物。　③饕餮（tāo tiè）：传说中一种贪食的怪物。古代钟鼎彝器上多刻其头部形状以为装饰。云雷：指云纹和雷纹。④邮：古代传递文书的驿站。这里比喻古物转移速度之快。　⑤浑：简直。

【评析】此诗体现了作者对文物古玩的态度。一方面，古玩不知几易人手，不必对其年代太信以为真。另一方面，上面刻画的饕餮云雷快被腐蚀殆尽，器物尚且如此，人何以堪？姑且珍惜眼前的拥有吧。

老朽叹

自忆浮生如醉眠，崎岖到眼亦平川①。
漫游辽左三千里②，斗过古稀十五年。
守拙自希攀古处③，径情应笑不时贤④。
老来更是人相厌，凭仗耳聋避弗前。

【注释】①此句意为：自己历经坎坷，处事早已泰然自若。②辽左：辽东的别称。　③守拙（zhuō）：安于愚拙，不学巧伪，不争名利。　④径情：任性，任意。

【评析】作者此时已经85岁高龄，回忆当时任职辽东时还意气风发，如今只有任性守拙、聊避人厌了。老来况味，盖非亲历不可知。

阶前

吟诗闲觅句①，叉手立阶前②。
落落胸怀阔③，蚩蚩心性颠④。
飞花自恋地，去鸟欲穷天⑤。
玩物适情得，浑忘大耋年⑥。

【注释】①觅句：指构思、寻觅诗句。 ②叉(chā)手：抄手，两手交笼于袖内。古代常借指诗思敏捷。 ③落落：磊落。常用以形容人的气质、襟怀。 ④蚩蚩(chī chī)：敦厚的样子。 ⑤穷天：高入天际。 ⑥耋(dié)：年老，七八十岁的年纪。

【评析】此诗写作者闲逸的生活与性情。飞花恋地，飞鸟穷天，万物各有所终。玩物适性，愉悦心胸，曾不知老之将至。

端午用前韵

今日中天节①，邀宾醉席前。
黄杯倾白酒，红颊衬华颠②。
万事鄙随俗，一生只信天。
徜徉宇宙内，不觉自年年。

【注释】①中天节：端午节别称。 ②红颊(jiá)：脸颊醉红。华颠：白头。指年老。

【评析】端午佳节，邀宾醉饮，及时行乐。寄身宇内，顺其自然。

林阴农话

远峰云细山形碎，平野风轻麦浪多。
农子荷锄过树下，来麰丹长问如何①。

【注释】①原注：今年二麦黄丹。按：黄丹，小麦锈病之一。麰(móu)：古时称大麦。

【评析】云细风轻，田野里麦浪重重，树下碰到荷锄的老农，作者关心地询问麦子锈病的情况。

盆置海石

海底有峰小作款，冰心衬界自成文。
盆中位置矜奇特，大造之工谁与群[①]？

【注释】①群：相聚成伙的。此指造化之工非人力可及。

【评析】作者所得海石纹理晶莹，人力难及，自然天成，可谓赏心悦目。

眼　前[①]

不必搜奇句，句新即眼前。
胸怀学步阔，骸骨本来颠。
花隳还依地[②]，鸟飞欲尽天。
适情玩物得，耄耋自忘年[③]。

【注释】①原注：因《阶前》一首，颠倒数字，庶免蹈袭之诮，并存之。　②隳(huī)：毁坏；崩毁。此指花朵凋落。　③耄耋(mào dié)：指高龄、高寿。

【评析】此诗继前面《阶前》一首而作，韵律、意思都相同。收眼前风景，就是奇句；看花落鸟飞，自可忘年。

东场偶憩

曳鸠力怯憩场东，默忆一生与梦同。
草履箬冠真处士[①]，课农护麦老司空[②]。

【注释】①草履箬冠：草履，草鞋。箬冠，竹编帽子。处士：本指有才德而隐居不仕的人。后泛指未做过官的士人。　②课农：

督责务农。司空:官名。清时别称工部尚书为大司空。

【评析】作者是曾经课农的朝廷大司空,现在则拄着拐杖,穿着草鞋,戴着草帽,成了地地道道的隐士。人生恰如梦一场。

城隍庙市[①]

滨海山城庙市,四方男妇如蚁。
谄神神吐未知[②],我自逢場心喜。

【注释】①城隍(huáng):守护城池的神。 ②谄(chǎn):奉承,巴结。此指奉贡,祭神。神吐:指城隍的心意。

【评析】此诗记载城隍庙会的热闹场景。滨海山城,赶庙会的四方男女人众如蚁,作者也乐得凑个热闹来求神,至于结果就不必太过关注了。

小山石

嵯峨小片石,来自之罘山[①]。
想此桑田地,洪荒海浪潺[②]。

【注释】①之罘(zhī fú)山:也作芝罘山,在今山东烟台北。《史记·秦始皇本纪》:"登之罘刻石。" ②洪荒:混沌、蒙昧的状态。借指远古时代。

【评析】作者得到来自之罘山的山石,不禁联想到古往今来沧海桑田的变化。人生苦短,变化无常,当是言外之感慨了。

喜雨[①]

其一

五月分龙龙尽眠[②],千村万亩土生烟。

那知一夜霏微遍[3],不是周时云汉天[4]。

其 二

农人两月怨天晴,无计能同造化争。

信得从今撑饱饭[5],披蓑戴笠破云耕。

【注释】①原注:六月一日。 ②原注:江南谓五月分龙。分龙:即分龙雨,又叫隔辙雨。夏季所降对流雨,有时一辙之隔,晴雨各异。古人以为这是由于龙分管不同区域的降雨使然,故谓之"分龙雨"。 ③霏微(fēi wēi):蒙蒙细雨。 ④周时:指周代。云汉:此指炎暑干旱。 ⑤原注:谚云:"六月连阴吃饱饭。"

【评析】两个月炎热干旱,突然一夜的及时雨自然令作者喜出望外。农民们披蓑戴笠冒雨耕种,预计今年百姓能够吃饱饭了。

山亭休暑[1]

习习溪风穿竹帘[2],今年暑气未频添。

三间亭子身安拙,一榻方床梦觅甜。

畦菊迟分三岔顶[3],盆松平拥五峰尖。

闲看榴吐红巾蹙[4],白发萧疏笑老髯[5]。

【注释】①原注:六月六日。 ②习习:微风和煦。 ③畦菊:园中菊花。三岔(chà)顶:指菊花茎分三岔。 ④红巾蹙(cù):喻石榴开的红花。 ⑤萧疏:稀疏,稀少。髯(rán):两腮的胡子,也泛指胡子。

【评析】溪风习习,三间亭子,正好避暑纳凉。菊花未吐,松尖已秀,白发老翁,闲看红花。此诗充满画意,不仅对仗工整,色彩搭配也很亮丽。

招大弟

一日三秋古昔计[1],白须况是老兄弟。
今朝晴霁且相过[2],对坐北窗听鹤唳。

【注释】①一日三秋:形容对人思念殷切。语出《诗经·王风·采葛》:"彼采萧兮,一日不见,如三秋兮。" ②相过:互相往来。

【评析】作者年老,对兄弟的思念也更加殷切,因此盼着兄弟能来看望自己,即使对坐无聊,一起听听鸟鸣鹤唳也是乐事。

自慰自哂[1]

岁月如梭过耳风,侵人暮景不言中[2]。
已过三万奇千日[3],径是八旬有五翁。
吐字弗真每自厌,呼人已应认渠聋[4]。
老躯大抵难依旧,巨细回思一笑空[5]。

【注释】①自哂(shěn):自嘲。哂,微笑,讥笑。 ②暮景:比喻垂老之年。 ③奇(jī):零数。 ④渠:方言,他。 ⑤巨细:泛指所有事情。

【评析】作者已到垂老之年,回忆过去的种种,不免自笑自嘲。"不言""一笑"蕴含了多少生命的感慨和无奈!

漫兴

不求深解书经眼,寄兴常于松石间。
种竹观鱼兼饷鹤,闲人貌得那曾闲。

【评析】好读书而不求甚解,种竹观鱼饷鹤,寄情于松石山水,这就是作者闲适中的忙碌。

六月旬三日即事

阴云朝布满穹天[①],欲下还留故故悬。
敢告灵神司雨者,卧龙鞭起灌前川。

【注释】①穹(qióng)天:苍天。

【评析】虽然阴云密布,却迟迟不下雨。作者祈求神灵鞭起分管雨水的卧龙,让它把河川的水灌满。此诗充分表现了人们急切盼雨的心情。

问　龙[①]

丝雨连朝细不飞,西南山色暗微微。
卧龙久卧想无力[②],涓滴艰难何以归?

【注释】①原注:六月十四日。

【评析】蒙蒙细雨,根本解不了大地久旱之渴。作者猜想大概是久卧之龙无力,才下这样一点丝丝小雨。奇特的想象中,更体现出作者对降雨的渴望。

龙　答

大雨时行云脚拖[①],过犁有禁不须多。
洒土细细君莫笑,养神蓄力放滂沱。

【注释】①时行:应时而下。

【评析】此诗拟龙作答。时雨不需过多,现在细细地滋润土地,等蓄积精神再下一场大雨。这其实是作者的期盼,也是他的自我安慰。

咏小石

成峰成岭各成家，品石多称甲脱沙[①]。
上下四旁真不靠，居然特立露谽谺[②]。

【注释】①原注：石出土无根者曰脱沙。甲：居于首位的，超过所有其他的。　②谽谺(hān xiā)：山石险峻的样子。

【评析】脱沙之石，如岭如峰，险峻超拔，实为山石中罕见的珍品。

五日不雨

其　一

谁许听歌野调争，香山犹鄙九江声[①]。
龙公真不厌村俗，收卷雨师五日晴。

其　二

村巫竟尔动龙听[②]，收卷雨云五日晴。
晴后徐思应自悔，我知霶霈似盆倾。

【注释】①九江声：九江地方音乐，白居易曾贬九江司马。②村巫：村里的巫师。竟尔：竟然。

【评析】此诗记村巫祈晴。尽管乡村野调鄙俗难听，但是龙王竟然不厌村俗，收卷雨云五天晴好。然而作者并不相信这种俗信的力量，表现出他的理性思维。

夜闻百合香梦回口占

云绽一天月上东，胸无寄托自空空。

欲眠移榻胆瓶近[1]，百合送香入梦中。

【注释】①胆瓶：长颈大腹的花瓶，因形如悬胆而得名。

【评析】此诗写作者夜晚安逸的睡眠。云开月出，百合香浓，心无琐事，闻香入梦。

山　中

山中自有山中情，老便屏抛世上名[1]。
坐久幽闲殊自得，空斋寂寞响棋声。

【注释】①屏抛：抛弃，不考虑。

【评析】此诗记晚年闲情。作者幽居山村，了无世俗名利的牵绊，偶敲棋子，悠然自得。

望　雨[1]

六月连阴暑气临，连阴惜雨直如金。
天公何苦吝涓滴，不向四郊大作霖[2]。

【注释】①原注：六月廿一日，大似雨势，而丝雨数星，又有欲住之意。走笔数语祝之。　②霖(lín)：连绵的雨。

【评析】老天惜雨如金，只阴不雨，作者不免对苍天发出怨愤的质问。

雨　憾[1]

垂垂欲下故悬悬，日日朝朝只此天。
我欲叩天明示我[2]，浓云贮雨落谁边？

【注释】①原注:廿二日晨起。 ②叩(kòu)天:问天。

【评析】叩天问雨,作者在盼雨的焦急中又显出几分无奈。

大 晴[①]

禾苗朔日占微淋[②],半死半生直到今。
愿祝仍前作雨势[③],须臾缓死待甘霖。

【注释】①原注:廿四日。 ②微淋:指小雨。 ③祝:古代指男巫。此处指祈祷。

【评析】下小雨时盼大雨,却盼来了大晴天。作者只好降低要求,祈祷老天还像以前下点小雨,以延缓庄稼枯死。

云 阴[①]

那有油然不沛然[②],疏疏几点又同前。
试问碧翁云何用[③],不肯留人刻遣还。

【注释】①原注:廿六日云兴欲雨,而竟不雨,作此激语,憾之仍望之。 ②那有:哪有。油然:盛兴的样子。语出《孟子·梁惠王上》:"天油然作云,沛然下雨,则苗浡然兴之矣。" ③原注:昔有称天为碧翁者。

【评析】老天总是只兴云不作雨,一向温和的作者真是有些愤激了,质问天公要云何用?

不雨憾[①]

自春徂夏病田干,又过初庚伏欲残。
日夜南风不作雨,想天术窘亦艰难[②]。

【注释】①原注:廿七日。　②原注:俗以南风后必雨。术窘(jiǒng):无计可施。

【评析】俗说南风必雨,现在日夜南风却不下雨,作者体谅天公也有艰难窘迫之时。体现出作者的厚道之性以及对时雨的热切期盼。

夜雨不足[①]

夜半竟闻雨直淋,旋淋即歇识天心[②]。
如期而足寻常视[③],故作迟回留后音。

【注释】①原注:廿八日。　②旋:不久。歇:指雨停。　③如期:像期盼的那样。

【评析】盼了很久的雨只下了一会儿就停了,作者由此悟出了老天的用心:如期而至属平常,不被注意,故意推迟反倒获得重视。这又何尝不是人间现象!

果得大雨,喜仍前韵[①]

一阵风催骤雨淋,满空响瀑快人心[②]。
薰风不枉营三日[③],果尔迟回是好音[④]。

【注释】①原注:廿八日。　②响瀑:像瀑布一样激响,形容雨声之大。　③薰风:和暖的风。指初夏时的东南风。　④果尔:果然。

【评析】大雨时作,响声如瀑,作者此时的心情也如好雨一样,酣畅淋漓。

雨后语菊

余平不熟种花术，随意凭栽菊数株。

雨后免侔黄厄闰[①]，秋深好伴老迂儒[②]。

【注释】①侔(móu)：同"牟"，求，取。　②迂(yū)儒：迂腐的儒生。此处是作者谦称。

【评析】雨后的菊花也恢复了生机，有它相伴，即使深秋作者也不会寂寥了。

戏题枯亭花

叶占春光花占秋[①]，亭亭孤干自修修[②]。

若教再耐炎寒过，夏葛冬裘笑不休[③]。

【注释】①占(zhàn)：据有。此处指亭花独擅其美。　②修修：修长美好的样子。　③葛：葛衣，指夏天。裘：皮衣，指冬季。

【评析】此诗赞美干枯不凋的亭花。花朵孤干独标，大有历四时而不朽的景致。其坚忍之性，正是作者所爱。

苦　雨[①]

雷声一夜响清波[②]，万户人人叹奈何。

前怪云深不贮雨，今疑云薄亦滂沱。

【注释】①原注：七月四日。

【评析】不雨则已，雨则泛滥。前些日子埋怨云深不雨，现在又困惑云薄也可大雨滂沱。困惑中充满着作者对农田的担忧。

雨歇惊喜见日[1]

连朝杲日避轻雷[2]，雷动云重不暂开。
只道曦轮终绝迹[3]，惊君何处破云来。

【注释】①原注：四日午后。　②杲(gǎo)：日出明亮的样子。③曦轮：指太阳。

【评析】淫雨霏霏，连日不停，终于云破日出，作者的喜悦之情溢于言表。

先慈忌辰[1]

七月朔六日，先慈背长眠。
我适吴兴返[2]，哭声震淮船[3]。
今逼四十载，衔恤累万千[4]。
九泉是何处，杳无一音传。
明知造化理，推谢如逝川[5]。
孺心恋膝下[6]，谁嫌百余年。
今晨祭奠讫[7]，孤坐泪暗悬。
鹊鸟不解意，翩飞落花前。
老仆握鹰至，脱手即擒焉。
我今际兹日，有恨痛触天。
彼岂无眷属，呼泣当同然[8]。
命仆释之去，嘱勿啄我田。
田不独糊口，兼以祀吾先。

【注释】①原注：七月六日。先慈：称亡母。忌辰：忌日。　②吴兴：作者时在吴兴为官。　③原注：淮安闻讣。　④原注：康熙三十六年,至今又三十八年矣。衔恤(xián xù):含哀;心怀忧伤。语出《诗经·小雅·蓼莪》:"无父何怙?无母何恃?出则衔恤,入则靡至。" ⑤逝川:指一去不返的江河之水。《论语·子罕》:"子在川上曰:'逝者如斯夫!不舍昼夜。'" ⑥孺心:孺子之心。膝下:人幼年时常依于父母膝旁,指父母对幼孩之亲昵。 ⑦讫(qì):完结,终了。 ⑧此句意为:鹰也会因为失去眷属而悲鸣,就像自己因为思念母亲而号哭一样。

【评析】此诗为悼念母亲而作。母亲已去世38年,忌辰之日,作者回忆母亲的慈爱,丧母之痛楚、悲哀抑郁之情萦绕全诗。后半部分释鹰之举、嘱鹰之词,更显其殷切的哀思以及民胞物与的仁者情怀。

语　鸠[1]

西蜀苏公么凤集[2],老槐我亦集鸣鸠。
阶除缓步常相识,记取荒园岁岁留。

【注释】①原注:有二鸠巢于树上,时常集阶除,故戏语之。②西蜀苏公:指苏轼。苏轼是眉州眉山(今四川眉山)人。么凤:凤凰。

【评析】作者与鸠鸟和谐相处,如老友一般。这种意趣,大有当年苏东坡集凤之风流。

鸠率雏飞

构巢生子不矜能,牖户绸缪从未曾[1]。
拙性如鸠真是巧,勤斯几日看飞腾[2]。

【注释】①牖(yǒu)户:窗与门。 ②勤斯:这样辛勤。

【评析】鸠鸟不以精巧筑巢为能，而是率领雏鸟教其奋飞。这番景象，令作者大为感慨。

兄弟聚八弟处，雨中归

烟雨归来跨蹇驴[1]，门前流水响成渠。
白须兄弟竹林在[2]，笑我冲泥不用舆[3]。

【注释】①蹇(jiǎn)驴：跛蹇驽弱的驴子。　②原注：兄弟七人。竹林："竹林七贤"的省称。　③冲泥：指踏泥而行，不避雨雪。

【评析】此诗写兄弟欢聚后，冒雨而归。作者的兄弟们都年老须白，又恰好七人，颇有当年"竹林七贤"的风度。

听鼓琴

昏聩年来厌耳沉[1]，今朝不揣听雷琴[2]。
宫商莫辨人先静，怪得渊明谢却音[3]。

【注释】①昏聩(kuì)：眼花耳聋，形容神志昏乱。　②雷琴：唐代琴工雷威所制作的琴。此处泛指琴。　③渊明：陶潜，字渊明。《晋书·陶潜传》："性不解音，而畜素琴一张，弦徽不具，每朋酒之会，则抚而和之，曰：'但识琴中趣，何劳弦上声！'"谢却：拒绝。

【评析】此诗以陶渊明抚无弦琴为喻，表现作者耳聋时听琴的意趣。

贺鸠巢松

择居榆树是谁教，再徙老槐第二巢[1]。
久住依人相习惯[2]，亭前又爱构松梢。

【注释】①徙(xǐ):迁移。 ②依人:指与人亲近不离。

【评析】此诗写鸠鸟迁巢。或许是鸠鸟与作者长期亲近,居住品味也有所提高。因作者爱松,鸠鸟也把巢迁筑到松树上了,作者因贺乔迁志喜。

苦雨戏咏

连阴平地几江湖,屋漏壁颓无处无[①]。
客至款留欲觅酒,西邻不用隔墙呼。

【注释】①壁颓(tuí):墙壁因下雨而坍塌。

【评析】连日阴雨,平地类同江湖。屋漏壁颓,客至向邻居讨酒,不用隔墙而呼。苦雨中能见作者之幽默。

山亭看月[①]

穿树团圞如碎莹[②],松梢渐上动无声。
想因半月云中歇,磨洗晶光分外明。
人间何处是崆峒[③],瀛鸟亦居宇宙中。
白发山亭孤坐久,碧天无际月流空。

【注释】①原注:七月十六日。 ②团圞:此借指月宫。 ③崆峒(kōng tóng):山名,在今甘肃平凉西,相传是黄帝问道于广成子之所。后也以此指仙山。

【评析】此诗写作者夜晚赏月的感悟。崆峒仙山,瀛洲神鸟,缥缈难求,不如夜深独坐,看月色空明,时光静好。

抚躬自镜[①]

不知径到老,检点事俱诬[②]。

岁月禽鱼尽,案窗章句愚。
信颠难并俗,守戆羞称儒[3]。
耄耋今如此,谁云生不徒。

【注释】①抚躬:反躬自问。 ②诬(wū):荒谬,荒诞。 ③戆(gàng):傻,愣。

【评析】此诗反思自己的人生。作者一生性情憨直,与禽鸟章句为伴。虽然检点中有些自嘲,但是也透出些许自豪。

西日看秋色等花[1]

隔墙有树与邻通,布影不分浑一丛。
秋色当阶嫌色淡,斜阳西透树阴中。

【注释】①原注:江浙谓鸡冠等花为秋色。

【评析】此诗赞美鸡冠花的艳丽。秋天日丽,斜阳中的鸡冠花更显明艳之美。

中 秋[1]

其 一

中天有月始何年,但挂长空亘碧天[2]。
今宵从古月偏好,昆弟七人邀席前。
座中杯斝不停留[3],对月欢呼抛却愁。
我醉狂言欲问月,奔波来去几时休?
自东徂西百万程,缘何不作驰骤行?
岂其驰骤若缓步,人间难律天上情。
酒尽呼孙丝桐理[4],欲洗从前筝笛耳。
奈何年来苦耳沉,依稀莫辨角与徵[5]。

一弹再鼓音不迫，惟见阶心山月白[⑥]。
人语不闻悄无声，古音动处静脉脉。
松颠邀月莫西流，共我听琴住檐头。
不是狂夫强留月，西岩一隳即明秋。

其　二

一年明月今宵多，明月今宵今古过。
三十年前亦此月，彩衣被体照婆娑[⑦]。

【注释】①原注：甲寅。按：1734 年。　②亘(gèn)：空间和时间上延续不断。此处指月亮从东到西运转不息。　③杯斝(jiǎ)：古代酒器。　④丝桐：指琴。古人削桐为琴，练丝为弦，故称。理：弹琴。　⑤角与徵(zhǐ)：《周礼·春官·大师》："皆文之以五声：宫、商、角、徵、羽。"此处泛指音乐。　⑥白居易《琵琶行》："东船西舫悄无言，唯见江心秋月白。"这二句似从此中化出。　⑦彩衣被体：形容穿着华丽，身份显贵。

【评析】月亘碧天，中秋好景，兄弟相聚，儿孙鼓琴，其乐陶然。其一用七言歌行体，想象大胆而又合理，充满对美好时光的无限留恋与感慨。

见墙外耕者

岭高墙外约三弓[①]，农子犁田园角东。
宿雾未收冲晓出[②]，叱牛声远响云中。

【注释】①弓：旧时丈量地亩所用器具。一指计算单位。②宿(sù)雾：夜雾。冲晓：破晓。

【评析】此诗写农民的勤劳。天不亮农民就驱牛耕田，一幅农家的田园景象扑面而来，自然质朴，极富泥土气息。

大弟睡走笔呼之

要走华胥真有味，人人熟路不烦费[①]。
闻知正晤陈希翁[②]，酣入黑甜归也未[③]？

【注释】①原注：大弟手乏，动辄苦费。　②晤（wù）：遇，见面。陈希翁：即陈抟。五代宋初著名道教学者、隐士，字图南，号扶摇子，赐号希夷先生。后人称其为“陈抟老祖”、“睡仙”、希夷祖师等。　②黑甜：“南人以饮酒为软饱，北人以昼寝为黑甜。”见宋魏庆之《诗人玉屑》卷六引《西清诗话》。后指熟睡。

【评析】此诗调侃大弟昼眠。无愁酣睡，梦里寻仙，对大弟如此睡相，作者想来是既爱且羡吧。

重阳无菊

其　一

九日黄花岁为常，今年无菊扫风光[①]。
由来此日登高去，定是篱边不放香。

其　二

菊花开放即重阳，强事坡公兴转狂[②]。
重九可留九月里，入冬雪到定无香[③]。

其　三

雨旸作意勒花迟，花默不言亦憾之。
闰岁平添三十日[④]，明秋开遍满东篱。

其　四

山村云散好重阳，欲猎山中上北岗。
莫恨东篱不冒雨，茴香菊自占先黄[⑤]。

【注释】①扫风光:扫兴。 ②强事:试着学习。 ③原注:去岁十月六日大雪,今兹日菊方如豆,九月必不能盛开,故云。 ④闰岁:中国的农历,二年或三年需要加一个月,所加的这个月称"闰月",此年为闰年。 ⑤原注:近得草花,余名之曰茴香菊,以其叶似茴香也。

【评析】重阳无菊,但不妨登高,也不妨打猎。今年菊花未放,明年定香满东篱。全诗在遗憾之外,自有达观与豪放之情。

北冈狂兴

两大中间终古悬①,其间纷杂笔难传。
生来何处非朝露②,老去方知是暂眠。
直北海平意补地,列东山远势穷天③。
乾坤我愿省多事,万里平川不计年。

【注释】①终古:久远。 ②朝露:早上的露水。比喻存在时间短促。 ③此句意为:北面海平,正可补地之无限;东列远山,方才知天之无穷。

【评析】此诗是作者站在北冈,观看北边大海、东边远山的地势而抒发人生感慨。人生苦短,譬如朝露,对此万里平川,不再计较年寿。

病中吟

才过重阳病又来,吐词半吐倩人猜①。
衡山不讳语言涩②,向老自应气味该③。

【注释】①倩(qiàn):请,央求。此句意为:说话只能说一半,别人必须猜测他的意思。 ②衡山:指文徵明。讳(huì):隐讳。

涩:语言晦涩,这里指吐字不清。　③向老:老来。气味:指神态。

【评析】作者生性幽默,即使生病,说话含糊,也能乐观面对。

偶有所触以示诸孙

眼界莫拘著一边[1],笑他井内坐观天。
太湖视海沟渠水,岳较九州石一拳。

【注释】①拘:限,限制。

【评析】眼界和胸怀对人生有重要影响。作者以太湖和大海相比、五岳和天下相比,谆谆教导孙儿们要培养开阔的眼界,从中可见其博大胸襟。

读又树十九日登高小词

其　一

虚负菊期去又来,默逢再九不须猜[1]。
登高松下凭吹帽,续作重阳其实该[2]。

其　二

九月九日恰重来,初九十九莫相猜。
病躯未逐登高去[3],病可补还迟也该。

其　三

重九别人能又来,海山当眼勿烦猜。
兴高格外寻心快,不必迟回该不该。

【注释】①再九:指十九。　②实该:确实应当如此。　③逐:随同,陪伴。

【评析】九日重阳菊花未开,十九日生病赏菊无奈,作者今年的一片赏菊之兴,只能抒发在诗中了。

有竹吟

此君无地不相宜[①],天适多方更助之。
雨听潇潇风戛玉[②],晴明添韵雪添奇。

【注释】①相宜:合适。 ②戛(jiá)玉:敲击玉片。形容声音清脆悦耳。

【评析】小雨清风,听竹叶潇潇如戛玉之声;清明雪里,观其奇韵之致。此诗从听觉、视觉两个方面对竹子进行描写,作者的爱竹之意见于言外。

老睹书叹

一传才翻仅数纸[①],再三伸卷认名氏[②]。
复观注意铭已牢[③],旋又茫然废失矣[④]。

【注释】①一传:一卷书。 ②伸卷:将卷轴卷起和展开。③铭:记。 ④废失:指忘记。

【评析】老来读书,复记旋忘。记忆力之差,着实可叹;而作者用力之勤,着实可敬。

牙脱欲尽自笑

齿豁年来笑不妨[①],屠门径过免彷徨[②]。
邻家时或邀杯酌,豫戒庖人烹肉方[④]。

【注释】①齿豁:齿缺。 ②屠门:肉市。 ④豫戒:提前说明。庖(páo)人:厨师。

【评析】作者年老齿落,不方便吃肉,邻居邀请做客,要事先告知人家做肉之方。从生活细事写出牙脱欲尽的窘况。

族人无衣，买衣与之，走笔口号[①]

初冬时见雪花微，落叶半凋未尽飞[②]。
莫道皇天连岁暖，人间尚有苦无衣。

【注释】①原注：十月廿八日。　②凋（diāo）：衰落。

【评析】落叶半凋，雪花微落，正是初寒时节。作者为缺少棉衣的族人购买衣服，并由此想到天下尚有很多无衣之人，对他们表示深切同情，从中可见其仁者之心。

至　月　菊[①]

鬓须白尽成何事[②]，我老诗坛仆鼓旗[③]。
纸窗竹屋深自暖[④]，菊残犹有傲霜枝[⑤]。

【注释】①原注：集苏。　②语出苏轼《元祐六年六月自杭州召还汶公馆我于东堂阅旧诗卷次诸公韵三首》其二：“鬓须白尽成何事，一帖空存老遂良。”　③语出苏轼《次韵答刘景文左藏（有美堂燕集，景文有诗）》：“我老诗坛仆鼓旗，借君佳句发良时。”　④语出苏轼《腊日游孤山访惠勤惠思二僧》：“纸窗竹屋深自暖，拥褐坐睡依团蒲。”　⑤语出苏轼《赠刘景文》：“荷尽已无擎雨盖，菊残犹有傲霜枝。”

【评析】此诗虽为集苏诗而成，但是情景相融，如同己出。

步又树再游醉乡韵

其　一

从来我弗问桑麻，老更懒听聒耳哗[①]。

不饮真成门外汉[2],醉乡悔未认为家。

其　二

席地幕天谁是邻[3],醺醺偏自远红尘[4]。

从今学作痴狂客,要伴竹林高蹈人[5]。

其　三

世外散人繁有徒[6],胸怀各得别成途。

国初怪得李高士,到处逢人募一壶[7]。

【注释】①聒(guō)耳:指声音刺耳。哗:人多声杂。指饮酒时的喧哗。　②门外汉:外行人。　③席地幕天:以地为席以天为幕,指在露天席地而卧。　④醺醺(xūn xūn):酣醉的样子。红尘:佛教、道教等称人世为"红尘"。　⑤竹林高蹈人:指"竹林七贤"。高蹈(dǎo),隐居,超越世俗。　⑥散人:不为世用的人,闲散自在的人。　⑦原注:国初有一道士,不知何许人,自言姓李,胸中甚博雅,谈论文章颇切当,士夫皆与之游。逢人则募酒一壶,自号为"李一壶"。后不知所终。

【评析】此诗步高又树诗韵而作。自古贤者隐士皆以饮酒为尚。作者是诗人秉性,虽酒量不大,又怎有不爱酒之理?

反醉乡再步又树韵

其　一

狂言醉后乱如麻,诗咏载号恶竞哗。

今古自悬清醒路,此中何得恋为家。

其　二

醉卧瓮边笑比邻[1],反嗤礼法若蒙尘。

无功原是不平慨,误却人间多少人。

其　三

后世何人是圣徒[2]，酒人都笑腐迂途。

武公抑戒应三复，莫效驴鞍挂酒壶。

【注释】①瓮(wèng)：一种盛水或酒等的陶器。比邻：相邻而居。典出晋代毕卓。毕卓豁达豪放，为吏部郎，他曾夜间醉后盗邻人之酒被缚于酒瓮边。后因嗜酒被废职。　②圣徒：圣人之徒。多指传孔子之道者。

【评析】这组诗与上一组反义而言，议论酒的负面作用。酒虽可以激发灵感，壮人胆气，但也会伤害身体，破坏礼法。因此作者主张喝酒要有节制，不能成为酒徒。

读又树语发问答小词

莫惊有发渐成霜，今古寻医未得方。

试问我颠何为者，二毛白尽又将黄[1]。

【注释】①二毛：斑白的头发。《左传·僖公二十二年》："君子不重伤，不禽二毛。"杜预注："二毛，头白有二色。"黄：老年人头发由白转黄。

【评析】年老头发渐白，是自然常理。作者的头发又由白变黄，其垂老的程度可想而知。

答又树慰感冒微恙用元韵[1]

衰残无地不风霜，千古何人有善方[2]。

医老原难凭药石[3]，迂儒不是谢岐黄[4]。

【注释】①微恙(yàng)：小病。指感冒。②善方：好的方法。

③药石：药剂和砭石。泛指药物。　④迂儒：迂腐的儒生。此为作者谦称。岐(qí)黄：岐伯和黄帝，相传为医家之祖。

【评析】此诗由自己感冒而引发感慨。小病可以用药物治疗，然而年老衰弱是自然规律，则无好药可医，体现出作者对生老病死的达观态度。

四弟寿，喜三侄云南至

我老与君皆白髭，每逢初度酒盈卮。
今朝须饮十分醉，万里归来万里儿[①]。

【注释】①万里儿：称赞侄儿前途锦绣，鹏程万里。

【评析】四弟大寿已是喜事，更何况侄儿远从云南归来。作者看到侄儿出类拔萃，前程万里，不觉想开怀畅饮，一醉方休。

喜　雪

入冬暖未雪，乍雪觉冬新[①]。
云涌迷遥树，风过失近邻。
天昏转黯淡，山白更嶙峋。
即此丰年兆，我仓可卜陈[②]。

【注释】①乍(zhà)：忽然。　②卜陈：预计储存粮食。指丰年。

【评析】入冬的第一场大雪，令作者十分欣喜。瑞雪兆丰年，预计粮仓可以陈陈相因了。

读白香山《放鱼》诗，自愧前言之失，撮其语以成短句，兼欲寄知[①]

施恩望报岂吾徒[②]，古有香山鱼放湖。

我自悔追道力浅[3]，不须沙底觅明珠。

【注释】①白居易《放鱼》："施恩即望报，吾非斯人徒。不须泥沙底，辛苦觅明珠。" ②施恩望报：施予恩惠想要得到回报。 ③道力：因修道而得之功力。此处指对生命之道的参悟。

【评析】作者读白居易诗而有所感悟，明白了施恩不图报的善理。

大　惑

弱者均是肉[1]，强者攫为食[2]。
同是乾坤物，相贼何其极！
缅想造物初[3]，并生殊不测。
生此又生彼，纵之肆惨刻[4]。
古昔大圣人，裁成大有力。
虎豹驱之远，爪牙未尝革。
西方号佛者，慈悲是其职[5]。
不闻大慈悲，化彼不相逼[6]。
皇古到今兹，吞声群默默[7]。
我心甚不平，仁爱天之德。
直欲笺问天，叩帝解吾惑。

【注释】①均：都，皆。 ②攫(jué)：抓取，抢夺。 ③缅(miǎn)想：遥想。 ④纵：放任；不拘束。惨刻：凶狠刻毒。 ⑤职：分内应做的事。 ⑥化：感化。相逼：相逼迫。 ⑦吞声：不出声，不说话。指不敢反抗。

【评析】造物之初，人人平等。后来形成弱肉强食的局面，而世人皆吞声沉默，连佛道都不能感化。作者对此现状感到困惑，要去质问天帝。此诗不明因何事引发的感慨，作者诗中也难得这样的愤激之作。

腊八日喜新岁将至

光阴不觉腊残天，八十六龄倏眼前①。
人道岁添是岁减，老翁喜又到新年。

【注释】①倏(shū)：极快，忽然。

【评析】腊八节预示着新的一年将要到来。光阴不觉，平常人认为：过一年少一年。作者却很达观，反常看待，认为新岁是增寿而非减寿。

夜雪朝晴喜赋

茅屋今朝暗室明，风威雪后静无声。
云推旭日东山出，银海光摇天卖晴。

【评析】此诗写雪后日出的清丽景象。“云推旭日”的“推”字十分巧妙，极富诗意。

移时复阴

云绽一天又复阴，不晴不霁是何心？
垂帘炉暖山窗下，一任雪飞抱我琴。

【评析】天气晴而复阴，雪花渐飞；屋内火炉正暖，不妨作者抱琴消闲。

送又树岁暮归里口号

敲句和诗篇[1]，时常作往还。

雪中归去也，相见是明年。

【注释】①敲句：推敲诗句。

【评析】作者和高又树是最知心的诗友，两人唱和很多。此番高又树岁暮归乡，明年才能相见，作者难舍之情，相期之心，尽在诗中。

足　梦[1]

老杏几株墙角下，丛枝结子已成仁。

摘将小果尝新味，不许人间笑钝人。

【注释】①原注：夜梦杏树下吟诗，醒记末二句，今足成之。

【评析】此诗记梦境：杏子已熟，摘取尝新，不怕人家偷笑，一副率真模样。“丛枝结子已成仁”，语意双关，耐人寻味。

盆　石[1]

青山藉草卧盆内，英块䃣砑小树旁[2]。

两石无言对终日，空斋静寂兴偏长。

【注释】①原注：与三弟闲坐，指二矮盆云：“青山英石，罗列在前，尽是诗料。”余遂吟此。　②英块：指盆石。

【评析】作者的两块盆石被小草映衬，终日相对，颇富有诗意。兄弟二人相对闲坐，欣赏着盆石，人与景相互交融如此。

英石

碎簇拳石擎奇钮，斜拖数寸故作丑。
万里归吾代之言，许君认作香山友[①]。

【注释】①原注：白香山咏石诗“许我作三友”。

【评析】石以丑为美，此诗前两句描绘英石的形态，后两句化用白居易诗句，表达作者对英石的喜爱之情。

腊廿三日大雾濛雨

其　一

春去挽春恨不住，连朝春雾迷天浮。
未春半月春先到[①]，春早早归谁与留。

其　二

垂垂春雾迷东西，春气上腾天就低。
隔岁留春莫豫想，早春早去笑难稽[②]。

【注释】①原注：次年正十二日立春。　②稽(jī)：停留。

【评析】人们总是盼着春天早点到来，晚些过去，但是春天终归是有期限的，早来早归，迟来迟归。所以，作者认为还是顺其自然，不用预想太多。

风　雪[①]

雾收两日快晴天，又遣寒威透体穿。
知是雪消前已尽，从新储雪兆丰年。

【注释】①原注：廿六日。

【评析】前场雪刚刚融化，又下了一场，这难道不是丰年的预兆吗？

细　雪[①]

雪细濛濛作雾飞，烟迷山影渐微微。
静观笑识天公意，演试将春霡霂肥。

【注释】①原注：廿八日。

【评析】细雪纷飞，如晨雾弥漫。作者猜想这是老天在预演春雨霏微的场景吧。

岁除颁历未至

其　一

普天日月庆齐开，斗柄转移淑气回[①]。
莫道海滨春不到，春风又泛大江来[②]。

其　二

正朔颁时远近均，天王郑重一齐新。
八旬又六海滨老，岂是唐民枕石人[③]？

【注释】①淑气：温和之气。　②原注：时绵孙自松江寄历一本。　③唐：唐尧时代。代指盛世。枕石：枕于石上。多喻隐居山林。

【评析】新年能收到新的颁历，是作者最大的念想，因此把它比作春风毫不为过。

除　夕

又到岁除欲换新，儿孙从集认难真[①]。

须臾酒尽漏将歇[2],便是八旬有六人。

【注释】①从集:聚集。指人多。　②漏:古代计时器,铜制有孔,可以滴水或漏沙,有刻度标志以计时间。这里指更漏、夜深。

【评析】除夕之夜,儿孙济济一堂,一起为作者祝福,令他难以一一辨认,热闹的场景如在眼前。酒尽漏歇,过了时辰作者就86岁了,感慨尽在其中。

卷五

约山亭诗稿·书

元　日

元日朔风透体强[①],年年和旭等寻常。

天公似厌前踪旧,故作肃威再降康[②]。

【注释】①朔风:北风,寒风。　②肃威:寒威,寒冷。

【评析】大年初一寒风凛凛,不像往年那样和煦晴朗。作者猜测是天公厌倦了因循,有意改变。

灯　花

灯花吐蕊色如金[①],四瓣芝形作短襟。

频剪频生知尔意,要留老叟坐更深。

【注释】①灯花:灯芯余烬结成的花状物。

【评析】灯花灿烂,频剪频生,是灯花有意,亦是作者更深独坐思绪连绵吧。

新春自适

经冬淑气渐回还，万物无言觉最先[①]。
山色喜晴争露翠，柳梢带雪欲含烟。
腰嫌经制三千礼，齿越古稀十六年。
我纵摧颓兴未减，杖鸠随步是尧天[②]。

【注释】①觉(jué)：醒悟。这里指万物复苏。 ②尧天：指帝王盛德和太平盛世。

【评析】初春时节，万物复苏，群山尽翠，柳色含烟。作者生逢太平盛世，已经86岁，不拘繁缛礼节，尽享生活乐趣。中间两联写景叙事精工。

松枝雪隔日尚存

薄云晴日风萧萧，带雪松枝挂未消。
我试问松松无语，耐寒人不笑先凋。

【评析】松枝上的雪挂在晴日下愈加美丽，作者禁不住与松对话，由衷钦佩松树凌寒不凋的品格。

春 寒

春云满天涨，不是同云状。
万类欲换新，须眉仍旧相。

【评析】春天万物更新，惟作者容颜老旧。人旧物新，这就是生命衰老的深刻体验。

正十日大寒

过却正元九日陈，旧狐十载一朝新[1]。

砚池笔冻冰澌硬[2]，大笑春前十日春[3]。

【注释】①旧狐：旧皮衣。　②冰澌(sī)：冰凌。　③原注：十二日立春，谚有"春前十日春天"之语。

【评析】正月初十天气十分寒冷，砚台里的墨水都结了冰。作者对这样反常的气候感到不解。

元宵喜月

残冬懒退恋虚空，竟日风寒与腊同。

不道东山月上好[1]，上元佳气信年丰。

【注释】①不道：不料。

【评析】立春后的残冬竟然和腊月天一样寒冷，值得安慰的是元宵之夜月亮晴好，预示着丰收的年景。

老迎春

四十多年虬干古[1]，黄英疏落胜当初。

对花自忖哑然笑[2]，老经还童我不如[3]。

【注释】①虬干：弯曲苍老的枝干。这里指迎春树古老。　②自忖(cǔn)：自己揣度，自己思量。　③老经还童：返老还童。

【评析】40多年的迎春树依然花开如初，作者却日渐衰老。相比之下，真是人不如物。

正廿一日颁历至

煌煌颁朔九重天，十月敕王亲手传①。
一自老臣归卧后②，真成寒尽始知年。

【注释】①敕(chì)：帝王的诏书、命令。这里指皇帝下令。②老臣：作者自称。归卧：谓辞官还乡。

【评析】自从作者归乡以后，远离朝廷，新年颁历总是滞后许久才能看到。这对于习惯了及时分享颁历喜悦的作者而言，不免有些失落之感。

大　雪①

老翁拄杖起凌晨，山亭台榭改眼新。
竹枝惊压倒，青松一时老。
万木一寸枝，雪肥寸余好。
谁使和平静无风，一夜磨玉洒虚空。
平地三尺嫌不足，袤丈有余深数弓②。
噫嘻，我知冬寒无雪晴，积雪堆天虑满盈。
遍觅天宫无处贮，推向人间高下山川一抹平。

【注释】①原注：正月廿七夜。　②袤(mào)：长度，特指南北距离的长度。"袤"与"弓"都形容雪的厚度。

【评析】亭台如玉，松竹尽白，平地三尺，大雪不止。对此景象，作者不禁突发奇想：或许是一冬天没有下雪，天宫里的雪已经储满，所以推向人间来抹平万里山川。

得 盆 梅

一树盆梅古干枝，香生满室韵清奇。

幽姿不藉月清浅，漫咏孤山处士诗[1]。

【注释】①谩咏：即漫咏。孤山处士：指北宋诗人林逋。林逋《山园小梅》有“疏影横斜水清浅，暗香浮动月黄昏”之句。

【评析】盆梅的韵致幽姿不亚于林逋的园中小梅，作者的怡然自得也更胜过孤山处士吧。

偶病戏吟

老既难堪病又攻，无端欺予太匆匆。
朝眠定俟阳乌出[1]，暮卧常先桂魄东[2]。
气涩多因搜句瘦[3]，面枯间借举杯红[4]。
徐行数步急防喘，即此傍人笑惫翁。

【注释】①俟(sì)：等待。阳乌：指太阳。　②桂魄：指月亮。③涩(sè)：气息不匀。搜句：寻求佳句。指作诗。　④间：偶尔，有时。

【评析】作者早睡晚起，作息规律，难免偶尔生病。可贵的是作者能直面病痛，有着不惧衰老的达观情怀。

病愈哂吟[1]

乐天惭愧病来迟[2]，喜趁安闲好病时。
我自萧然无一事[3]，两天乍病亦安之[4]。

【注释】①哂(shěn)：微笑。　②乐天：白居易，字乐天。白居易《病中五绝句》有“今日行年将七十，犹须惭愧病来迟”之句。③萧然：潇洒；悠闲。　④原注：一作“两天相倾亦相宜”。乍病：突然生病。

【评析】作者即使生病,也依然乐观幽默。相比白居易70岁生病,将近90岁的作者对于这点小病自然萧然无事。

鱼缸应换水漫赋

寒收渐渐疏,淑气到庭除[①]。
耳重弗惊响,眼昏怯对书。
性情荒竹石,岁月老禽鱼。
迂拙人多笑,我终乐我庐[②]。

【注释】①庭除:庭阶,庭院。 ②庐:房舍,茅屋。

【评析】气候逐渐温和,作者在竹石禽鱼之中寻找乐趣,不觉有悠然之心、脱俗之感。

邀又树耿光看花

闲数窗棂日欲斜[①],春和也许到山家。
老人性癖不暇懒[②],有客邀看三种花[③]。

【注释】①窗棂(líng):即窗格。 ②癖(pǐ):对事物的偏爱成为习惯。 ③原注:时梅花、腊梅、迎春盛开。

【评析】春气和暖,花开三种,如此佳景,能不邀朋唤友共赏吗? 这是何等兴致!

偶　成

小屋有花开欲酣,山居寂僻一茅庵[①]。
明知春事老无分,执杖踌躇心未甘。

【注释】①茅庵(máo ān):茅庐;草舍。

【评析】花开正盛，恰好执杖寻春，明知年老与春景不相配，还是心有不甘，清兴不减。这正是作者可贵的不老心态。

春分语春

三春过半亦徒然[1]，冷气常屯花柳边[2]。
寄语春光须记取，明年切莫踵今年[3]。

【注释】①徒然：枉然，白白地。　②屯（tún）：聚集，储存。③踵（zhǒng）：追随，继承。

【评析】此诗表现作者的盼春心情。春天来得太晚，寒气不退，花柳萧条。作者因此将春来早的希望寄托于明年。

春分大雪

春雪不到地，胡为积数寸[1]。
乾坤忽惨淡，似揣有所恨[2]。
辗转筹天公，仁爱夙著论[3]。
想因储精锐，养花非是困。
滋润蓄极通，老枝妩媚嫩。
试过清明看，我当稽首顿。

【注释】①胡为："为胡"的倒装，为什么。　②揣：估量，忖度。③夙（sù）：素有的，旧有的。

【评析】春分之时，雪积数寸，不是天公不仁，而是要储蓄精华，带来更充满生机的春天。

步又树祝贱辰韵[1]

退归老朽乡村里，筇竹支身步履随[2]。

天子自优尧舜世，诸臣敢冒帝王师[3]。
更过四载同耄算[4]，谁盼百年作寿颐[5]？
残喘摧推真是惫，太平安享幸于兹。

【注释】①原注：来诗为梦诏加衔。 ②筇(qióng)竹：竹名。因高节实中，常用以为手杖，为杖中珍品。 ③冒：作为，充当。帝王师：做辅助皇帝的股肱大臣。 ④耄(mào)：年老，八九十岁的年纪。此处指90岁。 ⑤寿颐(yí)：寿星。

【评析】此诗酬答诗友高又树祝寿诗而作。作者曾经位列重臣，为帝王之师，而今退归乡里，年寿已高，别无所求，只盼安享晚年。

初度日笑吟

梨园聚众响，箫鼓杂喉音。
乱拥锦衣满，儿孙舞彩心。
老夫沉耳久[1]，闻歌望人口。
却笑三年前，邻尹禁稽首[2]。

【注释】①沉耳：耳聋。 ②尹(yǐn)：官名。

【评析】作者寿辰，儿孙们请戏班演出为他庆寿。虽然听力不好，但是晚辈们的孝心还是令作者的心情大好。

观鹤戏咏

园中畜白鹤，瘦骨人称仙。
阔步审佳地，长鸣达远天。
小桥时伫立，草际任周旋。
笑问千龄算，肯分到暮年。

【评析】此诗吟咏白鹤的形态与风度。作者畜养的白鹤姿态轩昂，鸣声悠远，受到人们的称赞。传说鹤能千年不老，作者戏求白鹤分给自己一些寿年。

赠八十五岁族人[1]

来往无舟叹水湲[2]，双鸠寸步苦离门[3]。
两人一百七旬一，十里一河通二村[4]。

【注释】①原注：住辛安村。　②湲(yuán)：水流声。　③双鸠：指自己和族人。"鸠"本指拐杖，此为拄拐之人。　④一河：指辛安河。

【评析】一条河把相隔10里的两个村庄连接了起来，两村中同族的两个老寿星年纪加起来有171岁了。来往无舟，所以相望却不能相见，而一份相亲相敬的情谊自在其中。

喜得元孙[1]

其　一

人生斯世任乾坤，谁不绳绳望满门[2]？
信得荷天偏笃予[3]，果然子子又孙孙。

其　二

人过七十稀从古，耄耋昏昏任拙鲁[4]。
舞勺回思才几年[5]，今朝人已呼高祖[6]。

其　三

孩提个个盼成名，突弁由来瞬息更[7]。
尔祖江南清白吏，成人似续振家声。

【注释】①元孙：即玄孙。　②绳绳：众多、绵绵不绝的样子。

③笃：厚爱，爱惜。 ④耄耋：高龄，高寿。拙鲁：笨拙愚鲁。 ⑤舞勺：舞勺之年指男孩13～15岁期间。《礼记·内则》："十有三年，学乐，诵诗，舞勺。" ⑥高祖：曾祖的父亲。 ⑦弁：古代的一种帽子，贵族子弟行加冠礼时用弁束住头发。此处指弱冠，长大成人。

【评析】儿孙满堂，自古就是人生乐事，何况作者是五世同堂。身为高祖，作者既为家族兴旺开心自豪，对后代充满祝福和期望，也不免感叹时光如梭，自己垂垂老矣。

东园看李花

跨病寻春恨路迂[①]，迟迟缓步强支吾。
老人歇杖花边坐，片片飞来点白须。

【注释】①跨病：即带病。迂（yū）：曲折，绕远。

【评析】此诗写抱病赏花。作者不辞年老，带病赏花，爱花之情确实非同寻常。尾句也将李花怜惜老人的一片深情写活。

采春芽

椿头矗矗又乘春[①]，年老偏惊物换新。
为爱野蔬宜野性，嫩芽采得付庖人。

【注释】①椿（chūn）：落叶乔木，嫩枝叶有香味，可食。矗矗：高峻的样子。

【评析】香椿的嫩芽是胶东人春天的美食，作者趁春采摘，可享受一番野蔬的美味了。

二鹤生卵

白非日浴禽中仙[1]，双吭高鸣声闻天[2]。
莫谓氃氋贻客笑[3]，乳儿直欲延千年。

【注释】①此句意为：白鹤的洁白并非每天洗澡所致，而是因为它是仙鸟。　②吭(háng)：喉咙，嗓子。引申为鸣叫。　③氃氋(tóng méng)：羽毛松散委顿。贻(yí)：留下。

【评析】作者对白鹤非常喜爱，看到白鹤生卵自然更加高兴。人生才不过短短百岁，白鹤生子则可延续千年，怎能不令人羡慕！

插瓶牡丹口号

牡丹折自两三枝，独对胆瓶默坐时。
万物光辉应自得，颠狂无诉不妨痴。

【评析】春天的一切都充满生机，作者独自欣赏着瓶中折回的牡丹，体验着无限的春意。

北园闲坐

散步北园坐石前，胸怀放荡著无边[1]。
遍尝世味惟观我[2]，独信生平不问天。
燕爱将雏高复下，鹤贪伏卵醒常眠。
闲看群族各安贴，造物无私任自然。

【注释】①放荡：放纵，不受约束。　②世味：人世滋味，社会人情。

【评析】作者闲坐园中，观看造物自然，体悟人生世态，回顾平生，胸怀坦荡，无愧于心。眼前燕飞将雏，鹤眠伏卵，万物也各得其所，各安其乐。

燕哺雏小引

白香山《燕诗》云："随风四散飞，声尽呼不归。"余在盛京，梁上燕离巢回宿者，凡四五夜。及至京师，有四雏燕，又复如是。今居山村，见羽翼既成之雏，其父母空中哺之，如相斗然，愈叹《诗》所云："欲报之德，昊天罔极。"实实非虚言也。为赋此。

构巢鬻子实恩勤①，血性天真岂具文。
燕哺飞雏影乍斗，儿饥出入几曾分？

【注释】①鬻(yù)子：生育，育子。鬻，同"育"。

【评析】此诗由燕子育雏引发感慨。筑巢育子，燕子对雏儿倾尽所有，鸟类尚且如此真诚，父母之恩，反哺之情，儿女们更应该铭记。

鸣鸠复集

鸣鸠丛树里，还是去年音。
隔岁少谋面①，闻声如见心。
茂林栖自惯，阶砌驯谁禁？
应记荒园约，鹊巢莫再寻②。

【注释】①谋面：见面；相识。　②鹊巢：鸠不善筑巢，常占鹊巢而居，故有"鹊巢鸠占"之说。

【评析】去年园中的鸠鸟今年又归来了，作者见到鸠鸟像见到老友一般亲切，并嘱咐鸠鸟别再占鹊巢而居。在作者笔下，鸠鸟充满了灵性。

灯　影

百物映灯各有影，青烟袅袅耀辉煌。
孤光射上墨浮水，雪白虚棚动暗光。

【评析】此诗通过描写物体在灯光下的投影，蕴含着生活哲理。

鹤乳小鹤，用少陵《遭田父泥饮》韵[①]

日涉园成趣，墙外矗高柳。
生平耽禽鱼[②]，间一伴诗酒。
雌雄蓄二鹤，十载园中有。
朝夕饱其饥，饷伊未释手。
乘时蓄双卵，伏眠月十久。
僻乡无此物，事应传不朽。
今朝破壳出，蹭蹬欹斜走。
豢养羽翮成，可能冲霄否？
饲之需鱼虾，织携川泽取[③]。
弱质强匍匐[④]，丹顶隐在首[⑤]。
老鹤父母心，哺之口对口。
未尝离左右，自晨必及酉[⑥]。
呼邻聚观往，白发惊老叟。
移时旋又卧，翼伏露双肘。
赤体如赤子，莫笑胎毛丑。
我将学支僧[⑦]，放飞逼星斗。

【注释】①杜甫曾作《遭田父泥饮美严中丞》诗，此诗即次其韵。 ②耽：喜爱。 ③织携：拿着渔网。 ④匍匐：爬行。 ⑤丹顶：指丹顶鹤朱红色的头顶。 ⑥晨：辰时，上午7~9点，酉(yǒu)：酉时。下午5~7点。此句谓朝夕不离。 ⑦支僧：晋高僧支遁曾养马放鹤。

【评析】此诗通过对鹤雏的细致描写，表现出作者对鹤的喜爱之情。诗中展现了自己对鹤的精心喂养，小鹤匍匐欲飞的姿态，老鹤对幼鹤的周到呵护等细节，生动有趣。

晨对鱼缸

曙酣晓露净波文，澄澈天光藻影纷[1]。
鱼跃镜中任上下，眼新又怪地多云。

【注释】①天光：指水光。

【评析】此诗写清晨的鱼缸景象。缸水澄澈，净如镜面，云水相映，不知云在天还是在地。

朝起喜雨

终日云悬共憾迟，黄昏犹自细如丝。
气衰谁道寐甘少[1]，彻夜滂沱梦不知。

【注释】①寐甘：熟睡，酣睡。

【评析】终日盼雨，盼来的却只是蒙蒙细雨；早起惊愕，方知彻夜滂沱。全诗未着一"喜"字，而惊喜之情见于言外。

喜　晴

朝日破云欲洗天，云归山碧露前川。

老农驱犊柴关出，含笑欣然种豆田。

【评析】新雨初歇，天青山碧，一派清新气息。老农驱牛，含笑种豆，一派田园之乐。

端　阳

佳节端阳至，光阴又一年①。
耄龄真老矣，浅兴故依然。
榴萼方呈艳，蒲杯休放干。
回思当此日，宽假九重天②。

【注释】①原注：去年有诗。　②九重天：指帝王或朝廷。

【评析】又是一年端午时，作者虽已年老，而兴致依然。不过在饮酒赏花中，多了一份对往日任职宫廷生活的怀念。

野狸伤鹤雏志恨

香山珍爱名家禽，况是卵生抚育深。
当到豺狼不至此，呼天斩类快人心。

【评析】野狸伤害了作者心爱的鹤雏，让他十分伤心，因此盼着上天灭绝野狸。这种愤怒，正体现了作者对鹤雏的爱惜程度。

喜观打麦①

长至过多日②，算无一日晴。
雨师倦欲止，风伯快前行。

天放晶莹象[3],人欢碌碡声[4]。
老夫扶杖出,扪腹太平情[5]。

【注释】①原注:五月十九日。　②长至:指夏至。夏至白昼最长,故称。　③晶莹:晴明。　④碌碡(liù zhou):碾压用的农具,用牲畜或人力牵引来压平田地、碾脱谷粒等。　⑤扪腹:抚摸腹部。多形容饱食后怡然自得的样子。

【评析】此诗写麦收的喜悦。连阴雨后,终于天晴。农民忙着收获小麦,欢笑夹杂着场中打麦的碌碡声,是最美的乡村音乐。

自　愧

看明大造笑颜开,递换古今未用媒[1]。
纵圣纵贤皆有老,倏黄倏白不妨颓。
山蜂觅垒缘窗入,檐鸟习人穿户来。
涉猎残编还自愧[2],耄年弗量笨痴才。

【注释】①递换:交替,更换。媒:媒介。　②涉猎:阅览。残编:残缺不全的书。

【评析】看透尘世,笑对人生,纵使圣贤也无法逃避年老。看山蜂入窗、檐鸟穿户,作者不禁有虚度光阴之慨。

树 下 吟

夏木阴阴暑气滋[1],汗挥摇扇又令时。
无端笑向林间问,噪树蝉声欲聒谁[2]?

【注释】①阴阴:树荫葱郁。滋:生。　②聒(guō):声音吵闹，使人厌烦。

【评析】天气炎热，蝉声聒噪，作者在树下乘凉，无端地向蝉发问，正是一时闲趣。

并蒂黄瓜

比肩连蒂并开花，竟出南园老圃家[①]。
假有坡翁经过此，我依古柳卖双瓜[②]。

【注释】①老圃(pǔ)：有经验的菜农。这里为作者自比。②原注：东坡小词"牛衣古柳卖黄瓜"。

【评析】园中长出并蒂黄瓜，作者联想起苏轼词中古柳卖瓜之事。这一片怀古幽情，是对东坡的深切怀念。

水中槐影

玩鱼移榻夕阳中，澄澈晴明树不风。
水底天光无际处，倒悬槐影衬花红[①]。

【注释】①原注：时凌霄花开挂于树上。

【评析】作者在夕阳中赏鱼，天水澄澈，槐树倒映，攀援于树上的凌霄花在水中显得更加鲜艳。

露榻静坐

趁闲觅句懒推敲，自便自书还自嘲。
独坐黄昏谁共语，半规新月在松梢[①]。

【注释】①半规：半圆，新月如半规之状。

【评析】新月初上，悬挂松树梢头，相伴作者寻觅诗意。一派清丽，一片静谧。

语　鸠

果然将子又蹁跹[1]，习惯狎人阶砌前[2]。

两载栖迟依我树[3]，春回劳尔记明年。

【注释】①蹁跹（pián xiān）：形容旋转舞蹈。　②狎（xiá）：亲近。　③栖迟：游息。

【评析】作者与鸠鸟和谐相处，并叮嘱鸠鸟明年再来。此中除了深深的依恋，也渗透了老人的孤独。

北冈演剧

其　一

演剧聚高冈，村村男妇忙。

人邀共听曲，聋耳老周郎[1]。

其　二

人声箫鼓自匀停[2]，响奏林间山气青。

此曲村腔音不杂，和平应许达神听。

【注释】①周郎：指三国吴将周瑜。因其年少，故称。周瑜妙解音律，作者也知音律，且年轻时在吴地为官，所以以周郎自比。　②匀停：均匀；适中。

【评析】此诗描写了村中演戏时男女老少听戏的热闹景象，是当时农村文化生活的片影。

观剧回，途中口号

纷纷士女踏山阳，高下薰风草亦香[1]。

跨蹇龙钟随众偶[2]，老人自笑也逢场[3]。

【注释】①薰风：和暖的风。　②跨蹇：骑着蹇驴或驽马。③原注：坡公小词"逢场作戏莫相疑"。

【评析】看戏结束，青年男女们结伴而回，和风拂面，草香遍野，作者也骑驴缓行，乐得凑个热闹。

戏赠诸弟观剧[1]

笑谈观剧高冈，昆弟商山同调[2]。
曳鸠戴笠齐行[3]，一起白须年少。

【注释】①原注：五弟、大弟、三弟、四弟同。　②商山：山名，在今陕西商洛丹凤商镇南。秦末隐士东园公、夏黄公、绮里季、角里先生四人，因避秦乱世而隐居商山，采芝充饥，四人年皆80多岁，须眉皓白，世称为"商山四皓"。这里用"商山四皓"比兄弟诸人。　③曳鸠戴笠：拄着拐杖，戴着毡笠。

【评析】此诗记兄弟们一起看戏的乐趣。作者与几个弟弟一起结伴到高冈看戏，他们都是须发尽白的老人，拄杖谈笑齐行，构成了一道别致的风景。

附录高又树和句

扶鸠观剧自相娱，风致飘然尽白须。
一起少年诗善谑，真堪画作采芝图[1]。

【注释】①采芝：秦末有东园公、夏黄公、绮里季、角里先生，见秦政苛虐，隐于商山，曾作《采芝操》。这里用采芝代指"四皓"。

【评析】高又树此诗赞美李尚书虽然年老而风致依然，兄弟四人堪比“商山四皓”。

楼阴坐月

坐久楼阴露气清，徘徊月上出林明。
迎秋折出月中桂，美满天香暗室生[1]。

【注释】①天香：此指桂花之香。

【评析】此诗写作者坐赏月亮升起的美景。将月中桂树与眼前的桂花相联系，想象奇特。

附录高又树步韵

山月高人相与清，楼阴露坐夜虚明。
婆娑桂影凭攀取，定有秋香满室生。

【评析】此为高又树唱和之作，诗中赞美李尚书的清兴和雅韵。

诸孙应试

滥窃科名三世香[1]，诸孙又遣下文场[2]。
老夫此日饱闲散，五十年前同此忙。

【注释】①滥窃：考取功名。科名：科举功名。　②文场：科举的考场。

【评析】作者耕读传家，三代连中科举功名。现在看到孙子们忙着应考，不禁想到50年前自己备考的情景。诗中充满对年少时光的怀念。

闲过东宅

随杖纷纷卑与尊，迎门笑舞自相喧。

更有孩提未解语，笑看儿辈抱曾孙①。

【注释】①原注：首二句一作“纷纷随杖卑同尊，欢舞迎门彼此喧”。

【评析】此诗记作者访问东宅时家人拥簇迎随的场景。作为家族中的尊长，作者受到晚辈们的敬重，看到还不解语的小玄孙，自然是最愉快的事情。诗中体现了大家族中人们其乐融融的气氛。

邀大弟，种菜不暇

荷锄不管有招声，布种整畦冒暑争。

可是东坡半亩菜，胜过粱肉解酲烹①。

【注释】①解酲(chéng)：解酒。酲：喝醉了神志不清。

【评析】此诗写作者邀请大弟饮酒，而大弟忙着种菜无暇应邀。诗中对大弟冒着炎热撒籽栽种、整理菜畦的描写饶有趣味。

山　斋

时序茫茫任换新，孤吟著我一闲身。

山斋静处有谁到，树影风摇错认人。

【评析】风摇树影，错认客至。作者虽然爱静，但久居山斋，孤吟无偶，也不免感到孤寂无聊。

并蒂甜瓜

其一

三年瑞谷压田车，东陌产瓜拙句夸。
窃喜老翁还似昔，黄瓜并蒂复辽瓜①。

其二

善气袭人莫认差，幸邀快意竟无涯。
天公似识齿多豁②，两遣双瓜便我牙。

【注释】①原注：辽左甜瓜最美，带来种之，前有恐不能待之语。 ②豁(huō)：残缺，裂开。

【评析】前有黄瓜并蒂，后有甜瓜并蒂，加上庄稼连续三年丰收，怎能不令作者欣喜！

晚凉

七月暑将退，晚凉秋气宜。
望中烟树暗，天际朗星垂①。
坐听更初漏，遥看月半规。
沉沉潇洒夜，归卧自迟迟。

【注释】①垂：悬挂。

【评析】烟树隐约，星辰明亮，初秋的夜晚这般美好宜人，作者自然会留恋坐赏到夜深。

新月

夕阳甫下欲黄昏①，纤细一钩挂远村。

未出众星初发轫[②],会看光照满乾坤。

【注释】①甫(fǔ):刚刚,才。 ②发轫(rèn):比喻事物的开端。

【评析】黄昏之时,新月初生,纤细如钩,待到漫天繁星出现,则会呈现出另一番景象。

待 月

每月楼阴待月光,楼西出月复东墙。
中天月满还移坐,邀月一杯对影狂[①]。

【注释】①原注:余性不能饮,一杯而已。

【评析】"举杯邀明月,对影成三人",此诗的意境大有李太白的潇洒飘逸。

出 村

乍凉七月天,策杖出村前。
暑退去来路,秋风高下田。
气衰防疾步,力怯恨耑年[①]。
不是辍游兴,龙钟我自怜。

【注释】①耑年:高年。

【评析】天气初凉,作者拄杖出村漫步,满目秋田,丰收在望,只是年高气衰,有些力不从心。

饮酒二口辄醉吟

瞬息竟成老,回思万事空。

近邻愁远路，晴日问和风。
颠发多年白，槁颜暂酒红。
人人称曰寿，自笑一衰翁。

【评析】作者年老体衰，不胜酒力，所以也只能无奈地自嘲是衰翁了。

连 阴

十日盼霖风数五，靠天北地遍编户[①]。
阴晴误处穹苍悔[②]，薄薄秋云常不雨。

【注释】①原注：江南谓北省为靠天田。编户：编入户籍的普通人家。代指百姓。 ②处(chǔ)：决定，决断。

【评析】北方的田地都是靠天吃饭，是否风调雨顺决定着一年的收成。因此，人们对季候阴晴的变化格外关心。

雨 后

雨后云收晴气闲，茅斋兀兀任痴顽[①]。
西南遥树天边影，爱看墙头平远山。

【注释】①兀兀：孤独的样子。

【评析】雨过天晴，作者独坐茅斋，远眺西南远山，任性自得。

中 秋[①]

其 一

一年明月今宵多，何物晶光谁氏磨？

纵使遮掩云一过，乾坤不损照山河。

其　二

一年明月今宵多，添一桂芳不算讹[2]。

闲地中央原自有，两株并茂号同科。

其　三

一年明月今宵多，何事阴浓竟夕掩？

想为添栽双桂树，烟云深处笼新柯。

【注释】①原注：乙卯。按：1735 年。　②讹：错误。

【评析】中秋的月亮，应是最圆最亮的，即使有一点阴云也不妨碍圆月。作者在对月的自问自答中，表现了对今年中秋月的满怀期待。

大弟病，一目几眇，来字有“无目弟”三字，作此慰之[1]

苏公论目示灵符[2]，能学曹参静治无[3]。

缅想古人有半士[4]，断非不识公孙都[5]。

【注释】①眇（miǎo）：一目失明。　②灵符：灵气所在，有神力的符箓。　③曹参：西汉开国功臣，名将，是继萧何后汉代第二位相国。静治：无为而治。此当为静养。　④士：古代称读书人为士。　⑤公孙都：疑为公孙子都，春秋时郑国公族大夫，相貌俊美。

【评析】大弟病目，作者写诗安慰，幽默之中，渗透着关心和劝慰。

山　居

山居无时不徜徉[1]，坐对青山忘日长。

得意向人难尽语，无心出岫笑云忙[2]。

【注释】①徜徉：陶醉于某事物当中。 ②原注：见其离山轻出而笑，是一意，乐其天机动荡而笑，又是一意。出岫（xiù）：从山洞中飘出来。岫，山洞。

【评析】作者闲居无事，坐看山中云起云落。这种悠然自得，大概惟有无心出岫的白云可与之同调。

自快即事

百事率真心自师[1]，眉峰何必强相持。
不关荆户招山入，净扫藤床送梦驰。
书阅残编古对语，客来挥麈我停棋[2]。
诸孙试毕呈文稿，不学东山屐齿知[3]。

【注释】①率真：放诞任性。 ②挥麈（zhǔ）：挥动麈尾。晋人清谈时，常挥动麈尾以为谈助，后因称谈论为挥麈。 ③东山：指隐居或游憩之地。典出《晋书·谢安传》。谢安早年曾辞官隐居会稽东山，朝廷屡次征聘，方从东山复出。后也用来代指隐士。屐（jī）齿：足迹；游踪。谢安在金陵城东筑别墅，常着屐来此游憩。谢玄等破苻坚，有驿书至，谢安方对客围棋，阅书既竟，了无喜色，棋如故。既罢，还内，过户限，心喜甚，不觉屐齿之折。此反用其典，表示自己看到诸孙文稿喜形于色。

【评析】此诗表达作者率真任性的人生态度。不关荆户，净扫藤床，一切都任随自然。该喜则喜，当乐则乐，无须像魏晋名士那样压抑自己，这才是真正的洒脱自适。

并蒂丝瓜步又树韵

其　一

丝瓜又复踵前腔，愈信初秋两次双。
草木无知果是瑞[①]，老夫静听坐蓬窗[②]。

其　二

是瓜结出必成双，不道丝瓜同作腔。
草木也管人间事，痴情默坐挂西窗。

其　三

何物微瓜屡作腔，重重叠叠竟三双。
人间真有三捷事[③]，喜起老翁坐北窗[④]。

其　四

何事丝瓜又作腔，前腔不足更双双。
捷音即到勿烦望[⑤]，含笑挥弦坐碧窗[⑥]。

【注释】①瑞：吉祥，好预兆。　②蓬窗：泛指窗户。　③三捷：指孙子们科考连续成功。　④原注：三见丝瓜。　⑤捷音：指考中科举的消息。　⑥原注：又见丝瓜。

【评析】这组诗为作者和高又树诗韵而作。今年秋天，甜瓜并蒂之后，又见丝瓜并蒂。“并蒂”与“并第”谐音，这是孙子们考试及第的嘉兆，所以作者对此很在意。

赠旌表孝子庐玉茗[①]

大伦竭力事惊新[②]，孝子问心不顾身。
遭际困时肯束手[③]，撞冲险处如平津[④]。
虎狼避去凶威戢[⑤]，蟛蜞拾来浊浪驯[⑥]。

濒死不言诬陷迹，陈情血泪母回嗔[7]。

【注释】①旌表：表彰。后多指官府为忠孝节义的人立牌坊赐匾额，以示表彰。 ②大伦：指封建社会的基本伦理道德。事：服侍父母君王。 ③遭际：犹际遇。束手：表示无计可施。④平津：坦途，大道。 ⑤戢（jí）：收敛，收藏。 ⑥蟛蚏（péng yuè）：也作"蟚蚏"。蟹的一种，体小，足无毛。 ⑦陈情：陈诉衷情。嗔（chēn）：怒，生气。

【评析】孝子庐玉茗事迹不明。从诗中看他能不畏艰险，舍生取义，因此得到旌表是当之无愧的。

憾梦

痴人说梦逢人告[1]，那解题真夫子道。
何事名称十一孙，子龙二子居连报[2]。

【注释】①痴人：作者自指。 ②此句盖指梦中两个孙子接连传来登科喜讯。

【评析】作者梦到两个孙子喜登科第，逢人就想告知。这虽显荒诞，却正是作者对孙子们的深切期望所致。

读又树惊下第小词示诸孙[1]

不揣科名盼好音，孙山古恨到于今[2]。
少年登第虽非幸，得手且欢老叟心。

【注释】①下第：科举时代考试不中者曰下第，又称落第。②孙山：宋代范公偁《过庭录》中有记载："吴人孙山，滑稽才子也。赴举他郡，乡人托以子偕往。乡人子失意，山缀榜末。先归，乡人问其子得失。山曰：‘解名尽处是孙山，贤郎更在孙山外。’”后以孙山作为科考末位的代称。名落孙山、孙山之外，皆指不中第。

【评析】参加科举考试名落孙山，自古都是十分遗憾的事。作者虽然做梦都是孙子们中第，但是真正得到孙子们落第的消息时，他对此显得比较达观。

读又树示子诗步韵示十一孙

夙话棘闱艰苦况①，一孙洒脱道何尝。
文章好恶原难定②，加力芸窗孰限量③。

【注释】①夙话：常说。棘闱：科举时代对考场、试院的称谓。　②好恶（hào wù）：喜好与嫌恶。　③芸窗：指书斋。此处指读书。

【评析】作者最得意的十一孙很聪明，不觉得科考是艰苦之事，作者对其教诲劝勉。语言浅近，而道理颇深。

重阳无菊且雨

颇怪天公忘菊期，菊英枯尽剩东篱。
无花无酒兼无兴，况复霏微雨四垂。

【评析】重阳佳节，东篱无菊，又值细雨，作者因此毫无过节的兴致。

重阳无菊用东坡韵

百卉临秋俱欲槁，陶家爱菊偏倾倒①。

今岁雨旸颇妒花，宜晴霪雨谁不恼。
放胆任花凭所际，斟酌天时悔未早。
百事有期成大笑，栽培得术邻家好。
历数盆中尚多松，回瞻菊畦净如扫。
少年看花尽足宽，可堪八十有六老。
或劝登高遣兴多，又值秋淋洒秋草。
屈伸信得各有时，我欲仰天问彼昊[2]。

【注释】①陶家：东晋诗人陶潜。 ②彼昊：指苍天。

【评析】此诗意思与上一首相同，都是表达重阳节无菊的遗憾，只是诗体不同。此诗为七言古体诗，便于作者淋漓尽致地反复抒发情感。菊花未开，无菊可赏；霪雨连绵，不能登高；年纪老大，时日不多。种种的不快让作者禁不住向天发问。

老狂颠吟[1]

老来对景去难追，寒暑频更无尽期。
天不怜人迟岁月，古今如箭意何为。

【注释】①狂颠：癫狂。形容举止放荡无节制。此处指任性而为。

【评析】光阴似箭，往者难追，作者不禁感到茫然，所以产生天不怜人的慨叹。

九月十八日雪[1]

九月非冬日，满空雪霰连。
水流冰未冻，叶茂玉相穿。

望泽千家泪，鼎湖一旦传[②]。
天心痛帝驾，大地变山川。

【注释】①原注：时大行诏至。大行：古代称刚死而尚未定谥号的皇帝、皇后。　②鼎湖：指帝王崩逝。《周书·静帝纪》："先皇晏驾，万国深鼎湖之痛，四海穷遏密之悲。"

【评析】此诗是作者哀悼雍正皇帝驾崩之作。首联和尾联照应，用九月飘雪、苍天反常烘托出悲凄的气氛。中间写皇帝的仁爱和百姓的伤痛。作者曾在雍正身边任职，对皇帝驾崩的痛悼应是真切的。

买衣与两瞽目乞人[①]

余偶至街上，见两瞽目乞者，身披破蓑衣，蓑草棂棂可数。上下周身，并无尺布，其下体用稻草遮护之。余敛资弟辈及子孙等，买衣衣之，亦善与人同之意也。

卧伏街头两乞儿，破蓑双瞽露皴皮[②]。
同生天地为人类，忍使周身无寸丝[③]。

【注释】①瞽目：盲人。乞人：乞丐。　②蓑(suō)：用草或棕毛做成的衣物。皴(cūn)：皮肤因受冻或受风吹而干裂。　③周身：全身。丝：指衣服。

【评析】街头的两个盲人乞丐，破衣褴褛，皮肤都被冻裂。作者对他们充满同情，向弟弟与子孙募集，买衣相赠，表现出仁者的博爱之心。

山　栖[1]

其　一

寂寞山栖老渐便[2],较量喧寂不同前。
纷纷世事东流水,镇日萧闲镇日仙。

其　二

寂寞山栖老渐便,果然栖处动皆善。
纷纷世事那曾闻,日日清闲不暇倦。

其　三

寂寞山栖老渐便,坡公应是识前迷[3]。
八十先生未经得,可知八十宜山栖。

【注释】①原注:平仄二韵成二首。　②便:适应,喜爱。③坡公:指苏轼。下句"先生"同。前迷:之前的困惑。

【评析】这组诗前两首押同一韵,第三首不同韵。作者退职后一直住在乡村,逐渐爱上了这种远离喧闹的寂静和没有世事纷扰的悠闲,甚至觉得苏轼都未能享受到如此的乐趣。言语之间,流露出自得之情。

集熊芝冈字自遣[1]

仁智自心说[2],合身托大愚[3]。
人人闲对者,识得中藏无[4]?

【注释】①集字:与"集句"类似,指古人集前人诗中之字以成新诗。熊芝冈:明东林党人熊廷弼(号芝冈),因反对魏忠贤而被害。　②说(yuè):同"悦",喜爱。　③合身:整个,完全。

④中藏(cáng):指内心情感或腹中才学。

【评析】此诗简短精炼,富于哲理意味。最聪明的人看起来似乎愚钝,而所有的才华和感情都在于不为人所知,重要的是自我内心的快乐。

集祝枝山字[1]

杯杓并抛寄懒意,潜居隐处少人来。
一溪流水石边碍,半面青山云际开。

【注释】①祝枝山:即祝允明,明代长洲人,字希哲,号枝山。能诗文,工书法,其狂草颇受世人赞誉。与唐寅、文徵明、徐祯卿齐名,并称"吴中四才子"。

【评析】一溪碧水,半面青山,足以俯仰怀抱,又何必传杯纵酒、高朋满座呢?

又得元孙志喜[1]

谁不绳绳羡乳雏,我今五世等闲殊[2]。
老夫纵不百年寿,高祖且听左右呼。

【注释】①原注:十月廿二日。　②等闲:寻常,平常。殊:不同,不一般。

【评析】古人对于人丁兴旺极为重视,作者已经儿孙满堂,现在又添一个玄孙,所以非常欢喜自豪。

附录高又树和韵

池上重看乳凤雏,天伦快事世间殊。

期颐百岁行将过[1]，会见云仍共笑呼[2]。

【注释】①期(qī)颐:100岁。语本《礼记·曲礼上》:“百年曰期，颐。”郑玄注:“期，犹要也;颐，养也。” ②云仍:远孙。《尔雅·释亲》:“冡孙之子为仍孙，仍孙之子为云孙。”

【评析】高又树此诗，前两句是贺喜之情，后两句含祝寿之意。语言凝练，蕴涵深厚。

咏画集祝枝山字

其一

剡溪一幅不多笔[1]，邻寺封苔曲曲藤。
霞断鹤飞天水际，树根坐个看山僧。

其二

一夜雨过石发肥，断霞明处逗秋晖[2]。
高风时有云低度，鹤返朗吟树杪飞。

【注释】①剡(Shàn)溪:水名，曹娥江的上游，在浙江嵊州南。②逗:引，惹弄。

【评析】这是一组咏画诗，画中是剡溪清幽秀美的景色。作者在诗中展现了苔封古刹、秋水长天、鹤飞树梢、老僧看山等画面，读后令人仿佛身处画中，亲自领略眼前风景。

盆植松树，位置得宜，笑而吟此[1]

一松一石品皆琛[2]，相藉两情彼此深。
妙得其神若语我，不须觅景走山林。

【注释】①得宜:恰到好处。 ②琛(chēn):珍宝。此处指珍稀、罕见。

【评析】石依松而秀朗,松映石而青苍,何况二者皆为珍品,妙得其神,相映成趣。

集祝枝山字

骅骝騕褭大宛种[①],顾影骄嘶自矜宠[②]。
千金未觉满高价,四十万匹牵来下。

【注释】①骅骝(huá liú):周穆王八骏之一。泛指骏马。騕褭(yǎo niǎo):古骏马名。大宛:古国名,为西域三十六国之一,北通康居,南面和西南面与大月氏接,产汗血马。　②顾影:亦作"顾景"。自顾其影,有自矜、自负之意。嘶(sī):马叫。矜宠:炫耀所受的宠爱。

【评析】此诗极写骏马的雄壮威武。骏马来自大宛,血统纯正,顾影骄嘶,千金难换。一匹匹奔驰长嘶的骏马,好像要破诗而出。

读山谷尺牍,撮其数语成句[①]

无明种子人生有[②],带骨连皮孰可逃[③]。
计校百年同一瞬[④],豁然八物笑空劳[⑤]。

【注释】①山谷:宋代诗人黄庭坚的别号。尺牍(dú):指墨迹、字迹。　②无明:梵语的意译,痴愚无智慧。　③带骨连皮:联系密切,与生俱来。　④计校:同"计较"。考虑,计算。　⑤原注:利、衰、毁、誉、称、讥、苦、乐是谓八物。

【评析】人生百年,不过弹指一瞬,与其执着于物,空劳神思,不如旷达洒脱,任性而为。

故人遣子候安[1]

山林废疾门如扫[2]，几个肯来问雀罗[3]？
惟有故人马图老，贤郎特遣远相过[4]。

【注释】①原注：别来十余年，音问久疏，君多古道，走笔吟此，可当面语也。候安：问安。古代晚辈对长辈的尊敬礼节。②门如扫：无人问津。 ③雀罗：捕雀的网罗。形容门庭冷落。语出《晋书·会稽文孝王道子传》："时谓道子为东录，元显为西录。西府车骑填凑，东第门下可设雀罗矣。" ④贤郎：对故人之子的爱称。相过：互相来往。此处指拜访。

【评析】自作者退归山林之后，很少有客人来拜访，门可罗雀，盖非虚语。故人特派儿子来看望他，自然令他非常感动。

盆　松

老翁疏散习成慵[1]，但遇景新便改容[2]。
得趣今朝不在大，欹斜傍石一孤松。

【注释】①疏散：闲散；放荡不羁。慵（yōng）：困倦，懒得动。②但：只有。改容：改变仪容；动容。

【评析】虽然年老慵懒闲散，但作者对于草木景观的兴趣仍然不减当年，而兴致也很容易满足，一株傍石的孤松足以让作者兴奋动容。

咏　雪

雪飞七日恋朝昏，平压山川失远村[1]。

蝻种已藏十丈去[2]，知为天子养乾坤。

【注释】①平压：覆盖。失：不见。　②蝻（nǎn）：蝗虫的幼虫，还没生翅的蝗虫。

【评析】大雪连下了七天，厚厚的积雪冻死了所有的害虫，这大概是丰年的瑞兆吧。

雪　后

史家最重书无雪[1]，栗烈微温雪后天[2]。
堪笑乡人谈往事，不须认作旧羊年[3]。

【注释】①史家：史官或历史学家。书：记载。无雪：指年景不好，多虫灾的年份。　②栗烈：凛冽，形容严寒。栗，同“溧”。③原注：四十二年癸未，金朝谓未为羊年。

【评析】此诗议论年成。大概是村里人议论羊年少雪，不是丰年，所以作者作此回答。

腊八日

腊八俗烹杂果糖，不多几日逼新正[1]。
非因节换喜春至，扶杖幸生观太平。

【注释】①新正：农历新年正月。

【评析】过了腊八，不久又是新年。作者对节序的变化非常敏感，不仅因为新春即将来临，更因可观太平盛世。

又树集《古柏行》字，事颇类李世贤给吴匏翁，即借用其事，并用其韵[1]

风翻北海泛眼沙，纷压荒村并官衙。
儿童奔走竞喧语，群争共道天雨花。
惟有诗人似世贤，执简来过匏翁家。
出示碎集公权字[2]，敲读希世等白鸦。
零金碎锦取成句，光铄璀璨鄙瑶葩[3]。
维唐暨今千余载，何处觅来桑苎茶[4]？
急欲往观艰老步，下上还艰持马挝[5]。
悬知刻本来市上，技痒顿消不用爬。
感慨古迹俱没尽，茫茫今古徒咨嗟[6]。
寄情往昔成一笑，且坐夕阳看晚霞。

【注释】①古柏行：《古柏行》是唐代诗人杜甫的作品，诗采用比兴体，借赞美久经风霜、挺立寒空的古柏，来称颂雄才大略、耿耿忠心的诸葛亮。吴匏翁：吴宽(1435—1504)，明代诗人、书画家，字原博，号匏庵。李世贤：吴宽好友，吴有多首诗相赠，如《送李世贤赴南京礼部侍郎》《雪中李世贤招观东坡清虚堂诗真迹》等。 ②公权：即柳公权，唐代著名书法家，楷书四大家之一。 ③光铄：光华。瑶葩：仙花，仙草。 ④桑苎(zhù)：唐代陆羽别号桑苎翁，又被誉为“茶仙”“茶圣”。 ⑤马挝(zhuā)：马鞭子。 ⑥咨嗟(zī jiē)：叹息。

【评析】作者用明代吴地名士吴宽和李世贤的关系类比他与高又树的关系。吴宽有《雪中李世贤招观东坡清虚堂诗真迹》一诗，记两人欣赏苏轼书法之事，作者此诗即步吴宽诗韵并拟其事。

作者也酷爱书法，对古人真迹湮没不传感到十分遗憾，因此对高又树集《古柏行》字一事大加赞赏。

除夕守岁

五代儿孙集膝前，纷纷欢笑嚼豚肩[①]。
沽来饮窄不须醉[②]，守岁和人优十千[③]。

【注释】①豚(tún)肩：猪腿。　②沽：买酒。这里指酒。窄：少。　③和人：人和，和睦。

【评析】除夕之夜，儿孙相伴，五代同堂，更有美酒佳肴，可谓其乐融融。诗中表现出作者尽享天伦之乐的欢欣和盼望家族和睦的美好愿望。

元旦晴明喜[①]

新日当阳万物欣，仁声四播听纷纷。
老夫狂舞遥呼蹈，迈汉超唐神圣君[②]。

【注释】①原注：丙辰。按：1736 年，乾隆元年。　②迈：与“超”都指超越。汉唐：汉代与唐代。代指盛世。

【评析】大年初一，天气晴朗明丽，又逢改元，作者感受着万物的生机，歌颂皇帝的仁声圣德。

元旦诸孙罗拜[①]

八十七龄隙里驹[②]，未曾著意老成癯[③]。
诸孙罗拜且迟退，待我认明行辈无[④]。

【注释】①罗拜:环绕下拜。 ②隙里驹(jū):白驹过隙,喻光阴飞逝。 ③著意:同“着意”,想到。癯(qú):瘦。 ④行辈:辈分。无:同“否”,表疑问。

【评析】此诗记春节诸孙集体来向作者拜年情事。尾句中寓悲欢二意:所欢者,儿孙满堂,相伴膝下;所悲者,骨瘦眼花,难以认清行辈。老来之事,大体如此。

祭拜曾祖[1]

八十七龄老子孙,水思源派木思根[2]。
今朝稽首羞抬面[3],惭愧未蒙四世恩。

【注释】①曾祖:祖父的父亲。 ②源派:源流,事物的起源和发展。 ③稽(qǐ)首:古时一种跪拜礼,叩头至地,是九拜中最恭敬者。

【评析】此诗记作者祭拜自己的曾祖。作者已经87岁高龄,仍然不忘根源,以一片淳孝之心祭祀曾祖。诗中感恩之外,更有深切的怀念。

兄弟七人一揖[1]

堪笑此生藉杖立,偏逢佳节喘尤急。
今朝再拜人扶难,七个白须同一揖。

【注释】①揖:古代的拱手礼。

【评析】作者七兄弟都已经年老,拜祭过曾祖之后,只能相互作揖致礼。年老的不便与痛苦,在不经意间道出。

正七日大风,五孙福山未回

倚闾悬望古人情[1],况复寒风竟日鸣。

期逝不还多过虑[2]，老翁剪烛到三更[3]。

【注释】①倚闾(lǘ)悬望：靠着家门向远处眺望。形容父母盼望子女归来的迫切心情。　②期逝：过了归来日期。　③三更：指半夜十一时至翌晨一时。

【评析】寒风呼啸，点出了作者担心孙儿的缘由；剪烛等待直到三更，则从侧面写出作者对孙儿的关切之情。

小松有石

弱干生枝总细纤，小松卷曲未称髯[1]。
海滨拾得一拳石[2]，树底攒峰霞一尖[3]。

【注释】①髯：古松又称为"苍髯叟"。　②拳石：小石块。③攒(cuán)峰：密集的山峰。此处形容小石的形状。霞：比喻小石晶莹如霞。

【评析】小松纤弱，拳石挺秀，虽无山林之致，亦可相映生辉。

集祝字书怀

矫矫少健步[1]，呼仆行闭关[2]。
性癖乐清逸[3]，风微天态闲[4]。
水动将隳石[5]，云开半面山。
吾自顺吾意，古贤吾无攀。
世事空过耳，不须叹其艰。

【注释】①矫矫(jiǎo jiǎo)：卓然不群。　②闭关：闭门谢客，断绝往来，指不为尘事所扰。　③清逸：清闲安逸。　④天态：天气，天色。 ⑤隳：坠落；毁坏；崩毁。

【评析】此诗写作者老年的清闲志趣和忘机情怀。他情愿观山看水，顺应自己内心所好，而不愿与古人争名，与世人争利。

上元即事

皇王正痛短丧诬[1]，诏下新年遍士夫[2]。
编户不知考妣事[3]，纷纷歌舞满街衢[4]。

【注释】①短丧：缩短服丧期限。 ②士夫：士大夫；读书人。 ③编户：百姓。考妣（bǐ）：父母的别称。《尚书·舜典》："帝乃殂落，百姓如丧考妣。"这里指为先皇驾崩而悲伤。 ④街衢（qú）：通衢大道。

【评析】此诗写百姓不知晓先皇丧期的昭告，纷纷歌舞欢度佳节。从侧面反映出百姓"不知有汉，无论魏晋"（陶渊明《桃花源记》）的生存状态。

晚归欲卧见月口号

无灯无酒兼无客，不雪不云更不风。
万里晴空天一碧，水轮乍涌上墙东[1]。

【注释】①水轮：指月轮如水。

【评析】万里澄澈，月华如水，良辰美景，却无酒无客。这清冷的景致更增添了作者的孤寂之感。

寄翰院徐亮直[1]

废卧荒村已十春，旧交寸札吝鸿鳞[2]。

香山深奖樊著作[3]，今日除君无一人。

【注释】①翰院：翰林院，即文翰之林，唐朝开始设置。徐亮直：徐葆光（1671—1740，一说1723年），字亮直，别号二友老人，江苏长洲（今苏州）人。康熙五十一年（1712）一甲第三名进士，授官翰林院编修。　②鸿鳞：书信。　③樊著作：即樊宗师，曾授著作佐郎。白居易有《赠樊著作》诗。

【评析】作者告老还乡已经十年，老友渐渐疏远，少有书信往来，只有徐亮直还一如既往。因此作者引为知己，并以唐代白居易赞扬樊宗师相拟。

题　柜

余闷处无聊，有柜嵌大理石方图八块，余每块题以四字。曰“山外翠峰”“云拥高峰”“云锁山腰”“云对瀑布”“骤霖衔日”“沙岭亘天”“岚上三山”“淡云拖山”，爰作此以志之。

翠峰峦外色苍苍，云拥尖巅未觉忙。
雾截山腰村树失，烟封瀑布水声藏。
骤霖衔日光随窄，沙岭亘天影尽长。
半落三山唐有句[1]，淡拖白岫自成章[2]。

【注释】①半落三山：李白《登金陵凤凰台》诗有“三山半落青天外，二水中分白鹭洲”之句。　②白岫：出山之云。

【评析】此诗是作者题咏柜子上镶嵌的大理石图案。一句诗就是一幅大理石画面，峰峦叠翠，云雾缭绕，水声潺潺，动静结合，光影相衬，将这些大理石图案描绘得如梦似幻。

哭十六孙

聪慧幼孙竟痘伤[①]，古今疾此遗无方[②]。
生死人间何等事[③]，皇天率意若寻常[④]。
新年拜我才几日，痘出距死刚过七。
泉下应痛哭无偶[⑤]，可同九兄依祖母[⑥]。

【注释】①痘(dòu)：水痘，是由水痘带状疱疹病毒初次感染引起的急性传染病，以冬春季发病为主，主要为2~10岁的儿童发病。 ②疾：恨。 ③何等：多么。用感叹的语气表示不同寻常。④率意：随意，轻率。 ⑤泉下：黄泉之下，指人死后埋葬之处。⑥原注：九孙亦痘伤者。

【评析】由于医疗条件的局限，古代儿童因出水痘而死比较普遍。作者的十六孙刚过春节不久就因此夭折，老人不禁伤心欲绝。他埋怨上天随意决定人的生死，又心疼孙子在阴间孤独无偶。为孙子安排越妥帖，作者的伤悼越深切。

两女痘痊[①]

痘疹何年肇此称[②]，兢兢幼稚喜新曾[③]。
老翁鳏子榻边坐[④]，两女来前免似僧。

【注释】①痊(quán)：病好了，恢复健康。 ②痘疹(dòu zhěn)：因患水痘出现的疱疹。肇(zhào)：开始，初始。 ③兢兢：小心谨慎，指对孩童小心呵护。 ④鳏(guān)：无妻或丧妻的男人。

【评析】此诗庆幸两女孩水痘痊愈。尾句既是无奈，又是欣喜，以戏语出之，更见曲折韵致。

情不自禁又用前韵

幼孙倏毙老泪伤[①],孤魂杳杳适何方[②]?
天心自古美偏忌[③],谁道乘除是其常[④]。
呼尔数声见无日,八龄计岁方满七。
不痛六陈无与偶[⑤],回头当念尔父母[⑥]。

【注释】①倏毙:突然死去。　②杳杳:飘渺无依。适:到。③美偏忌:"偏忌美"的倒装。　④乘除:比喻人事的消长盛衰。⑤偶:玩伴。　⑥原注:曾孙六陈是素与嬉游者。

【评析】此诗再悼十六孙夭折。作者儿孙满堂,可谓幸福美满,如今刚满7岁的幼孙突然死去,方觉盛景不长,祸福相倚。

春　寒

梅萼枝头香袭人,黄英碎簇色初新。
寒风镇日天阴暗,乍认花开果是春。

【评析】即便整日寒风阴冷,也挡不住春的脚步。梅花初放,香气袭人,春天到了。

清明三首

其　一

如寄此身难记程[①],辽阳二载过清明[②]。
至今犹忆万山里,蝴蝶飞飞按辔行[③]。

其　二

已到清明草未生,春寒天气自清清。

北园曳杖寻春去，鹤有人来唳一声。

其　三

天爱清明自放光，不风不雨正当阳。

杏花未绽不须恨，烂漫开时醉一场。

【注释】①如寄：比喻人生短暂。《古诗十九首·驱车上东门》："人生忽如寄，寿无金石固。"　②"辽阳"句：作者曾在盛京（今沈阳）任职两年。

【评析】此诗第一首回忆当年在辽阳过清明的经历，感慨人生如寄。第二、三首写眼前清明的寒冷。虽然春草未生，杏花未开，但是作者满怀期待。

铁梗海棠[1]

今岁海棠茂，韶光欲涨垣[2]。

朱花争蕊绚，铁干矗枝繁。

经雨红添重，临风香暗吞。

扶桑传最艳[3]，傲不怯黄昏[4]。

【注释】①铁梗（gěng）海棠：落叶灌木，又名皱皮木瓜、汤木瓜、贴梗海棠和宣木瓜等，是一种独特的孤植观赏树。　②韶光：美好的时光，常指春光。垣（yuán）：矮墙，墙。　③扶桑：植物名，灌木，叶卵形，花冠大型，有红、白等色。多栽于我国南方。全年开花，为著名的观赏植物。　④原注：闻扶桑最红而艳，黄昏必卸。

【评析】此诗赞咏海棠花。海棠花开得绚烂热烈，风过飘香，雨后更艳，比扶桑要耐久得多。

鹤垒巢

春暮阳和满近郊，拮据双鹤正修巢[①]。
安排鷇子恩勤甚[②]，秋日奋飞不待教。

【注释】①拮据(jié jū)：指鸟衔草筑巢，肢体劳累。　②鷇(yù)子：稚子。古代常指六七岁以下的小孩。此指幼鸟。

【评析】晚春时节，晴朗而又温暖，园中双鹤也忙着修巢育子，万物都显出一片祥和景象。

对山狂吟

今来昔去疾如驰，山水依然人换移。
五六代传不识面，乾坤空里笑人痴。

【评析】时光飞逝，斯人已老，山水依旧。作者此诗既有对人生代代相传、永无止息的赞美，也表现出个人在自然面前的渺小和无奈。

雨　后

初升朝日破云斜，雨后寻春春乍嘉[①]。
柳色微黄青楚楚[②]，邻家墙角剩桃花。

【注释】①原注：今春无雨，三月十四日雨一夜。嘉：美好。②楚楚：鲜明的样子。

【评析】雨过天晴，桃红柳绿，无边春色更显清新明丽。

瓶花自遣

春光也偏老人家，燕子寻巢来去斜。
不欲出门懒已惯，萧然孤坐一瓶花。

【评析】人老不愿出门，但是春天依然眷顾作者。燕子飞来飞去，似乎要陪伴作者；瓶花绚丽灿烂，坐赏也可免去寻花之累。

初　度

兹日昔年引见钦①，澹宁居内降恩深②。
今朝新诏欢中外③，聋聩惟存望阙心④。

【注释】①引见：引导入见。旧指皇帝接见臣下或宾客时由有关大臣引导入见。钦(qīn)：封建时代指皇帝亲自所做。此处指皇帝亲自接见。　②澹宁居：皇帝的居处，在畅春园中。　③新诏：指乾隆新执政。　④聋聩(kuì)：耳聋。望阙(què)：仰望宫阙。指怀念天子。

【评析】生日之时，作者回忆当年康熙皇帝召见自己的情景。现在乾隆帝执政，自己已年迈无用，惟有对朝廷的一片赤诚忠心。

鹤又生卵

鄙性耽禽鱼①，爱鹤又独至。
园丁走来言，鹤生卵又二。
会看四十天，转瞬即舒翅。
去岁保护疏②，未伸冲天志。
今年又毓雏③，莫作等闲议。

古来称君子，昂藏仙骨异④。
安排防护周，饮食饱所嗜。
香山名家禽，品格岂其比。
坡公笑不如，易退稚不利。
豢养羽翮成⑤，摩天真如戏⑥。
在昔处士林⑦，放鹤亭有记⑧。
余期陟山巅⑨，放之任所遂。
凌空穿层云，凡百一切视。
戛然一长鸣，天闻亦快意。

【注释】①鄙：谦辞，用于自称。②疏：疏漏。指去年野狸伤鹤雏之事。　③毓（yù）：同“育”，养育。　④昂藏：气度轩昂，此处形容鹤超凡脱俗。　⑤豢（huàn）养：喂养；驯养。羽翮（hé）：指翅膀。翮：羽轴下段不生羽瓣而中空的部分。　⑥摩（mó）天：迫近蓝天，形容极高。　⑦处士林：即林处士，宋代隐士林逋的别称。林逋以爱鹤知名，素有“梅妻鹤子”之称。　⑧放鹤亭：林逋当年放鹤的亭子。　⑨陟（zhì）：登高。

【评析】鹤素秉仙骨，昂藏特立，飞天凌云，藐视一切，尤其受到作者的珍爱。作者接受去年鹤雏被害的教训，对今年的鹤卵倍加保护，并期待鹤雏长大放飞云霄。

赏牡丹

迎门簇锦众枝繁，仰面齐檐映日暄①。
坐对花光真泼眼，兴高扶醉过东园。

【注释】①齐檐：花枝与屋檐一样高。暄：太阳的温暖。

【评析】牡丹花开如锦，娇艳映日的景致，令作者有陶醉之感。

又见鸠巢

不知鸠暗巢松巅，飞向茂林过眼前。
物解依人恋旧德，荒园栖息竟三年。

【评析】鸠鸟在不知不觉中又来园里松树梢头筑巢，三年的相伴，作者早已把鸠鸟当作朋友和知音。“物解依人”，人念旧，鸟亦恋旧，令作者感到十分欣慰。

看鸽飞戏吟

能飞谁肯任浮沉①，毛羽丰时霄汉心②。
鼓翅凌空远影尽，碧天高出拨云寻。

【注释】①浮沉：此处单指沉沦。 ②霄汉：云霄，云汉。

【评析】大凡鸟类都存霄汉之心，正如人往高处走一样。鸽子的鼓翅凌空或许让作者想起了自己当年青云直上的豪情吧。

对诸孙漫吟

痴痴一惫叟，甘拙卧孤村。
遣兴全依杖，无朋常闭门。
篇章笑惹事①，提命自狂言②。
汝长催吾老，抱元喜稚孙③。

【注释】①篇章：特指诗篇。 ②提命：耳提面命，指亲自教诲。 ③元:通“玄”。清代避圣祖玄烨讳,改“玄”为“元”。

【评析】孙子们渐渐长大,作者慢慢老去。他虽然谦虚地说不敢对孙子们耳提面命,但是十分欣喜他们的陪伴,抱着幼小的玄孙,看到的是家业的振兴。

偶见当年自书文笑吟

蝇头细字是谁书[①],展卷俄惊今不如。
默想当年握管日[②],竟同隔世漫欷嘘[③]。

【注释】①蝇头:像苍蝇头那样小的字。 ②握管:执笔。指书写或作文。 ③隔世:相隔一世。欷嘘:叹息。

【评析】作者偶然见到当年自己写的小字,不禁回忆起年少的情景。今昔对比,感觉恍如隔世。

新栽迎春并序

余村南柳树若干株,余幼时呼为南河柳堤。此五十年前景也,今斩伐无存矣。斋中有浅石盆,栽松两次,土浅弗得活。因思迎春花弗嫌土浅,最易生,即栽数株于内。亭亭数干,宛似当年柳堤旧景,有触予怀,笑而赋之。

疏疏几树南河柳,五十年前今眼前。
添上英山石两块,村农歇耘石边眠。

【评析】此诗为怀旧之作。作者看到盆中亭亭玉立的迎春花,联想到50年前南河柳堤的景致,从侧面反映出当时农村面貌的变迁。

再读鹿门八十七游西湖诗[1]

鹿门湖上泛轻舟[2]，八十七龄契伴游。
今我也同此老齿，登山防喘步还留。

【注释】①原注：前已有诗，尔时尚未及其年也。今余已八十七矣，故复吟此，自笑亦自慨也。 ②鹿门：茅鹿门，即茅坤，明代散文家、藏书家，字顺甫，号鹿门。茅坤与王慎中、唐顺之、归有光等同被称为“唐宋派”。

【评析】作者读茅鹿门诗，仰慕他的飘逸风度，叹息自己年老体衰，不能再续旧游。

附录高又树和韵

此间何处泛渔舟，胡遽不能续彼游[1]。
齿既相同兴且倍，新诗题卷并长留。

【注释】①胡：为什么，为何。

【评析】高又树这首和诗是安慰李尚书，诗中鼓励李尚书堪续鹿门之游的雅兴，并赞美他将流传不朽的诗作。

端　阳

升平景物更端阳，麦秀人欢欲满仓。
五毒今朝驱海外[1]，不须饮酒觅雄黄[2]。

【注释】①五毒：五种毒虫，旧时一般称蝎、蛇、蜈蚣、蟾蜍、壁虎为五毒。 ②原注：韩文“为民害者，驱而出之四海之外”。

雄黄：矿物名，也称鸡冠石。此指雄黄酒。是用研磨成粉末的雄黄泡制的白酒或黄酒。汉民族传统节日习俗，一般在端午节饮用雄黄酒。

【评析】此诗通过写年景丰收、百姓安居的升平景象，来表现端午佳节的喜庆和欢乐。

再叠前韵二首

其　一

中天今岁好端阳，二麦乘秋将上仓[①]。
身际太平无限乐，邀朋狂饮醉雄黄。

其　二

端午初阴胎感阳，麦秋遍处理千仓。
编氓最是贪天泽[②]，又盼秋风豆叶黄。

【注释】①二麦：大麦、小麦。　②编氓（méng）：编入户籍的平民，此处指农民。天泽：上天的恩泽。

【评析】这两首诗主旨与上首相同，更侧重写邀朋醉饮的欢乐和小麦丰收的景象，并对秋季丰收表示了期待。

哭大弟

其　一

忆昔热河面至尊[①]，纷纷克食气微温[②]。
小臣得并群臣赐，廿一年前叨主恩[③]。

其　二

老弟老兄常日亲，乍闻凶逝泪沾巾。
群孤对我失声哭[④]，不道寿辰是忌辰。

其　三

生寄人间泡幻身，矢怀赤子惟天真[⑤]。
一生屏绝亏心事[⑥]，拱手弥留别世人。

其　四

日日招君过论文，不来三日定相闻。
那知一旦终天别，人世黄泉从此分。

其　五

共我评诗竟日谈，把杯笑语任君酣。
纵云七十君今过，六个孤儿何以堪？

其　六

古稀过一应无憾，较我先亏十六年。
凋谢老成兄弟少，抚棺那得不潸然[⑦]。

【注释】①热河：地名。康熙皇帝曾北巡热河。　②克食：即克什，满语，原义为恩、赐予。此指皇上恩赐之物。　③叨(tāo)：承受。　④群孤：指大弟的子女们。　⑤矢(shǐ)：正直。⑥屏绝：断绝，拒绝。　⑦潸(shān)然：形容流泪不止。

【评析】这组诗为大弟悼亡。作者的大弟去世，令他悲痛万分。此组诗回忆当年兄弟二人受皇帝恩赐的情景，作者与大弟平日评诗论文、饮酒谈笑的情谊，赞美大弟天真任性、无愧于心的正直品格，特别是对大弟刚过七十，在寿辰将近时去世感到无比沉痛。

与苏惊百谈耳聋[①]

两眼视茫茫，手谈任口张[②]。
不须问扁鹊[③]，医老定无方。

【注释】①苏惊百:事迹不详。　②原注:东坡与一聋谈,书字与之,云以手代口。　③扁鹊:战国时名医。原名秦越人,又称卢医。后用来泛指神医。

【评析】作者与朋友谈论耳聋之事,认为即使神医也无法医治衰老,索性从容面对。

望　雨[1]

其　一

五月将终未闻蝉,河流如线土生烟。
阴云竟日无涓滴,笺上瑶宫欲问天。

其　二

圣神新政沛恩深[2],大雨及时定作霖。
不恤苍生衣食计[3],应怜天子爱民心。

【注释】①原注:五月廿五日,是日竟日阴。　②圣神新政:指新皇帝执政。　③不恤(xù):不怜悯,不顾惜。

【评析】五月份一直没有下雨,土地干旱冒烟。作者为农民感到焦急,更为天子担忧。同时他又比较乐观,认为新天子爱民之心,应该得到老天的帮助照应。这既是对皇帝的歌颂,又有一些迷信思想。

憾　雨[1]

其　一

长至已过半月余,阴云又满布徐徐。
谁知惜雨如珠贵,两次障天总是虚。

其 二

杲杲人无望[2]，云披天又阴。

不知苍碧意[3]，吝此是何心[4]？

【注释】①原注：五月廿七日。 ②杲杲(gǎo gǎo)：日出明亮的样子。 ③苍碧：指天。 ④吝：吝惜。

【评析】天空阴云密布，却滴雨未下，作者讽刺雨珠如珍珠般金贵，不免埋怨上天不知怜惜百姓。

喜 雨[1]

其 一

时行盼天雨[2]，到夜细无声。

晓望滂沱至[3]，过犁我不惊[4]。

其 二

滂沱一旦水粼粼，惊看禾苗解自新。

草木芃芃都变色[5]，不知何术予精神？

【注释】①原注：五月廿八日。 ②时行：应时而行。 ③滂沱(pāng tuó)：雨大的样子。 ④过犁：大雨超过一犁深。 ⑤芃芃(péng péng)：形容植物茂盛。

【评析】大雨终于在清晨磅礴而至，万物都得到滋润，恢复了精神，作者不禁欣喜而赞叹。

坐看西南墙外山

闲坐檐前放眼宽，青山雨后画真难。

西南平岫墙头出，远树影孤天际看。

【评析】雨后作者心情大好,看墙外的青山也觉得更加清新秀丽,妩媚如画。

腹泻笑吟

何事腹中怪作寒,盘餐夙慎来无端[①]。
香山喜病安闲得,我老难堪睡不安。

【注释】①夙:素有的,旧有的。

【评析】此诗调侃腹泻。作者对于饮食一向非常谨慎,却没想到还是会腹泻难受。诗以幽默口吻与白居易喜欢生病作一反比。

北户纳凉[①]

乍开北户风来新,一阵微凉远俗尘。
因悟昔贤着语确[①],北窗真是羲皇人[②]。

【注释】①着语:所说的话。　②羲(xī)皇:即伏羲氏。这里用先民喻自己的闲散。

【评析】李白《戏赠郑溧阳》诗有"清风北窗下,自谓羲皇人"。作者打开北窗,南北通透,凉风入室,在悠然自得中,对古人的感受产生了共鸣。

醒世鄙言[①]

老而不死是为贼,原是行亏多败德。
自信果然不怍人[②],老者安之万古则[③]。

【注释】①醒世鄙言：指劝人警世的"拙劣"词句。鄙言，谦称自己的言辞。　②怍(zuò)：惭愧。　③则：规范。

【评析】老年人如果不注意行为道德，必然为人所嫌。作者劝勉老人们要安常守德，凡事都应该无愧于人。

附录高又树步韵

尽涤六虑驱六贼[①]，达尊爵齿兼优德[②]。
长生久视地仙人[③]，恭则寿兮为士则[④]。

【注释】①六虑：各种妄念。六贼：佛教语，即色、声、香、味、触、法六尘。谓此六尘能以眼、耳、鼻、舌、身、意等六根为媒介，劫掠"法财"，损害善性，故称。详见《楞严经》卷四。　②爵齿：指显位和高寿。　③地仙人：方士称住在人间的仙人。　④士则：士大夫的楷模、榜样。

【评析】高又树此诗赞誉李尚书清心寡欲，恭敬简约，所以既至高位，又能长寿，堪称士大夫的表率。

苍　山　云[①]

老眼昏昏怯品文[②]，闲阶缓步坐斜曛。
亭高树末东南望，万叠青山正出云。

【注释】①苍山：青山。　②品文：指读书。

【评析】信步闲庭，遥望东南，白云从青山里升起，正与作者此时的悠然心境相合。

见农人卧树阴

不必北窗堪纳凉，柳阴酣梦快寻常。

民安不问催呼事[①]，直际羲农等古皇[②]。

【注释】①原注：时奉旨停征。催呼事：指催税追租之事。②羲农：伏羲氏和神农氏的并称。古皇：也称“古皇氏”，传说中的有巢氏之号。伏羲氏、神农氏和有巢氏都是传说中的远古仁圣君主。

【评析】不需在北窗纳凉，农民在树荫下也能睡得很香甜。因为不用受催逼缴纳租税，如同身处羲皇之世，百姓可以安享太平。

鹤　雏

冲霄鹤子能凌云，破壳依人几日闻。
羽翮将丰胎骨异[①]，昂然大步笑鸡群[②]。

【注释】①胎骨：指坯子或骨架。　②昂然：高傲的样子。

【评析】鹤雏羽翼渐丰，已显现出昂然异骨。作者对鹤雏超凡品格的赞美，实是自己特立独行人格的写照。

六月八日未雨

两日南风总未停，云过默默靳星星[①]。
揣天术窘别无术，莫怪文王卦弗灵[②]。

【注释】①靳(jìn)：吝惜。　②文王：指周文王，善占卜，相传曾演绎八卦。

【评析】民谚南风多雨，现在却仅是飘过几片阴云。这让作者盼雨的心情更加殷切，故而也倍觉无奈。

九日雨

有雨时行非大雨，徐徐霡霡故津津[1]。
还期大沛甘霖泽，信得天心不绝人。

【注释】①霡：小雨。

【评析】虽只是淅淅沥沥的小雨，也令作者感到天不绝人，他对大雨的期盼就充满了信心。

喜　雨[1]

其　一

连阴三日竟朝昏，霡霡轻疏不漏痕。
不是我民憾雨缓，长鲸渴急吸川吞[2]。

其　二

云宿高天缓缓施[3]，不忙不迫自平池[4]。
雨澌风片是今日[5]，沾足一般休恨迟[6]。

【注释】①原注：六月十日。　②长鲸：大鲸。　③施：施予。此处指降雨。　④平池：平池水满，指雨足。　⑤雨澌风片：微风细雨。　⑥沾(zhān)足：指雨水充分浸润土壤。

【评析】虽然作者盼望能有长鲸吞川般的大雨，但是微风细雨更适合土壤作物的需要，所以作者还是心满意足。

再观鹤雏喜叠前韵

离壳鹤雏未入云，仙禽仙骨人俱闻。
羡他昂立轩轩态[1]，凡鸟万千乌得群[2]。

【注释】①轩轩:轩昂的样子。　②乌得:不能。群:聚在一起的人或物。

【评析】作者对鹤雏独具的仙骨和轩昂姿态十分欣赏,同时也反映出他不同常人的高蹈情怀。

聋耳过雷

琇瑛充耳不辉煌[1],昨日雷声只电光。
闲过东斋强欲话,两聋相对笑人忙。

【注释】①琇瑛:本意指次于玉的美石,语出《诗经·卫风·淇奥》:"充耳琇莹。"此指贵族冠左右两旁以丝悬挂至耳的玉石。

【评析】因为作者耳沉,所以尽管雷声大作,他却只见电光。耳聋的痛苦,在自嘲中越见深沉。

附录高又树步韵

暮天倏尔过风雨,隐隐雷声挟电光。
只似寻常耳内响,阿香特震问谁忙[1]。

【注释】①阿香:神话传说中推雷车的女神。

【评析】高又树的和诗,通过巨雷只如耳鸣的戏谑之语,对李尚书给予安慰。

新辟南场即目[1]

南园夏景颇相宜,初辟场垣入目奇[2]。
菜圃分区列在在,瓜棚障日影垂垂。

不知新径缘墙折，要觅旧林隔亩窥。

八十年来村巷改，腾腾烟树屋参差。

【注释】①即目：眼前所见。　②场垣：场圃。

【评析】此诗写村巷的变迁。南场新辟了菜圃，小径也改了方向。尾句充满沧桑感和时空感，乡村80年的变迁，尽在其中。

盆内松下红草[1]

虬枝小树下，野色嫩红鲜。

对此哑然笑，草中老少年。

【注释】①原注：俗名老来娇，亦名老少年。

【评析】红草愈老愈艳，人却越老越衰。在人和草的对比中，作者的哑然之笑，有羡慕也有无限感伤。

元孙皆二龄，何日能称家高祖，痴心望之

祖孙齐聚世称五，学语二雏音戆吐[1]。

阅岁我今逼耄期[2]，几时闻话家高祖？

【注释】①雏：原指幼禽，此借指婴儿。戆(gàng)：傻，愣。此指幼稚、可爱。　②耄(mào)期：八九十岁的年纪。

【评析】两个玄孙都两岁了，正是牙牙学语的时期。作者盼望他们快些长大，早日能同自己这位高祖交流。老翁与幼孩形成鲜明的对比，但是同样可爱。

夏日自遣

老翁杂念尽皆抛，无客时将棋子敲。

竹护石阶当路笋，草留瓦径几丛茅。
开门就北邀风扇，移案偏西避燕巢。
长夏消闲惟自适，放狂不束任人嘲。

【评析】此诗写消夏的日常生活。在竹护石阶、草留瓦径的幽静环境中，作者有闲敲棋子、移案避燕的闲趣，更有杂念皆抛、放达自任的逸志。

喜抱元孙又咏

严君家有谁能违[①]，高祖加家旷代稀[②]。
今我元孙方学语，解称家字笑光辉。

【注释】①严君：父母之称。后专指父亲。　②旷代：空前；绝代。

【评析】近九旬的高祖抱着刚刚学语的玄孙，享受着弄孙之乐，五代相欢，这一情景多么温馨！

观鹤雏再用少陵韵[①]

北园望南堤，郁葱皆高柳。
际此旷远景，鄙儒不嗜酒[②]。
惟伴俩白鹤，朝夕相对有。
此物湖海姿，南江落吾手[③]。
豢养十载余，彼此忘岁久。
今朝又生卵，意欲传不朽。
几日骨格成，昂步笑鸡走。
世俗号曰仙，仙品可称否。

鱼虾随所嗜，网川日日取。
丹顶生来具，隐隐藏在首。
老鹤爱子心，衔食犹就口。
轩昂作态随，未当分卯酉。
邻里往观者，齐母羡老叟。
羽毛将欲丰，婆娑覆双肘[4]。
嫩翮紫元色[5]，目下莫嫌丑。
会看奋飞处，咫尺近星斗。

【注释】①少陵：指唐代诗人杜甫。杜甫自号少陵野老，世称杜少陵。　②鄙儒：拘执、不通事理的儒生。此为作者自谦之称。　③南江：今吴淞江。　④婆娑：扶疏、纷披的样子。　⑤紫元色：紫黑色。"元"当为避"玄"字讳。玄，黑色。

【评析】作者养鹤十多年，与鹤朝夕相伴，感情自然很深。因此他对鹤雏倍加赞赏，爱其骨格，赏其姿态，遂其所好，盼其奋飞。

门齿脱落口号[1]

老景侵人无避藏，亦残门齿谢成行。
当门洞豁难开口[2]，不必讳言笑不妨[3]。

【注释】①原注：六月廿九日。　②洞豁：开阔。此指没有门牙。　③讳言：因有所顾忌而不敢说或不愿明说。

【评析】作者的门牙脱落，说话不方便了，但是并不妨碍开口欢笑。尾句语显豁达，亦含自嘲。

聋耳过雷[①]

无边风响常屯耳[②]，过远雷声徐问人[③]。
堪笑人多惊失箸[④]，老夫弗听弗伤神[⑤]。

【注释】①原注：七月朔三日，骤雨雷声，问人始知，笑而赋此。　②"无边"句：指耳鸣如风响不断。屯，聚集。　③过远：渐渐远去。　④堪笑：可笑。失箸(zhù)：指因受惊而失落手中的餐具。后称受惊失措为"失箸"。　⑤弗：不。伤神：害怕，惊惧。

【评析】前两句正写听不见雷声却耳鸣终日的痛苦；后二句反写耳聋的好处，别人惊雷而自己不为之伤神。作者总是能辩证地看待问题，因此十分达观。

语鹤雏[①]

朝夕常观爱鹤雏，呼来嘱尔其知乎？
尔毛尚未如霜白，催尔梳翎并我须。

【注释】①原注：香山诗："我发君毛俱似霜。"余须发白，而鹤雏紫绛色，故呼而语之。

【评析】作者对两只小鹤雏怜爱有加，朝夕观看，并盼望它们羽毛变白早日长大。尾句幽默而意深。

观凌霄口号[①]

道是凌霄名自嘉，正如寒士困蓬麻[②]。
蹁跹恰趁秋风稳[③]，直作馨香上苑花[④]。

【注释】①凌霄:落叶藤本植物,攀援茎,羽状复叶,小叶卵形,边缘有锯齿,花鲜红色。 ②蓬麻:用以比喻微贱的事物。③蹁跹:旋转,飘扬。 ④上苑:上林苑,是汉时的皇家园林。此统指皇家的园林。

【评析】凌霄花名不凡,正如贫寒之士,不甘于贫贱。这种孤高脱俗的品格,自然可以成为皇家园林之花。

黄鹤辩

稚鹤离壳三月整,不见日浴缟衣身[①]。
或云毳毛久将变[②],同母并立尺寸均。
背紫顶踵尽皆黄[③],举足徐行大步昂。
竟随白云自飞去,称曰黄鹤尽足当。
我意昔年定是此,以讹传讹即真矣[④]。
可骇黄鹤以名楼[⑤],流传千载终不止。
果尔黄鹤有在林,种类何不遗至今。
世上原多如此事,不独楚人讹此禽。

【注释】①缟(gǎo)衣:白绢衣裳。此用以比喻洁白的羽毛。②毳(cuì)毛:鸟兽所生细密之毛。 ③顶:头部。踵(zhǒng):脚后跟。此处指鹤的脚爪。 ④以讹传讹:把本来就不正确的话又错误地传开去,越传越错。 ⑤"可骇"句:指黄鹤楼因黄鹤曾居而得名,实在令人惊讶。

【评析】此诗以辩论"黄鹤非黄"为中心,写得生动有趣。作者从现实的观察出发,先写鹤雏毳毛背部紫色、头脚皆黄的形貌,再写对黄鹤的讹传成就了黄鹤楼的盛名,接着写果有黄鹤必然会有后代存在,最后总结世上多有这样以讹传讹的事情。

乞巧诗[1]

人生拙极无堪取[2]，乞得巧来气倍扬。
大圣大成智是巧[3]，小儒得巧自穿杨[4]。

【注释】①乞巧：农历七月七日为乞巧节。　②拙极：特别愚拙。　③大圣：古代称道德最完善、智能最超绝、通晓万物之道的人。大成：大的成就。　④小儒：浅陋的儒者。穿杨：射箭能于远处命中杨柳的叶子。泛指技艺高超。

【评析】此诗为乞巧节而引发的感慨。作者素以守拙自勉，现在突然悟到圣人大智是巧，小儒技高也是巧。

漫　兴[1]

昨夜云收气爽然，凌晨早起爱凉天。
萧闲兀坐无些事[2]，笑指山童摘凤仙[3]。

【注释】①原注：七月九日。　②兀坐：独自端坐。　③凤仙：凤仙花，一年生草本植物。叶子披针形，夏季开花，花二三朵同生叶腋，花色不一。

【评析】此诗写夏日早晨的闲情。清晨凉爽，作者无事，就端坐含笑指挥童仆摘凤仙花。尾句悠闲而飘逸。

晨起送诸孙应试[1]

邻鸡唱罢声方歇，朝日熹微初欲生。
喜看诸孙连辔去，恩科今许嗣科名[2]。

【注释】①原注:十一日。 ②恩科:清代于寻常例试外,逢朝廷庆典,特别开科考试,称“恩科”。嗣(sì):接续,继承。

【评析】邻鸡唱罢,朝日熹微,作者望着诸孙并马而去应考,更期待着他们及第而归。

咏洋绣球[1]

今日残花昨日开,绣球几月亦奇哉。
诸花纵久参差出[2],不似一抬以雪来[3]。

【注释】①绣球:花名,一名“粉团”“八仙花”。落叶灌木,叶青色。夏季开花,成五瓣,簇聚呈球形,色白或淡红,为著名观赏植物。 ②参差:不齐,指先后不一。 ③一抬:量词。

【评析】洋绣球既能齐开如雪,又能连开数月而不凋,这一特质受到作者的钟爱。

哭三弟

其一

八个白须常聚谈,八人今日已伤三。
我居八内年尤长,两月两伤何以堪?

其二

事逢措手一时难[1],勇往身肩不自安。
非是傲人多恃己[2],愿留好样后人看[3]。

其三

泉下有知见长兄,牵衣握手放悲声。
何辜造物毒如此,亲弟亲兄连袂行[4]。

其　四

古稀未到亦高齿[5]，较我现亏十九年。

归去黄泉我不恨，我为半月禁吞咽[6]。

其　五

山亭无事招西邻，品石栽松款欲新。

今我种花消永日，含情忍涕商何人？

其　六

老泪无多欲忍声，心伤不觉泪还倾。

几番要赋招魂句，笔下涕随字不成。

【注释】①措手：着手处理。　②恃：依赖，倚仗。此处指矜才、自负。　③好样：好的名声，榜样。　④连袂（mèi）：此指两个兄弟相继去世。　⑤高齿：高龄，高寿。　⑥吞咽（yàn）：咽下。此处指吃饭。

【评析】这组诗为悼念三弟而作。两月之内大弟、三弟先后去世，让身为长兄的作者悲痛欲绝。诗中回忆与三弟种花品石、和睦相处的时光，叙事越细，痛悼越深。

忆三弟并代四弟二首

其　一

忆得去秋相对时，闲吟句子便称奇。

今朝英石依然在，可有谁来催我诗？

其　二

鼎足三人失二人[1]，人生如梦认难真。

空庭独步闲消遣，顾影徘徊止只身[2]。

【注释】①鼎(dǐng)足：鼎有三足，比喻三方并峙之势。 ②顾影：自顾其影，指孤单。

【评析】此诗怀念三弟。英石依然，人已故去，作者顾影徘徊，感叹物是人非，人生似梦。

送纸回，哭三弟二首[①]

其 一

今古同归恨不平，乡邻从俗祝冥程[②]。
明知大造局如此，谁是情关痛忍声。

其 二

渺躬先业事经营[③]，门户周旋绵力撑[④]。
代揣君心无所恨[⑤]，茕茕一子未成名[⑥]。

【注释】①送纸：指为死去的人烧的一些纸做的东西。 ②祝：祭奠。冥(míng)程：指通往阴间的路。 ③渺躬(gōng)：微躯。此指三弟。躬，身体。先业：先人的事业。 ④门户：指家族。周旋：照顾；周济。 ⑤揣：思量，考虑。 ⑥茕茕(qióng qióng)：孤零。

【评析】自古及今，死生难定。三弟继承先业，苦心经营，力撑门户，除了留下一个未成名的儿子，此生也应无憾了。

哭三弟，后泪止自慰

寸棺相隔即黄泉，地下人间分两天。
识破茫茫今古世，乾坤一笑只空悬。

【评析】万里乾坤，茫茫今古，生死不过是寸棺之隔。这虽然是作者的自我安慰，也可见他的豁达性格。

场回笑吟

司空清署水名部[①],亦号大臣班列六[②]。
室如悬磬不言贫[③],炊爨犹须场上谷[④]。

【注释】①司空:官名。清时别称工部尚书为大司空,作者曾官至工部尚书。清署:清要的官署。水名部:即水部,官名。明清改为都水司,掌有关水道之政令。相沿仍以水部为工部司官的一般称呼。　②班列六:列六班,六班即六部,工部、刑部、兵部、吏部、户部、礼部。　③室如悬磬(pán):屋里空空如也,指贫困。磐,大石;纡回层叠的山石。　④炊爨(cuàn):烧火煮饭。

【评析】作者曾经贵至工部尚书,是朝廷重要大员之一,现在退归之后却要等待新谷上场才有饭吃,清贫如许,令后人仰慕。

移　榻

楼阴望月盼清光,月映虫吟四壁墙。
今年此躯似觉老,爱月怯寒移榻床。
与月接狎相习久[①],放狂不稽任开口[②]。
问月丽天始何年[③],东出西没还厌否?
婵娥无语笑人痴[④],乾坤大局是如斯。
惟有广寒一树桂花香,婆娑花发人间望。
逢时折赠少年郎,花开天上为谁忙?

【注释】①接狎:亲近。　②不稽(jī):不计较。　③丽天:附着于天。语出《易·离》:"日月丽乎天。"　④婵(chán)娥:即嫦娥,传说中的月中仙子。

【评析】如水的月光下，只听虫鸣啾啾，这样的情境对于老人来说，未免有些清冷。但是作者与月的问答，则显现出他的天真好奇，也体现出他对宇宙问题的探寻精神。

三　茄

事出异常非所思，芊芊草木本无知[1]。
怪他矮矮茄科树，三茄判然并一枝[2]。

【注释】①芊芊（qiān qiān）：草木茂盛。　②判然：显然，分明。

【评析】三茄同枝而生，这一现象异乎寻常，令作者大为称奇。

再辩黄鹤

明是鹤雏未似霜，楼名黄鹤古传扬。
细吟已去不复返，崔颢亦知返不黄[1]。

【注释】①崔颢（hào）：唐代诗人，曾作著名的《黄鹤楼》诗，有“黄鹤一去不复返，白云千载空悠悠”之句。

【评析】崔颢的《黄鹤楼》千古流传，作者却根据自己养鹤的经验指出，所谓的黄鹤只是鹤雏羽毛未变白时的样子，可谓语出惊人。

中　秋

一年好月惟中秋，皓魄当天空际流。
不道天公忌好事，阴云故放漫天浮。
云阴才散旋复来，叠叠层层傍月堆。
山村地僻音乐少，难觅弦管一吹开。

想缘大比风云会[1],雨洒平畴欲起雷。
老人无计与天强,傲月张灯且擎杯。
隔云遥向婵娟道,明年此夕无再蹈[2]。
中秋暂尔敛光辉,十六圆冰依旧好[3]。

【注释】①大比:明清科考每三年举行一次,称为“大比”,在这里特指乡试。 ②再蹈:重蹈,像今年一样。 ③圆冰:指明月。

【评析】中秋夜晚,云遮明月,乡村偏僻,也无弦管之音能吹云现月。作者猜想可能因为是大比之年,天公想以雷声助其威势,只好张灯代月,并叮嘱婵娟明年不能再蹈覆辙。作者经常将天象与人事相联系,也体现出天人合一的天人观。

半夜得月

昨日阴浓云不开,谁知转盼有风摧。
老夫酣睡无人觉,辜负清光半夜来。

【评析】皎洁的明月半夜才破云而出,作者酣睡不觉,感觉辜负了清光。清风明月是大自然对人类的无私恩赐,作者懂得珍惜,所以才遗憾。

八月十六看月三首

其 一

澄清万里天如水,月上徘徊过斗牛[1]。
二十年前曾有句,天高月好即中秋。

其 二

十六还将十五看，当天飞镜任同观。

人心不必分今夕，一样天香出广寒[2]。

其 三

云归何处净无边，万里晴明换一天。

我意婵娥是自悔，分毫不减十分圆。

【注释】①斗牛：二十八宿中的斗宿和牛宿。此处泛指星辰。　②天香：指月宫里的桂香。

【评析】谚语说："十五的月亮十六圆。"这组诗即赞美十六圆月的皎洁美好。其三尾句十分幽默，充满情趣。

咏画雁

何处飞来雁一双，中流容与壮心降[1]。

溯洄暂尔养精力[2]，天际翱翔藐海江。

【注释】①容与：从容闲舒的样子。　②溯洄（sù huí）：逆流而上。

【评析】此诗咏画中大雁。画中两只大雁在水上悠闲自在地游戏，作者因此想象大雁翱翔天际藐视江海的雄姿。

问 桂[1]

秋色迎眸日影斜，老人饭饱自烹茶。

山斋无事还寻事，闲遣奚童问桂花。

【注释】①原注：吾地滨海，桂开独迟，故问之。

【评析】秋日傍晚，夕阳西斜，放怀望远，满目秋色；作者饭后无事，烹茶遣童，探看桂花。

老少年独高诸花[1]

霜叶黄花纷眼前[2]，宋悲何事独凄然[3]？
请看更有老来草，杰出秋光色倍鲜。

【注释】①老少年：花草名。　②原注：黄花，茴香菊。　③宋悲：指宋玉悲秋之事。宋玉《九辩》有"悲哉秋之为气也！萧瑟兮草木摇落而变衰"之句。

【评析】宋玉悲秋，成为文人的千古主题。作者反言传统，因为"老少年"花在秋天更为鲜艳。这也是他豁达胸怀的体现。

又咏画雁

几枝残苇岸边生，双雁偶来爱水清。
久住还应破浪去，一行兄弟自齐鸣。

【评析】此诗激励大雁应破浪翱翔。古代常以排列飞行的大雁行列借指兄弟，所以尾句可由画中大雁联想到兄弟齐行。

哭四弟

其一

老泪无多恨又倾，人生修短与谁争[1]？
素称矍铄难堪此[2]，四月三经哭弟兄。

其二

纵周甲子未龙钟[3]，谁料两兄地下逢。

顾影怜君叹只影，影随身灭亦无踪。

其　三

蹈矩步规检此身[4]，农桑筹计费艰辛。

兢兢自爱防多事[5]，不愧守先裕后人[6]。

其　四

曳素披麻哭长兄，三兄几日复冥程。

那知刚溢百天外，君子孤儿齐放声。

其　五

鼎足三人峙未失，一朝摧折不留一。

仰天引领问何辜，谁忍痛心弗叹恤。

【注释】①修短：长短。　②素：向来。矍铄（shuò）：形容老人目光炯炯，精神健旺。　③甲子：甲，天干的首位。子，地支的首位。古代以天干和地支递次相配，从甲子起至癸亥止，共六十，故又称为六十甲子。此处指60岁。　④蹈矩步规：循规蹈矩，指对自己要求严格。　⑤兢兢：小心谨慎。　⑥守先裕后：守先人基业，为后代造福。

【评析】这组诗为哀悼四弟而作。四弟为人谨慎，勤俭持家，守先裕后，一向健康却寿命不永，刚过60岁就去世了。最令作者悲伤的是四个月中三位弟弟相继过世，所以他质问苍天无情。无限伤痛尽在问天之中。

自　遣[1]

细雨连朝山影遮，闭门自遣乐无涯。

剪松衬出盆中石，无客呼童自泼茶[2]。

【注释】①原注：八月廿九日。　②泼茶：典出李清照《〈金石录〉后序》。李清照、赵明诚夫妇都喜好读书藏书，每次饭后一起烹茶时，就用比赛的方式决定饮茶先后。指堆积书史，言某事在某书、某卷、第几叶、第几行，答中先喝。但是赢者往往因为太过开心，反而将茶水洒了一身。后常用来形容夫妻之间琴瑟和鸣、相敬如宾。此处指烹茶。

【评析】细雨绵绵，无客来访，作者也爱此闲静，剪松品茗，自得其乐。

风　雨[1]

怜尔秋深老少年，新经风雨孰能全。
群芳一扫摧残尽，尚有此花独不然。

【注释】①原注：九月初一。

【评析】“老少年”花不但秋深愈艳，而且能在群芳凋残时独傲风雨，令作者对它的爱惜更多了几分。

重　阳

叶坠天高秋气深，西风吹帽落松林。
猎回不见篱边蕊，负却渊明采菊心[1]。

【注释】①渊明：指陶渊明。陶渊明《饮酒》其五有“采菊东篱下，悠然见南山”句。此为作者自指。

【评析】重阳节登高打猎虽然快意，但是无菊可赏亦不免遗憾。

记　梦[1]

梦游邃谷山中行[2]，磐石侧峰四面横。

一仆执枪取野鸟，移时响应似雷鸣。

【注释】①原注：耳重久不闻雷声，梦中得末二句，醒忆其景，足成之。 ②邃(suì)谷：幽深的山谷。

【评析】作者梦中梦到仆人射鸟，声似雷鸣。大概是作者感于自己耳聋听不到雷声，故而日有所思，夜有所梦。

拾刘青田句[1]

其　一

负郭无田生事疏[2]，贤豪也复叹穷居。
我今负郭已挥尽，默坐山斋且读书。

其　二

闲花自发无劳种，蔓草丛生不遣锄[3]。
我学青田今体句[4]，任人懒散笑迂疏。

【注释】①刘青田：刘基，字伯温，明朝开国元勋，杰出的军事家、政治家、文学家，青田(今属浙江)人，故称刘青田。 ②原注：青田句。负郭：靠近城郭。生事：生计。 ③原注：青田句。 ④今体：指律诗。

【评析】此诗是借刘基的诗句而成诗。像刘基这样的贤士豪杰也会感叹困顿，何况已经年老的作者。因此山居读书，随性适情，任闲花自发，蔓草丛生，也就很坦然了。

梦在江南过清明，梦中诗

逐队踏青士女忙，杏花开尽李花香。
江南此日春如许[1]，不枉豳风歌载阳[2]。

【注释】①如许：如此，像这样。　②豳风：《诗经·豳风·七月》有“春日载阳，有鸣仓庚”之句。

【评析】作者曾经在江南为官多年，对那里感情很深。梦中，士女纷纷，春花盛开，正是悠长记忆的再现。

十月廿四日晴明，即用梦中韵

不见漫天雪坠忙，幽斋空静自焚香。
乡邻案日占冬信①，信得月终到底阳。

【注释】①原注：俗以十月廿五日占冬冷暖。

【评析】冬日清明，作者焚香独坐，十分悠闲。乡邻占卜告知说，到月底都是晴天。此诗反映了当时百姓的信俗。

廿五日竟阴雨，仍用梦中韵

三冬盼雪莫须忙，残菊篱边已谢香。
循照故踪天弗改，晴明不必论重阳①。

【注释】①原注：谚云：“三九重阳都休数，单看十月廿五。”

【评析】十月廿五日是民间百姓十分看重的一个日子，此日的阴晴决定着一个冬天的冷暖。此日阴雨，预示着今年是个雪冬吧。

廿六晴明，仍用梦中韵

突尔暖晴天不忙①，瓦炉无火免焚香。
想缘痛悯无衣辈②，收尽阴云拥太阳。

【注释】①突尔：突然。 ②痛悯：怜悯。

【评析】十月廿六日，天气放晴，作者猜想这是上天对无衣贫苦人的怜悯，体现出关心百姓疾苦的博爱胸怀。

步张羽《诗穷》韵[1]

性拙颇堪信，身安可度贫。
时当登进日[2]，我自退归人。
扫雪看宵月，藏花盼早春。
耄期即在迩，不是鄙垂绅[3]。

【注释】①张羽：明初诗文家，字来仪，号静居，祖籍浔阳，寓居吴兴。其诗在当时即负盛名，与高启、杨基、徐贲并称“吴中四士”，有《诗穷》诗。 ②登进：升进，进用。 ③鄙：轻视，看不起。垂绅：借指在朝为臣。绅，古时士大夫束在衣外的大带。

【评析】闲适自在的生活，可以身安，可以度贫，不必羡慕在朝为官的荣华富贵。这是作者经过在朝和退归生活的比较后的真实感受。

丙辰冬，市无鬻炭者，偶阅列朝诗，读处士谢应芳《董明府惠炭诗》，即用其韵[1]

老嗽气衰寒不禁，乌薪真可敌南金[2]。
袜藏脚冻思围鼎，袖缩手拳难鼓琴。
山鸟不鸣声默默，岭云同色昼沉沉。
何人觅得雪中物[3]，冰释我书草率吟。

【注释】①鬻炭：卖炭。谢应芳：元末明初学者，字子兰，号龟巢,常州武进(今属江苏)人。素履高洁,为学者所宗,有《辨惑编》《龟巢稿》等。　②乌薪:指炭。南金:南方出产的铜。后借指贵重之物。　③雪中物:指炭或柴薪。

【评析】此诗写严冬因买不到炭取暖的寒冷窘况。"袜藏脚冻""袖缩手拳"八字,状老人怯寒之形,如在目前。

三日后竟有鬻炭者,喜而赋此

频耸吟肩怯冻身,不期何处来乌薪。
袁安莫恨雪埋径[1],斗室一间辄换春。

【注释】①袁安:东汉大臣,字邵公,汝南汝阳(今河南商水西南)人。历史上有"袁安困雪"的典故。此处代指自己。

【评析】终于买到木炭了,作者非常欣喜,屋外虽然大雪埋径,屋里却温暖如春。

读王偁五言花影诗,欲效未能,即用其韵,作七言一首[1]

枝条再觌任纷纷[2],着意寻香杳未闻。
疏密承天淡墨色,高低印地细痕纹。
题诗每映紫端砚[3],曳杖时登白练裙。
莫向阶前揣瓦径,朝来参错正铺云。

【注释】①王偁(chēng):明朝学者,字孟扬,又字密斋,福建永福县(今永泰县)人。曾任翰林院检讨,后来参加《永乐大典》预修,为总裁官,"闽中十才子"之一。著有《虚舟集》5卷,有《赋得花影》诗。　②觌(dí):观察,察看。　③紫端砚:砚的一种。端砚被誉为四大名砚之首，产于广东肇庆东郊的端溪一带。

【评析】此诗咏赞花影。花影既虚又实，它疏密异态，高低不同，随处可在。作者将无法捕捉的花影用实笔写出，使其成为可触、可见、可嗅的物象，体物可谓细腻。

大雪[1]

开门侵晓出，大雪压疏篱。
濛白迷山影，鲜肥长树枝。
消闲且品画，因老倦题诗。
九十曾经熟，年丰可卜之。

【注释】①原注：十一月廿三日。

【评析】一夜大雪，晨起后见群山素裹，树白增肥。作者虽因年老懒怠作诗，但是这种丰年的预兆还是让他很开心。

地震[1]

天安高处地安卑[2]，乍怪声从地底驰。
天子圣明普海乐[3]，片时震动欲何为？

【注释】①原注：十一月廿三日一更时。　②“天安”句：指天尊地卑。　③普海：普天之下，四海之内。

【评析】古代常认为地震是灾异之兆，作者则很乐观，他认为皇帝圣明仁爱，即使有地震也无需太过担心。

送高又树岁暮归里

其　一

雪后晴明路渐平,送君策马雪中行。
新年料必得新句,归馆慰吾老叟情。

其　二

雪压山川腊月天,冲寒岁暮整归鞭。
今朝分手几多日,别后相亲说去年。

【评析】高又树岁暮归乡,作者雪中送别,除了依依惜别之情,他更期待好友来年早些归来,再一起把酒论诗。

除　夕

子子孙孙欢列前,双盘彘首笑摩肩①。
传杯大嚼永今夕,今夕明朝是旧年。

【注释】①彘(zhì)首:猪头。摩肩:肩挨着肩,形容人多拥挤。

【评析】过了除夕夜就是新的一年了,作者与儿孙们一起欢度除夕,美酒佳肴,其乐融融。

除夕读明人诗,即次其韵

守岁今何如,山林老叟居。
首先烹有彘,更不憾无鱼①。
春意突然换,旧氛一任除②。
元孙欢左右,佳气塞吾庐。

【注释】①原注：适有鲜鱼。 ②旧氛：过去的垢氛。氛，凶气。

【评析】除夕之夜，儿孙相伴，鱼肉充足，作者享受着天伦之乐，也祈盼着除旧纳新，新的一年过得更好。

元 旦[①]

其 一

又逢元旦拜年时，幼稚争先俱恐迟。
渐觉老夫才思减，几回含笑倦题诗。

其 二

元旦又来不用呼，光阴迅驶隙中驹[②]。
八旬加八依然健，谁忍回思七白须[③]。

【注释】①原注：丁巳。按：1737 年。 ②隙中驹：白驹过隙。指时光飞逝。 ③原注：余昨岁元旦有"七个白须"之句。

【评析】大年初一，子孙们都欢天喜地、争先恐后地给作者拜年。在这欢乐的气氛中，作者想到自己 88 岁还很健壮，三个弟弟却先后去世，不禁悲从中来。

元旦阴不风雪赋

隐地阳和气正融[①]，不晴不雪更无风。
天心应识君王念，着意正元兆岁丰[②]。

【注释】①隐地：隐藏，潜伏。阳和：阳气。 ②着意（zhuó yì）：有意，专门。

【评析】大年初一不晴不雪也无风，这种融和天气预示着会是丰年吧。

立 春

立春春立立应牢[1],万物辉辉气自豪。

说与天公常惜此,挽留休任潜归逃。

【注释】①立春:二十四节气中第一个节气。"立"是"开始"的意思,立春就是春季的开始,每年2月3日、4日或5日太阳到达黄经315°时为立春。

【评析】立春之时,万物都显得生机勃勃,作者常有惜春之情,所以盼望天公能挽留春天。

梅 花

袭人佳致总无痕,静寂书斋梅一盆。

月下不须更映水,清香留我坐黄昏。

【评析】北宋林逋的七律《山园小梅》有"疏影横斜水清浅,暗香浮动月黄昏"的咏梅名句。作者此诗尾句反用林诗之意,夸美自己书斋中的梅花清香袭人,玲珑雅致。

立春日迎春花[1]

恰逢兹日对花开[2],尔亦何知趋赴来?

想必循名揣度久[3],不先不后伴花魁[4]。

【注释】①原注:正月五日。 ②兹日:此日,指立春。 ③循名:按照名称。揣度:思考,考虑。 ④花魁(kuí):百花的魁首。梅花开在百花之先,故有"花魁"之称。

【评析】迎春花在立春时节开放，恰得其时，作者看到它和被称为“花魁”的梅花相映成趣，不禁惊叹于造物的巧妙。

初春

腊徂阳回草吐茁[①]，何术融和逐处撒。
岁序方盼三月三[②]，马齿已加八十八[③]。
八十有八大寿人，山川依旧景色新。
杏林先绽桃李续，痴愚又占太平春。

【注释】①原注：“茁”音“札”。 ②三月三：古称上巳节，据传是纪念黄帝的节日。古有“二月二，龙抬头；三月三，生轩辕”的说法。 ③马齿：马的牙齿随年龄而添换，看马齿可知马的年龄。故常以之为谦辞，借指自己的年龄。

【评析】春风送暖，到处一派融和景象。作者生在三月份，到了三月就满88岁了。如此高寿，所以庆幸自己生逢太平盛世，更加珍惜眼前的大好春光。

拙句小孙见之，以为坡公莫过。赋古体短句

寂寞山栖老自称，八十磻溪恨未曾[①]。
鄙人昏眊发狂兴[②]，敢向先生话所能。

【注释】①磻(pán)溪：水名，在今陕西宝鸡东南，传说为周吕尚未遇文王时垂钓处。此处借指垂钓。 ②昏眊(mào)：眼睛看不清楚，引申为糊涂。

【评析】作者对苏轼素来敬慕。孙子赞誉作者的诗可以和苏诗媲美，作者表现得很谦逊，当然其中也不乏自得之意。

元宵风无月

村村歌舞静寥寥，透骨寒威未暂消。
天护圣明终礼意[①]，不教人世作元宵。

【注释】①圣明：指天子。终礼：完成礼节。去年先皇驾崩，这里似指完成丧哀之礼。

【评析】去年元宵之前先皇驾崩，皇帝禁乐。作者猜想此夜寒冷无月，是上天有意让当今皇上完成居丧的礼节。

张灯后风止，虽无佳月，亦可名灯节

上元从古占丰岁[①]，年谷顺成豫可邀。
风静云停微放暖，天公变计养元宵。

【注释】①上元：俗以农历正月十五日为上元节，也叫元宵节。

【评析】元宵节虽然无月，风却停了，天气逐渐放暖。作者猜想是上天改变主意，要预兆今年丰收吧。

有　感

古来惟有报恩难[①]，伯谷情深不自宽[②]。
我道消兹真易易，置之不问泰然安。

【注释】①原注：原句。按：明代王稚登《答袁相公问病二首》其一原句："泣向青天怀烈士，古来惟有报恩难。"②伯谷：即王稚登（1535—1612），明代书法家，字百谷、伯谷，号半偈长者、青羊君、广长庵主等。先世江阴人，后移居吴门（今苏州）。有文名，善书法。

【评析】此诗概为作者读王稚登诗有感而发。人生在世，不要太过执着，有些事只要放下，就会泰然心安。

自 叹

非但人踪少，雀嫌冷地门。
雁行半厌世①，鹤发漫留村。
颜觍贫无色②，谈迂老不尊③。
年衰皆是此，此意与谁言？

【注释】①雁行（háng）：《礼记·王制》："父之齿随行，兄之齿雁行。"后因以雁行比喻兄弟。厌世：去世。 ②颜觍（tiǎn）："觍颜"的倒装，表现出惭愧的脸色。 ③谈迂（yū）：说话或见解陈旧不合时宜。不尊：不受尊敬。

【评析】此诗感叹老年的孤独。兄弟八人，已经有四人去世，作者门前冷落，孤独寂寞，更无人能理解自己心中的痛苦，所以情绪很低落。

新青鱼①

颜镇客商礼素丰，南江驰驿鲥鱼同②。
今朝鱼得欣然喜，认我窭门是富翁③。

【注释】①青鱼：鱼的一种，形如草鱼，但较细而圆，青黑色，腹部银白色。客商：商人。素：素来，向来。 ②南江：吴淞江。驰驿（yì）：驾乘驿马疾行，指快马传送。鲥（shí）鱼：每年初夏定时入江,因此得名。产于中国长江下游,以当涂至采石一带横江鲥鱼味道最佳,向来被誉为江南水中珍品,古为纳贡之物。　③窭(jù)门:寒门,贫穷之家。

【评析】作者得到客人送的青鱼,将之比作江南名贵的鲥鱼,非常欣喜。

又树见慰,依韵答之

春光不择地,又复到蓬门[①]。
际此圣明世,安吾花柳村。
宦惟堪自笑,身敢向人尊。
往事付流水,寸衷无一言[②]。

【注释】①蓬门:以蓬草为门,指贫寒之家。　②原注:一作"久阅俗情透,乐天可共言"。

【评析】此诗是继《自叹》后,高又树和诗安慰作者,作者又依韵回答。或许是心灵得到了安慰,作者此诗的情绪又乐观豁达起来。

自　笑

老翁自笑真狂痴,疏懒性成不自持。
贪卧饭时衣才着,春深未觉日迟迟。

【评析】此诗表现自己日常的疏懒。直到吃饭时才穿衣起床,自笑中也有自嘲的意味。

成山田姓送秦松[①]

其 一

山中旧友住南峰，老翮倦飞寻故踪。
东海田夫非俗子[②]，蹇驴载送几株松[③]。

其 二

或云此树尚未老，虬干还须几许年。
正似人间酷饮者，道逢车曲口流涎[④]。

【注释】①成山：山东荣成成山镇，濒临黄海。 ②东海田夫：此指成山田姓。俗子：俗人。 ③蹇驴：跛蹇驽弱的驴子。④原注："车"，"撤"平声。曲（qū）：把麦子或白米蒸过，使它发酵后再晒干，称为"曲"，可用来酿酒。此处代指酒。流涎（xián）：流口水；馋样。

【评析】成山的老朋友知道作者爱松，大老远地用车子送来了几棵松树。作者高兴的样子就像嗜酒者见到了载着酒的车子一般。这一比喻形象地表现出作者对松树的喜爱之情。

齿落，用明人齿落韵[①]

我年八十八，上列止五齿。
其一且觥邥[②]，存住日能几？
当门缺一双，洞开重门比。
少年我齿利，啖物我先起[③]。
荏苒到今日，齿亡唇难启[④]。
相次频辞我[⑤]，不尽不肯止。
一似长堤豁[⑥]，勿庸虑穴蚁[⑦]。

渐去荡然空，眼看净乃已。
不图精壮人[8]，今日乃至此。
昔闻曾有人，齿尽乃食乳[9]。
人乳既难常[10]，牛乳犊饥死。
人物同此生，忍此甚非理。
落去我不悲，不落我不喜。
但嫌动摇累，拔取厌邻里[11]。
举口有所碍，谷食终难置。
啖粥味自嘉[12]，未尝不曰美。
奈我饕餮人[13]，久诵非肉语[14]。
造物不恤人，出言声已易。
今后不出声，只以笑掩耻[15]。
笑是聋者为，熟聋安心似。
随韵赋此诗，聊寄慨焉尔。

【注释】①原注：吴尚书俨，宜兴人。成化间进士，诗集称其诗清丽可讽。按：吴俨（1457—1519），字克温，号宁庵，南直隶宜兴县（今江苏宜兴）人。成化二十三年（1487）进士，选庶吉士，授编修，历侍讲学士，升南京礼部尚书。　②臲卼（niè wù）：动摇不安的样子。　③啖（dàn）：吃。　④亡：掉。启：开。　⑤相次：相继。频：不断。　⑥长堤豁：堤坝裂开。　⑦勿庸（wù yōng）：不必，无须。穴蚁：蚁穴，比喻可以酿成大祸的小漏洞。语出《韩非子·喻老》："千丈之堤，以蝼蚁之穴溃；百尺之室，以突隙之烟焚。"此为自嘲语。　⑧不图：不料。精壮：精悍强壮。　⑨食乳：指喝奶。　⑩既：已经。常：长久，经久不变。　⑪厌邻里："邻里厌"的倒装。　⑫啖粥：喝粥。　⑬奈：无奈。饕餮（tāo tiè）人：比喻贪吃者。　⑭诵：

说。非肉:指不吃肉。 ⑮掩耻:掩饰无牙的事实。

【评析】这首长篇古体诗详细叙述了作者年老齿落的苦恼。从少年时的牙齿锋利,到现在只剩摇摇欲落的五颗牙;从前人齿尽喝奶的传说,到自己食粥的现状;从耳聋,到只能掩口而笑……作者细腻地表现了年老的种种不便。诗中显现的达观也有几许无奈。

闲过东宅

风止春寒天日晴,杖鸠缓步群齐迎①。
老夫自笑减精力,五世孙儿扶我行。

【注释】①杖鸠:拄着鸠形拐杖。群:众人。此处指儿孙们。

【评析】作者趁晴好春日到东宅串门,受到儿孙们的热烈欢迎。虽然感到年老衰弱,但是有五世孙们搀扶走路,也很值得欣慰。

附录高又树步韵

春寒料峭午窗晴,忽听款门倒屣迎①。
五世曾元真乐事②,解持高祖导前行③。

【注释】①款门:指叫门,敲门。倒屣(xǐ):急于出迎,把鞋倒穿。典出《三国志·魏书·王粲传》:"献帝西迁,粲徙长安,左中郎将蔡邕见而奇之。时邕才学显著,贵重朝廷,常车骑填巷,宾客盈坐。闻粲在门,倒屣迎之。" ②曾元:指曾孙、玄孙。 ③解:懂得。持:扶持,搀扶。

【评析】高又树这首和诗,赞赏了李尚书出门时有众多儿孙搀扶和迎接的天伦之乐。

元孙昌后食炒米团

事事学人举欲似，今朝一事笑谁比。
嚼完炒米口含将[②]，竟是怜吾为少齿。

【注释】①含将：含着。

【评析】因为作者年老齿落，幼稚的玄孙学着大人们给孩子喂饭的方法，嚼完炒米要喂作者。孩子的可爱举动，让作者看到玄孙孝敬的品质。

入　圃[①]

其　一

老夫闲撒入园圃，乐事眼前笑欲舞。
歠乳孩提初学步[②]，扶筇蹭蹬引高祖[③]。

其　二

扶筇歪斜不释手[④]，两三步内几回首。
吐声欲语话弗真，颓怯老夫随强走。

【注释】①圃(pǔ)：种植菜蔬、花草、瓜果等植物的园子。②歠(chuò)乳：吃奶。歠，饮，啜。　③扶筇(qióng)：拄着手杖。筇，古书上说的一种竹子，可以做手杖。蹭蹬(cèng dèng)：行走艰难的样子。　④释手：放手。

【评析】一个是需拄杖缓步的老翁，一个是尚吃奶学步的幼童，老少相携而行，年龄的悬殊对比，并不妨碍他们的和谐搭配。这是一幅多么温馨的老少图！

迎春花开两月[①]

春花三日即为陈，羡尔迎春两月新。

若到明年春又至，明年更号曰长春。

【注释】①原注：正五日迎春，余既有诗。今三月八日，花尚烂漫，鼓其余勇，送春归也，书此赠之。

【评析】迎春花连开两月而不凋谢，作者戏称它为“长春”，对其喜爱非同一般。

祭扫亡荆后诗[①]

日昨祭君料不知，后人祀我讵能晓[②]。
一灵销断灭无踪，今古茫茫即此了。
若道死去知识有[③]，试问人间长年叟。
从古谁家闻老亲，冥漠分明寄信否？

【注释】①亡荆：自称去世的妻子。 ②讵(jù)：岂，怎。 ③知识：知觉。

【评析】此诗是祭奠亡妻所引发的感慨和思考。作者和妻子生死两隔，祭奠她也不一定知道。由此想到阴阳两界的沟通，对于人是否有灵魂产生怀疑。

赏铁梗海棠

今年花好如去年，可叹赏者不同前。
东君不管人间意[①]，刻意作成春色天。
海棠涨红泼眼开[②]，韶光不解何处来[③]。
主人颓惫难辞醉，兴豪期客尽千杯。
身际太平花如此，对花不乐胡谓哉？

【注释】①东君：司春之神。②泼眼：耀眼，照眼。③韶光：春光。

【评析】海棠泼眼，春色无限，作者感叹花如旧，人不如昨。尽管如此，他豪情逸致依然，不愿辜负这大好的春光。

初　度

其　一

上天行四时，从未下颁札[①]。
默默春已三，我臻八十八[②]。

其　二

八十八年岁屡更，短长胥泯寄余生[③]。
又逢初度真堪笑，白发山林一老成。

【注释】①颁札：这里指发布信函。②臻(zhēn)：达到。③胥(xū)：全，都。泯(mǐn)：消灭，丧失。

【评析】此诗是作者为自己88岁生日而作。四季更替，春已将暮，而自己也是垂暮之年。青山相对，白发苍苍，消解人间所有的短长。自笑之中，也有几分叹息。

放盒子花[①]

三架高杆植屋前，火花满地坠金钱[②]。
正如迎接山阴道[③]，又见燃灯无数悬。

【注释】①盒子花：一种烟火的名称。②坠金钱：指满地的烟花像坠落了无数金钱。③山阴道：在会稽城西南郊外，那里风景优美。语出刘义庆《世说新语·言语》："从山阴道上行，山川自相映发，使人应接不暇。”原指一路上山明水秀，看不胜看。此指应接不暇。

【评析】此诗写作者观看烟火的感受。漫天的烟花，如无数灯笼高悬，遍地的火星，如坠满金钱，让人目不暇接。诗中所描绘的烟花盛况令人惊叹。

看李花

其一

寻春强步老知难，策蹇徐行带笑看①。
东圃已过又北圃，春光收拾入驴鞍②。

其二

策蹇过时扑鼻香，李花浓处菜花黄。
春光烂漫真如锦，今日乾坤巧作妆③。

其三

西岗高处有人家，小犬哰哰吠竹笆④。
冰雪迷天天影白⑤，地边几树又桃花？

其四

四时递连首先春，万物逢春天地新。
莫道老人春莫分，老人春到倍精神。

其五

岁岁花开际此日，烹茶呼弟坐方床。
花还如旧人安在，今日春真惹恨长。

【注释】①策蹇(cè jiǎn)：此指骑驴而行。蹇，跛，行走困难。②驴鞍：此处暗用唐代诗人李贺骑驴寻诗的典故。③作妆：化妆，装扮，比喻春光秀美。④哰哰(láo láo)：象声词。此处指狗叫声。 ⑤冰雪:比喻李花洁白如雪。

【评析】这组诗记叙作者骑驴外出欣赏李花的经过。作者从东圃到北圃,再过西岗,骑在驴背上慢慢欣赏着秀美的春光。看到雪白的李花一望无际,间有黄色的菜花装点,不觉精神倍增。遗憾的是往年一起欣赏良辰美景的弟弟都已过世,物是人非,不禁令作者伤感。

四月初一初二阴[1]

不雨连朝亦不晴,农占此日雨丹生[2]。
天心莫测人心惧,可当晴明麦秀成[3]。

【注释】①原注:俗以初一、初二雨,麦生黄丹。 ②雨丹生:指农谚中此日下雨小麦易生锈病。 ③麦秀:麦花。秀,植物吐穗开花。

【评析】四月初一、初二日阴天,按照农谚,这样的天气预示着小麦易生黄丹病。因此作者盼望晴天,让小麦有个好收成。

自 哂[1]

默然屈指溯生初[2],笑我痴狂一世虚。
八十八龄今似此,百年百岁待何如。
气颓腕弱偏多颤[3],老去心难堪不舒。
笔既怯书诗又废,问天何以度居诸[4]。

【注释】①自哂:自笑,自嘲。 ②溯(sù):追述,回想。生初:刚出生的时候。 ③"气颓"句:指写书法时手腕无力的状态。④居诸:《诗经·邶风·柏舟》:"日居月诸,胡迭而微。"孔颖达疏:

"居、诸者,语助也。"后用以借指日月、光阴。

【评析】作者回忆过去,感到人生虚度。现在老病缠身,又无诗书之乐,备感人生的孤独和无奈。

忆旧并序

余为诸生时,秋夜读书偶出,闲立阶前。忽见雁影穿阶而过,盖读书静极,故能见之,忙人弗觉也。遂得句云:"风穿颓壁蛩声寂,月静空阶雁影过。"夜深月明,泠然自善,几不能名其何景地也。此事六十余年矣,追忆曩昔,宛如昨日,偶忆之,因足成之。

诗书非是书生魔[①],谁道寒窗无奈何[②]?
断简翻时徐检阅[③],短檠明处细吟哦[④]。
风穿颓壁蛩声寂[⑤],月静空阶雁影过。
读罢闲行因小立,此中得味似偏多。

【注释】①诗书:泛指书籍。　②寒窗:常用以形容寂寞艰苦的读书生活。　③断简:断编残简。这里指因反复阅读而残缺不全。　④短檠(qíng):指暗淡的灯光。檠,同"檠",灯架。吟哦(yín é):写作诗词;推敲诗句。　⑤蛩(qióng)声:蟋蟀的鸣声。

【评析】人老易怀旧,作者读着当年写下的诗句,回忆60年前夜晚读书的生活,情景恍如昨日。而今已经衰颓老迈,无限感慨尽在诗中。

牡丹一枝

春归一去迹成陈,四月韶光何处新?
窃喜牡丹经夜雨,一枝初放殿余春[①]。

【注释】①殿：最后。

【评析】春意阑珊。然而一场夜雨过后，一枝牡丹开得正好，仿佛要为归去的春天殿后送行。

不观四弟牡丹

牡丹丈二咏诗篇，九载何曾辍一年[①]。
今日高枝还在否，伤心不敢到花前。

【注释】①何曾：何尝，几曾。辍：中止，停止。

【评析】四弟家有棵高一丈二的大牡丹花，作者连续九年到四弟家一起赏花，并对其牡丹大为赞赏。而今四弟已故，物是人非，作者担心触景伤情，所以今年不敢去观花了。尾句蕴涵了无限伤感。

盆内松阴小草似梅花

乔松特出石攲斜[①]，随意自生纤草芽。
最是野情偏有致[②]，树阴铺地小梅花。

【注释】①乔松：高大的松树。攲斜(qī xié)：歪斜不正。②野情：天然情趣。

【评析】盆内松石相依，本就相得益彰。又平添了梅花样的无名小草，更加自然天成，情趣盎然。大自然的巧手布置令作者惊叹。

连日阴晴

其　一

倏晴倏变无定天[①]，二麦喜晴是处传[②]。

下民未识穹苍意，阴云何事日连绵？

其二

圣明天子古未有，敬天勤民诚已久。
一夫不获如己饥，彼苍照临曾知否？

【注释】①倏(shū)：极快地，忽然。 ②二麦：大麦和小麦。

【评析】其一写天气忽阴忽晴，百姓十分不解，盼着天晴有益于麦子的生长。其二歌颂圣皇敬天爱民，相信会照顾到普天之下的百姓，表现了作者对圣明之世的期待。

余寒[1]

山斋静坐闭柴扉[2]，何事春寒犹未归？
数去麦秋无几日[3]，端阳角黍恋绵衣[4]。

【注释】①原注：今岁春寒余气，仲夏未退，赋此纪之。 ②柴扉：柴门。 ③去：离，到。麦秋：麦熟的季节。 ④原注：谚云："吃了端午粽，才把绵衣送。"角黍(jiǎo shǔ)：食品名。即粽子。将黏黍以箬叶或芦苇叶等裹米蒸煮使熟，状如三角，故称。

【评析】虽然民谚有过了端午才脱棉衣之说，但是春寒迟迟，快到初夏了还没有退去，这种反常的天气让作者很困惑。

附录

甲申叹(康熙甲申岁荐饥)

甲申之春人食木,哀哀那数只茕独。
叹余适自江南来,千里榆皮总如沐。
归里惨目尤伤心,挈男抱女街头鬻。
鬻儿不出长跪求,一子不值一升谷。
可怜壮夫怯风吹,瘦骨僵死累累伏。
千村万落寂无烟,炊饼如纸青蚨六。
更有一事不忍闻,卖妻瘗子啖人肉。
适有鹑衣过我门,其父昔年余家仆。
岁在辛丑逢乱离,伴我东海窜山麓。
尔时余年十余岁,朝夕趋承力颇勠。
老仆泉下遗此子,饥馑丧乱同一轴。
愧余口食尚维艰,延尔残息日二粥。
呜呼!鹄面啼饥难论孰,安得高廪千万斛,
大庇一郡穷民果其腹!

挽孙烈女诗

百计投缳铁石肠，冰姿未嫁更堪伤。
因缘已恨生前断，伉俪还期死后长。
不惜一身殉节义，直为万古植纲常。
乾坤正气全归汝，鸳冢年年草未香。

白衣丝蚕庙记

沟头北村，新建白衣丝母祠，工既竣，而请记于余。余曰："佛教流于中国，自汉世已然，而白衣大士其支庶也。"余读儒书，于佛法固无所取，然管子曰："不明鬼神，则陋民不悟。"且顾名思义，而知彼盖有取尔也，谓即心是佛，超六尘，渡苦海，不必在贵显也，虽白衣可也。且称送子者，谓阴德之报，不于其身，必于其子若孙，故积善之家，有余庆焉。陈继儒曰："佛教得力处，正朝廷省力处。"亦见此一斑耳。至于丝母之名，昉于荀子，而王鏊传之，称其捐躯刳肠，衣被天下，黑地严威，不战而退，厥功大矣。与白衣庙食百世也宜哉！今此村人物敦庞，风俗醇古，相与筑室于兹。而隆时祀之典，诚虑夫旱而不雨，既雨而潦，必不为潦，又虑螟蝗之夺其食，赃吏之厚其敛焉。噫嘻！噫嘻！神其相之！捍灾惟斯，御患惟斯。是为记。

［以上据《牟平县志·文献志·艺文》
（民国二十五年铅印）本补录］